WO DAS HERZ NACH HAUSE KOMMT

MELISSA SUMMER

Covergestaltung: ©authors-assistant (Britt Toth
https://authors-assistant.com)
Teilweise KI generiert
Britt Toth
Author's Assistant
Emmerichstraße 76
02826 Görlitz
E-Mail: authors-assistant.com

KAPITEL EINS

Svenja stand auf der Autofähre und ließ den Blick über die Insel schweifen, die mit jedem Meter näher rückte. Die kühle Aprilbrise der Nordsee spielte mit ihrem Haar, und in ihrem Herzen regte sich eine Mischung aus Aufregung und Nostalgie. Mit jedem Moment wurden die Konturen der vertrauten Landschaft schärfer, die sie so lange nicht mehr gesehen hatte.

Norderoog. Ihre Heimat. Mitten in der Nordsee, fernab von jeder Großstadt und Hektik, lag diese Insel, die sie so sehr vermisst hatte. Svenja spürte, wie sich die Sehnsucht nach langen Spaziergängen am Meer in ihr ausbreitete, nach dem scharfen Wind, der die Wellen tanzen ließ, und dem salzigen Duft, der die Luft erfüllte.

Als die Fähre schließlich schwankend anlegte, sammelte Svenja ihre Sachen zusammen und machte sich langsam auf den Weg zu ihrem Auto. In den letzten Jahren hatte sie ihren geliebten Golf in der Garage eines Freundes auf dem Festland untergestellt. Freundlicherweise hatte er ihn für sie am Hamburger Flughafen abgestellt und den Schlüssel hinterlegt, sodass sie von dort direkt nach Norderoog aufbrechen konnte. Der kleine rote Flitzer bedeutete ihr viel, hatte sie ihn doch vom Erbe ihrer Großmutter gekauft.

Vielleicht war es auch der Tod ihrer Großmutter, der sie so lange im Ausland gehalten hatte. Ihr gesamtes Studium und die Facharztausbildung hatte sie in Oxford absolviert, doch nun war die Zeit gekommen, zurückzukehren.

Zu lange hatte sie es vermieden, sich der Tatsache zu stellen, dass ihre Großmutter nicht mehr da war. Nun bestand ihre Familie nur noch aus ihrem Bruder Christian. Das Haus der Großmutter zu verkaufen, dazu hatte sie sich nie durchringen können.

Eine Nachbarin kümmerte sich darum, dass ein Gärtner den Garten pflegte und kleine Reparaturen erledigte. Ihre vorausschauende Oma hatte sogar ein eigenes Konto angelegt, von dem die Kosten dafür beglichen wurden.

Svenja hatte das Haus fast vollständig ausräumen lassen und den größten Teil des Hausrats an wohltätige Organisationen gespendet. Nur die Küche und ihr altes Kinderzimmer hatte sie unangetastet gelassen. Jetzt, da sie zurückkehrte, war sie froh, das Haus behalten zu haben. So musste sie sich keine Sorgen um eine Wohnung machen.

Der rote Flitzer rollte sanft über die von üppigem Grün gesäumten Straßen. Norderoog war berühmt für seine vielfältige Vegetation. Obwohl mitten in der Nordsee gelegen, wuchsen hier Hortensien und Holunderbüsche in Hülle und Fülle.

Svenja bog auf die Hauptstraße ein, die sich um die Insel zog, und mit jedem Kilometer, den sie ihrem alten Zuhause näherkam, wurden die Erinnerungen stärker. Weit weg in England hatte sie all diese Gefühle unterdrücken können, doch nun überrollten sie sie mit voller Wucht. Einerseits freute sie sich auf ihr neues Leben in der alten Heimat, auf das Meer und die Natur, andererseits wusste sie, dass es schwierig werden könnte, sich zu behaupten, wenn einen jeder als das kleine Mädchen von damals kannte. Und sie spürte, dass der Schmerz über den Verlust ihrer Großmutter hier in der Heimat nicht mehr zu ignorieren sein würde.

Svenja fuhr langsam an den vertrauten Vorgärten und Geschäften vorbei, vorbei an der schiefen Laterne, die immer noch am Parkplatz des Supermarktes stand, in dem schon ihre Großmutter eingekauft hatte. Die Insel, mit ihren knapp sechzigtausend Einwohnern, war ihr Zuhause, und trotz der vielen Jahre in Oxford wusste sie tief in ihrem Herzen, dass sie hierhergehörte. Erinnerungen an ihre Kindheit durchströmten sie: die lachenden Gesichter ihrer Freundinnen in der Eisdiele, die endlosen Gespräche am Strand, die Lagerfeuer in den Dünen. Und natürlich die unerfüllte Sehnsucht, heimlich verliebt zu sein. Ben, der beste Freund ihres Bruders, den sie glühend verehrt hatte, ihre heimliche Jugendliebe. Fast alle ihre Freunde hatten die Insel inzwischen verlassen. Ben hatte in Berlin Medizin studiert. Nur ihr Bruder war geblieben und hatte eine Autowerkstatt eröffnet. Als Kinder hatten sie zu dritt alles gemeinsam unternommen. Ben war damals fast mehr bei ihnen als in seinem eigenen Zuhause gewesen.

Die Poststelle und der Zeitungsladen kamen in Sicht, und Svenja musste lächeln. Sie erinnerte sich an die unzähligen Briefe, die sie an Ferienfreundinnen geschrieben hatte, die nur während der Urlaubszeit auf Norderoog waren. Von diesen Freundinnen waren ihr nur wenige geblieben, aber wenigstens mit Cass hatte sie noch immer eine enge Verbindung.

Cass lebte in Berlin und hatte eine eigene Hebammenpraxis eröffnet. Svenja freute sich schon darauf, die Freundin bald in der Hauptstadt zu besuchen. Doch das würde noch einige Monate dauern. Zuerst musste sie in ihrem neuen Job Fuß fassen und sich in ihrem alten, neuen Leben auf Norderoog zurechtfinden.

Die Sonne begann langsam zu sinken, als Svenja schließlich vor dem alten Haus ihrer Großmutter parkte. Sie verharrte einen Moment und betrachtete das weiß getünchte Haus, das im warmen Licht der Abendsonne golden leuchtete, fast so, als wollte ihre Großmutter sie willkommen heißen.

»Hallo, Großmama«, flüsterte sie leise, atmete tief durch und stieg dann aus dem Auto. Es war an der Zeit, sich den Geistern der Vergangenheit zu stellen und eine neue Reise zu beginnen.

Das Haus, ein typisches nordisches Heim mit Schilfdach, das den ständigen Winden der Küste trotzte, wirkte so einladend wie eh und je. An den Fenstern waren kräftig blaue Fensterläden angebracht, und die Zwillingsgaube, die aus dem Dach herausragte, bot einen einzigartigen Anblick. Die kleinen, weißen Fenster dieser Gaube gaben den Blick auf die umliegende Küstenlandschaft frei.

Der Vorgarten war ein Meer aus Blumenbeeten, und die Rosensträucher würden im Sommer die Luft mit ihrem betörenden Duft erfüllen. Ein schmiedeeiserner Zaun umrahmte das Grundstück.

Neben dem Haus führte eine gepflasterte Auffahrt zu einer geräumigen Garage.

Frau Hansen, Großmutters alte Nachbarin, die sich um das Haus gekümmert hatte, kam gerade um die üppigen, bald blühenden Fliedersträucher gelaufen.

»Svenja, meine Liebe, du bist ja so groß geworden!« Diese Worte hatte Svenja in den letzten Jahren bei jedem Besuch auf der Insel von Frau Hansen gehört. Dass sie längst eine erwachsene Frau war, schien die alte Dame einfach nicht akzeptieren zu wollen. Svenja ließ sich in eine liebevolle Umarmung ziehen, und als Frau Hansen sie wieder losließ, fragte sie mit feuchten Augen: »Bleibst du jetzt wirklich hier und wohnst in Hildchens Haus?«

Svenja grinste schief. »Ja, Tante Hansen, ich bleibe hier und werde im Krankenhaus arbeiten.« Früher war ihre Welt voller »Tanten« und »Onkel«, auch wenn sie mit keinem davon verwandt war. So nannte man Freunde der Familie hier einfach.

»Muss ich jetzt Frau Doktor zu dir sagen?« Die Nachbarin lächelte verschmitzt.

Svenja lachte. »Aber nein, du darfst für immer Svenja zu mir sagen.« Sie legte der alten Dame einen Arm um die Schultern, und gemeinsam betraten sie das Haus. Tante Hansen hatte den Kühlschrank mit Eiern, Milch und Marmelade bestückt, ein halbes Brot in ein Küchentuch geschlagen und die Küche blitzblank geschrubbt. Der Tee stand dampfend in einer Kanne auf dem Stövchen bereit, und wie es Tradition war, brachte Tante Hansen Svenja auf den neuesten Stand der Ereignisse in Norderoog. Nichts konnte sie davon abhalten.

Die alteingesessenen Bewohner von Norderoog bildeten eine eingeschworene Gemeinschaft, die einander half und unterstützte. Doch wie in jedem kleinen Dorf blieb auch hier nichts geheim; jeder wusste alles über jeden. Und Svenja war nun wieder Teil dieser Gemeinschaft.

Nachdem Frau Hansen gegangen war, schrieb Svenja eine Nachricht an ihren Bruder, der wegen eines Geschäftstermins erst am nächsten Tag auf die Insel zurückkehren würde. Dann lud sie endlich ihr Gepäck aus dem Auto und richtete sich, so gut es ging im leeren Haus ein. Sie würde dringend neue Möbel kaufen müssen. Außerdem plante sie, am nächsten Morgen in den kleinen Laden an der Ecke zu fahren, um sich mit den nötigsten Lebensmitteln einzudecken. Dankbar, dass Tante Hansen ihr wenigstens ein Abendessen organisiert hatte, briet sie sich die Eier, aß sie mit ein wenig Brot und schlüpfte schließlich in das frisch bezogene Bett.

Svenja schlief schlecht. Ihr Kopf war voller Gedanken. Als sie gegen fünf Uhr wieder wach wurde, starrte sie einen Moment an die Zimmerdecke und beschloss dann, eine Runde joggen zu gehen. Ein Lauf am Strand würde ihr guttun. Sie konnte ohnehin nicht schlafen und wälzte sich nur hin und her. Sie schlüpfte unter der Decke hervor und schauderte. Es war eisig im Haus. Schnell suchte sie ihre Joggingsachen aus der Reisetasche, zog sie an und band sich das dunkelblonde Haar zu einem Pferdeschwanz zusammen.

Als sie vor die Tür trat, war bereits Leben in der kleinen Siedlung, die vor über zweihundert Jahren erbaut worden war. Alte, geduckte Fischerhäuser säumten die Straße, und in fast jedem dieser Häuser brannte schon Licht. Der warme Schein vertrieb das eisige Frösteln in Svenjas Seele. Sie musste lächeln bei dem Gedanken daran, wie überall Tee oder Kaffee gekocht wurde und man sich auf den Tag vorbereitete.

Es waren nur wenige hundert Meter zum Strand. Die Sonne begann gerade aufzugehen, und das Morgenrot zeigte sich über dem Meer. Das Wasser glitzerte. Svenja hielt einen Moment inne, atmete tief ein und genoss die salzige Meerluft. Sie blickte über die Weite des Meeres. Sie war wieder zu Hause. Das fühlte sich in diesem Moment überraschend gut an.

Sie lief nicht direkt bis hinunter zum Wasser, sondern blieb auf dem schmalen Streifen, der wie ein kleiner Trampelpfad wirkte und den Strand etwas erhöht begleitete. Svenja trabte los. Ihr begegneten nur wenige Menschen, ebenfalls Jogger. Urlauber, so vermutete sie. Sie nickte grüßend und konzentrierte sich ansonsten nur auf sich und das Meer.

Sie lief bis zur großen Landzunge, die bei jeder Sturmflut ein wenig kleiner wurde. Hier hielt sie an, streckte ihre brennenden Muskeln und genoss den Blick auf die Nordsee, die heute ruhig und still vor ihr lag. In Oxford war sie vor die Tür getreten und hatte sich mitten in Autoabgasen und hektischen Menschen wiedergefunden. Wie oft hatte sie sich nach der Stille von Norderoog gesehnt. Sie streckte sich ein letztes Mal, dann drehte sie um und lief nun in einem gemütlicheren

Tempo über den breiten Strand zurück. Zwischendurch bückte sie sich nach ein paar Muscheln, beobachtete die Möwen, die sich um ein Stück Brötchen stritten, das sie vermutlich irgendwo einem Urlauber abgenommen hatten, und genoss den Morgen.

Fast am Haus angekommen, sah sie jemanden auf der blaugestrichenen Bank neben der Haustür sitzen. Christian, ihr Bruder, hatte sie fast im selben Augenblick gesehen wie sie ihn. Er stand auf und lief ihr mit ausgebreiteten Armen entgegen. Auch Svenja fing an zu laufen. Er packte sie und wirbelte sie wie ein kleines Mädchen herum. »Ich freue mich so sehr, dich zu sehen, Schwesterchen. Ich freue mich so, dass du hier bist und noch mehr, dass du hierbleibst. Und weil ich weiß, dass du wahrscheinlich noch nicht einkaufen warst, habe ich uns etwas zum Frühstück besorgt.«

Svenja warf einen Blick auf die Bank, auf der vier Einkaufstüten standen. Sie lachte. »Du hast wohl eher den ganzen Laden an der Ecke ausgeräumt. Was sollen die Nachbarn jetzt kaufen?«

Christian grinste. »Na ja, wie ich dich kenne, bist du völlig unvorbereitet hier angekommen. Und ich dachte, ich nehme dir ein bisschen Arbeit ab. Lass uns frühstücken, ich habe einen Bärenhunger.«

»Musst du nicht in die Werkstatt?«, fragte Svenja ihren großen Bruder. Christian warf ihr einen entrüsteten Blick zu. »Denkst du wirklich, wenn meine Schwester nach so vielen Jahren der Abwesenheit wieder in die Heimat kommt, arbeite ich? Mein Mitarbeiter kümmert sich um die Werkstatt. Ich habe heute den ganzen Tag Zeit, um mit dir Dinge zu erledigen, wenn du Lust hast, deinen Tag mit deinem Bruder zu verbringen.«

»Ich habe sogar sehr große Lust darauf. Eigentlich müsste ich dringend aufs Festland, um ein paar Möbel zu kaufen. Du siehst ja, wie es hier aussieht.« Christian sah sich um. »Es sieht genauso aus, wie du es verlassen hast. Sei froh, dass du wenigstens dein Bett behalten hast.«

Sie beide waren bei ihrer Großmutter aufgewachsen. Es war ihre gemeinsame Kindheit gewesen. Sie zwei und ihre Großmutter. Ihre Mutter war früh bei einem Verkehrsunfall gestorben, und ihren Vater hatten sie nie kennengelernt. Svenja war noch zu klein, als er starb. Oma redete nie über ihn. Energisch schob sie die melancholischen Gedanken beiseite.

Während Svenja unter die Dusche sprang, bereitete Christian das Frühstück vor. Fast zwei Stunden klönten sie, so lange, dass sie fast die Fähre aufs Festland verpassten. Im großen schwedischen Möbelhaus auf dem Festland erstand Svenja schließlich Bettwäsche, einen Kleiderschrank, ein großes Bett und verschiedene andere Dinge, die sie im Haus brauchte.

Es war schließlich Zeit, erwachsen zu werden und das Mädchenzimmer zu verlassen. Sie brauchte ein vernünftiges Bett, vielleicht würde sie dann auch besser schlafen. Es war schön, mit Christian unterwegs zu sein. Es war so viel besser, sich persönlich zu sehen, als ständig nur vor dem Bildschirm zu hängen und Videotelefonie zu machen. Nach Ben fragte sie nicht, aber auch Christian erzählte nichts über ihn, obwohl die beiden nach wie vor beste Freunde waren. Ben würde noch früh genug Thema werden. Außer ihr wusste niemand davon, wie sehr sie in den Freund ihres Bruders verschossen gewesen war.

Ob ihr Herz immer noch so sehr klopfte, wenn sie ihn sah? Svenja war der Meinung, es war nur eine Schwärmerei, und sie konnte Ben freundschaftlich gegenübertreten.

KAPITEL ZWEI

Svenja hatte in dieser Nacht viel besser geschlafen und fühlte sich am Morgen frisch und ausgeruht, als sie mit den ersten Sonnenstrahlen aufstand. Nach einem kurzen Frühstück machte sie sich daran, ihr Auto auszuräumen. Vorhänge, Bettwäsche und einiges an Kleinkram hatten sie nach dem Großeinkauf im Auto gelassen. Sie war gestern Abend einfach zu müde gewesen.

Svenja befreite sämtliche Vorhänge von ihren Verpackungen und steckte sie in die Waschmaschine. Gleiches tat sie mit der Bettwäsche. Während die Waschmaschine lief, bezog sie ein paar Sofakissen, die sie ebenfalls gekauft hatte, und verteilte sie im Wohnzimmer auf dem Boden, wo bald das neue Sofa von einer Spedition geliefert werden sollte. Auch so war es schon gemütlich, dachte sie, während sie ein paar Zimmerpflanzen im Haus verteilte.

Mit einer Tasse Kaffee in der Hand setzte sie sich auf die Bank vor dem Haus. Wie oft hatte sie hier mit ihrer Großmutter gesessen. Gefühlt hatten sie tagelang an diesem Platz verbracht. Die Nordsee konnte man hier zwar riechen, aber nicht sehen. Svenja erinnerte sich gern an ihre Kindheit. Sie hatte ihre Mutter vermisst und auch einen Vater hätte sie gern gehabt, aber eigentlich nur, weil die anderen Kinder in dieser Familienkonstellation aufwuchsen. Ihre Erinnerungen an die Mutter waren blass, sie war noch zu klein gewesen, als der Unfall passierte. Für Christian, den Älteren von ihnen beiden, war der Verlust schwerer gewesen. Ihre Großmutter hatte immer ihr Bestes gegeben und ihnen beiden eine wunderbare Kindheit ermöglicht. Dafür würde Svenja ihr ewig dankbar sein.

Ebenso dankbar war sie für die Tatsache, dass ihre Großmutter Svenjas Traum vom Studium finanziert hatte. Ihre Kommilitonen hatten teilweise drei Jobs, um sich überhaupt über Wasser zu halten. Svenja hingegen bekam regelmäßig ein großzügiges Taschengeld aus Norderoog. Auch die Werkstatt von Christian hatte die Großmutter finanziert. Svenja nippte an ihrem Kaffee und beobachtete eine wilde Möwengang, die durch die Luft segelte. Faktisch hatte sie keine Ahnung, wie ihre Oma ihr Leben finanziert hatte. Svenja konnte sich nicht erinnern, dass sie jemals gearbeitet hätte. Das Haus war mittlerweile sehr viel wert, sie hatten es nach Großmutters Tod schätzen lassen, als sie noch unsicher war, ob sie es verkaufen sollte. In dieser Gegend und mit dieser Größe, immerhin einhundertzwanzig Quadratmeter Wohnfläche, ein Vorgarten, ein großer Garten, eine Garage und ein freistehender Schuppen, war es ein kleines Vermögen wert. Als alleinstehende Frau mit zwei kleinen Kindern hätte ihre Großmutter sich so etwas eigentlich nicht leisten können. Svenjas Erinnerungen reichten nicht aus, um zu wissen, ob Oma das Haus geerbt hatte oder wie es in den Familienbesitz gekommen war. Vielleicht sollte sie sich den Grundbuchauszug einmal anschauen, bei der Gemeindeverwaltung. Beim Ausräumen des Hauses hatten sie keine Hinweise auf ein großes Vermögen gefunden. Großmutter hatte etwas Geld auf dem Konto, aber Svenja würde nicht sagen, dass ihre Großmutter reich gewesen war.

Da Christian die Werkstatt bekommen hatte, war noch zu Großmutters Lebzeiten klargewesen, dass Svenja das Haus erben sollte. Ihr Bruder war damit einverstanden. So teilten sie nach Großmutters Tod das Barvermögen unter sich auf und lösten gemeinsam den Hausstand auf.

Das Klingeln ihres Handys riss Svenja aus ihren Gedanken. Cass. Ein freudiger Funke glomm in Svenjas Herzen auf. Ihre allerliebste Freundin wollte sicher wissen, wie sie zurechtkam. Svenja nahm das Gespräch an. »Hallo Cass, ja, ich lebe noch, und es tut mir leid. Ich wollte mich heute Abend bei dir melden.«

»Jaja, so schnell ist man als beste Freundin vergessen, wenn du wieder in der Heimat bist. Wie geht es dir?«, fragte Cass.

»Ach, ganz gut. Es ist alles ein bisschen wehmütig, das Haus ohne Oma, die leeren Zimmer ...«, antwortete Svenja.

»Hast du schon Möbel bestellt oder warst du auf dem Festland einkaufen?«, wollte Cass wissen.

»Ich war auf dem Festland. Die neuen Möbel brauchen noch ein paar Tage, bis sie geliefert werden.«

Die Frauen sprachen noch eine Weile über gemeinsame Bekannte und beendeten das Telefonat. Svenja trank ihren mittlerweile kalten Kaffee und schnappte sich dann endlich den Laptop. Sie hatte schließlich etwas vorgehabt. Sie öffnete den Rechner und loggte sich in den Dienstplan des Inselkrankenhauses ein.

Morgen würde sie ihren neuen Job antreten, und sie wollte sich neben dem Dienstplan auch ihr Kollegium genauer anschauen. Sie wusste bereits, dass sie die gesamte erste Woche Frühdienst haben würde. Das ergab Sinn, damit die jetzige Stationsärztin sie einarbeiten konnte. Dafür hatten sie nur eine Woche Zeit, denn die Kollegin würde dann in den Mutterschutz gehen und hatte nicht vor, zurückzukehren. Nach der Elternzeit würde sie in der Praxis ihres Mannes arbeiten, was die Stelle umso attraktiver machte.

Svenja hätte gern etwas mehr Zeit gehabt, um auf der Insel anzukommen. Aber in Oxford war ein Kollege ausgefallen und sie hatte ihren Vertrag um vier Wochen verlängert.

Sie hatte großes Glück, überhaupt eine Stelle im Inselkrankenhaus bekommen zu haben. Dabei half ihr, dass sie Einheimische war und im Ausland studiert hatte. »Stationsärztin der chirurgischen Abteilung«, dachte sie ehrfürchtig.

Svenja klickte sich durch die Mitarbeiterliste ihrer Station. Es war ein junges Team, was Svenja freute. Bevor sie sich weiter auf der Webseite des Krankenhauses umsehen konnte, hörte sie ein Ächzen und ein Scheppern. Erschrocken sah sie auf und bekam gerade noch mit, wie Herr Larsen von gegenüber hinter dem Gartenzaun über etwas stolperte. Sie stellte schnell den Laptop neben sich auf die Bank und eilte an der Garage vorbei zum Gartentor.

»Geht es Ihnen gut, Opa Larsen?«

»Ach Svenja. Entschuldigung, Frau Doktor.« Er hatte sich bereits wieder aufgerappelt und atmete tief durch.

»Lassen Sie den Quatsch, Opa Larsen. Ich bin immer noch Svenja. Was ist passiert?« Sie konnte keine sichtbaren Verletzungen bei dem alten Mann entdecken. Er hielt ein Ungetüm von Liegestuhl fest umklammert. »Du hast bestimmt noch keine Möbel. Da wollte ich dir den Liegestuhl bringen. Als Kind hast du ihn geliebt, hast sogar manchmal Mittagsschlaf darauf gemacht.«

Das rührte sie. Und es stimmte, sie erinnerte sich an den weiß-gelb gestreiften Stoff und den Kakao, den Opa Larsen für sie gemacht hatte. Er und andere Nachbarn hatten manchmal auf Christian und sie aufgepasst. Wo war Oma eigentlich in der Zeit gewesen? Sie nahm sich vor, Christian danach zu fragen. Mit dem kindlichen Gedächtnis war es ja so eine Sache. Manchmal konnte man sich an die einfachsten Dinge erst erinnern, wenn man mit der Nase darauf gestoßen wurde. So wie heute mit dem Liegestuhl.

Svenja nahm den Liegestuhl dankend entgegen und trug ihn in den Vorgarten. Ihr Nachbar lehnte die Einladung zu einem Tee ab, und so machte Svenja im Haus weiter, hängte die neuen Vorhänge auf und dekorierte ein wenig.

KAPITEL DREI

Und dann war es so weit: Ihr erster Arbeitstag. Svenja trank nur einen Kaffee und naschte dazu einen Keks von Tante Hansen, mehr bekam sie vor lauter Aufregung nicht hinunter.

Die Tatsache, dass das größte Krankenhaus der Nordseeinseln ausgerechnet auf Norderoog stand, war kein Zufall. Zur Jahrhundertwende hatte die Insel eine wichtige Rolle im Gesundheitswesen der Region gespielt, und diese Tradition wurde bis heute hochgehalten. Viele Besucher dachten, der Name der Insel rühre daher, dass sie in der Nordsee lag. Tatsächlich jedoch war der erste hier ansässige Arzt Winfried Norderoog, ein Mann, der über Umwege aus Schweden hierhergekommen war und geblieben ist.

Svenja wusste, dass sie hier eine neue Herausforderung als Ärztin annehmen würde. Im Vergleich zu Oxford war es zwar ein kleineres Krankenhaus, aber die Verantwortung würde groß sein.

Auf dem Mitarbeiterparkplatz entdeckte sie bereits ein Schild mit ihrem Namen. Ehrfürchtig vor sich selbst, nahm sich Svenja einen Moment Zeit, um stolz auf das Erreichte zu sein. Anstatt durch den Personaleingang zu gehen, betrat sie an ihrem ersten Tag das Krankenhaus durch den Haupteingang. Als Fachärztin der chirurgischen Station, Frau Dr. Svenja Buchner, war ihr das durchaus gestattet. Mit festen Schritten lief sie auf den Empfangstresen zu. An einem der beiden Schalter stand ein Mann, mit dem Rücken zu ihr, und unterhielt sich mit der Mitarbeiterin. Svenja ging zu dem freien Schalter.

»Moin, ich bin Svenja Buchner, heute ist mein erster Tag hier. Können Sie mir die Personalräume zeigen?« Der Mann wandte sich ihr zu.

»Svenja?«, fragte er, und sie schrak zusammen. Dass sie direkt als Erstes hier auf ihn treffen würde, damit hatte sie nicht gerechnet. Vor ihr stand Ben. Ihre verdammte Jugendliebe. Ihr Herz machte einen Sprung, und sie stand einfach nur wie angewurzelt da.

»Hallo Ben, schön dich zu sehen. Was tust du hier?«, erwiderte sie steif und versuchte, ihr rasendes Herz zu beruhigen.

»Ich arbeite hier. Und du?«, antwortete er, und sie zwang sich zu einem Lächeln, aber nicht aus Freude, ihn zu sehen, sondern eher aus purer Verzweiflung. Musste das sein? Hier? Er arbeitete hier? Sicher, sie wusste, dass er Medizin studiert hatte, war aber davon ausgegangen, dass er irgendwo auf dem Festland arbeitete.

»Svenja? Alles okay?« Ben beugte sich etwas näher zu ihr, was ihre Lage nicht besser machte. Er roch noch genauso verführerisch wie früher, offenbar hatte er seine Parfummarke nicht gewechselt.

»Äh, ja. Sicher. Ich arbeite auch hier. Heute ist mein erster Tag. Chirurgische Station.«

»Oh, endlich stellen sie eine neue Stationsärztin ein. Ich freue mich. Willkommen zurück auf Norderoog. Ich hätte ja nicht gedacht, dass du wieder in die Heimat kommst. Soll ich dich rumführen?«

Nein!, dachte Svenja verzweifelt und spürte, wie die Röte in ihr Gesicht stieg. »Eigentlich sollte mich jemand aus der

Personalabteilung rumführen. Würdest du mir zeigen, wo das ist?«

Er winkte ab. »Ach, das mache ich gern. Los, komm.«

Notgedrungen folgte sie Ben zum Aufzug. Er zeigte ihr das Krankenhaus, die Cafeteria für die Mitarbeiter, die Notaufnahme, die Personalräume und brachte sie schließlich zu ihrer Station. »Wir sehen uns. Ich wünsche dir eine gute Zeit«, verabschiedete er sich locker und entspannt. Ganz im Gegensatz zu Svenja, die sich mühsam zusammenriss, um innerlich nicht zusammenzubrechen.

Sie hatte einfach nicht erwartet, dass ihr Herz nach all der Zeit sofort wieder rebellieren würde, sobald sie Ben über den Weg lief. Sie hätte Christian besser fragen sollen, was sein bester Freund inzwischen machte.

Doch Svenja blieb keine Zeit, sich darüber oder über den Sturm in ihrem Herz Gedanken zu machen. Der ganze Tag war ausgefüllt mit Neuzugängen, die ihre volle Aufmerksamkeit erforderten. Eine ältere Dame mit einem komplizierten Beinbruch wollte sich nicht operieren lassen, bis sie sicher war, dass ihr Kater heimgekehrt war. Auf der Suche nach ihm war sie gestürzt. Zum Glück brachte eine Nachbarin die erlösende Nachricht, dass es dem Kater gutging. Im OP war Svenja heute noch nicht, wofür sie dankbar war. So konnte sie sich erst ein Bild von den Abläufen auf der Station machen. Die anderen Mitarbeiter waren freundlich, und mehr konnte sie von ihrem ersten Tag wohl nicht erwarten, außer vielleicht, ganz unverhofft und ohne Vorwarnung die eigene Jugendliebe wiederzusehen.

Die Tage vergingen wie im Flug, und ehe sich Svenja versah, war eine ganze Woche vergangen. Der Job machte ihr Spaß, und sie hatte die anfängliche Unsicherheit, plötzlich so viel

Verantwortung zu tragen, abgeschüttelt. Nur ihre Begegnung mit Ben lag ihr nach wie vor schwer im Magen. An manchen Tagen hatte sie ihn nur aus der Ferne durch die Flure der Klinik hasten sehen, und jedes Mal machte ihr Herz einen aufgeregten Hüpfer. Schon die ganze Woche hatte sie sich auf ihren ersten freien Tag gefreut, an dem sie abends eine Grillparty veranstalten wollte, eine kleine »Ich-bin-wieder-zurück«-Feier. Sie hatte Christian Bescheid gegeben, und natürlich war ihr auch sofort Ben eingefallen. Doch im selben Moment sagte sie entschieden zu sich selbst: »Auf keinen Fall.« Stattdessen schrieb sie Piet, einem ehemaligen Schulfreund, der bei der Müllentsorgung arbeitete, ob er mit seinen Kollegen vorbeikommen wollte. Damit die Runde nicht nur aus Männern bestand, lud sie zwei Krankenschwestern ihrer Station ein, mit denen sie sich etwas angefreundet hatte. Und natürlich durften Tante Hansen und Herr Larsen von gegenüber nicht fehlen.

Svenja war gerade frisch geduscht und angezogen, als sie das Gartentor quietschen hörte. Entspannt hüpfte sie die Treppe hinunter, schnappte sich noch eine Jacke, es war zwar Frühling, aber abends noch kühl draußen, und ging hinaus. Dort traf sie allerdings fast der Schlag: Christian und Ben standen vor der Garage und lehnten ihre Fahrräder an den Zaun zum Nachbargarten. Svenja riss sich zusammen und umarmte ihren Bruder zur Begrüßung. Ben begrüßte sie mit einem freundschaftlichen Kuss auf die Wange. Schon im Krankenhaus war ihr aufgefallen, dass er noch besser aussah als früher. Er war immer noch groß und schlank, aber mit Muskeln an den richtigen Stellen. Sein markantes Gesicht war durch die Grübchen beim Lachen sehr sexy.

Sie nahm die Getränkewünsche entgegen und bat die beiden, den Grill aus der Garage zu holen und vorzubereiten. Svenja ging in die Küche, holte drei Bier und kümmerte sich um die Salate, die sie am Vormittag vorbereitet hatte. Es war also wie früher: Christian und Ben klebten aneinander. Von draußen hörte sie lautes Lachen und ging nachschauen, was die beiden so amüsierte.

Tante Hansen war gekommen und hatte die Männer offenbar gefragt, ob sie auch genug zu essen besorgt hätten. Christian lachte herzhaft. »Manche Dinge ändern sich wohl nie«, sagte er zu ihr und umarmte sie liebevoll. Ein schönes Bild, dachte Svenja. Die alte Frau, die beste Freundin ihrer Oma, versank förmlich in Christians starken Schultern. Svenja lief zurück in die Küche und trug dann das große Tablett mit Geschirr und Grillsoßen nach draußen. Gut, dass sie beim Möbelkauf auch einen großen Tisch erstanden hatte, der jetzt vor der Bank vor dem Haus stand. Ben eilte ihr zu Hilfe, doch sie schüttelte nur knapp den Kopf und schickte ihn stattdessen, die Salate zu holen. In dem Moment kamen auch schon die zwei Krankenschwestern von Svenjas Station an. Herr Larsen schlurfte ebenfalls über die Straße, und Piet und seine Arbeitskollegen ließen auch nicht lange auf sich warten. Alle begrüßten sich fröhlich, und Ben ging mit zwei geöffneten Bieren zu Christian, der am Grill hantierte.

»Wie geht es Sophie?«, fragte Christian seinen Freund, und Svenjas Herz stolperte. Aber was hatte sie denn erwartet? Dass so ein gutaussehender Mann und Arzt Single blieb und auf sie wartete?

Ben brummte etwas Unverständliches, während Svenja sich zusammenriss und unbeteiligt tat, um die fertig gegrillten Steaks und Würstchen am Grill abzuholen und auf den Tisch zu stellen.

Obwohl einige der Gäste sich nicht kannten, waren die Gespräche am Tisch warmherzig und angenehm. Svenja entspannte sich etwas; ihre Bedenken, dass sich so viele fremde Menschen versammelten, waren unbegründet gewesen. Alle griffen gut zu, sodass außer zwei Würstchen und etwas gegrilltem Mais nichts übrigblieb. Tante Hansen hatte also nicht ganz Unrecht mit ihrer Befürchtung, dass Essen könnte nicht reichen. Die Gespräche plätscherten entspannt dahin, und als es dunkler wurde, verabschiedeten sich Tante Hansen und Herr Larsen. Kaum waren sie weg, wendete sich das Gespräch in Richtung Krankenhaus. Svenja hörte nur zu, da sie noch neu im Kollegium war. Sie mochte es nicht, wenn über Abwesende getratscht wurde. Doch es ging nur um allgemeine Themen, zum Glück nicht um Affären, sondern um ein paar schwierige Patientenfälle.

Die beiden Krankenschwestern verabschiedeten sich bald, zusammen mit Piet und seinen Kollegen. Piet versprach, demnächst mal auf einen Kaffee vorbeizukommen, und Svenja freute sich darüber und fragte sich, weshalb sie während der Schulzeit so wenig Kontakt gehabt hatten.

Die Runde bestand jetzt nur noch aus Svenja, Christian und Ben. Die drei schwelgten in Erinnerungen, und der Abend verging mit ein paar Flaschen Wein wie im Flug.

»Wollen wir aufbrechen?«, frage Christian irgendwann.

»Ich würde gern noch bleiben, aber du kannst ruhig losmachen«, antwortete Ben.

Christian verabschiedete sich, stieg auf sein Fahrrad und fuhr davon. Kaum war er aus dem Lichtkegel der spärlichen Straßenbeleuchtung verschwunden, senkte sich ein sonderbares Schweigen über den Garten. Die Luft knisterte, Svenja war plötzlich angespannt, und auch Ben schien nicht mehr so locker zu sein.

»Schön, dass du wieder da bist«; sagte Ben.

»Ja«, antwortete Svenja.

Ein Gespräch kam nicht in Gang.

»Ich werde dann auch mal nach Hause fahren«, sagte Ben nach einem Moment und stand auf. Svenja erhob sich ebenfalls.

»Ja, es ist spät geworden. Ich bin auch müde«, log Svenja. In Wahrheit war sie hellwach und befürchtete, die ganze Nacht nicht schlafen zu können.

Ben zögerte und sah sie im Schein der Partybeleuchtung

an, die seine Augen mit kleinen Glitzerpunkten versah. »Soll ich dir noch beim Aufräumen helfen?«, fragte er mit rauer Stimme.

»Nein, das mache ich schon«, wehrte Svenja ab und begleitete Ben zu seinem Fahrrad. Hier war es dunkler, und nur der schwache Schein der Solarlampen, die in den Beeten entlang des Weges zum Gartentor steckten, tauchte die Umgebung in geheimnisvolles Licht.

Ben griff nach seinem Rad, drehte sich aber noch einmal zu ihr um. »Hast du Lust auf einen Spaziergang?«, fragte er ganz plötzlich. Svenja war völlig überrascht und nickte nur. Sie lief hinter Ben her durch das Gartentor und war sich sicher, dass bei ihrer Nachbarin die Gardine im noch beleuchteten Wohnzimmer gewackelt hatte. Ben ließ sich zurückfallen, bis er neben ihr lief. So waren sie in ihrer Jugend über die ganze Insel geschlendert, nebeneinanderher, die Welt erobernd.

»Das habe ich vermisst«, sagte Ben mit einem tiefen Seufzer.

Svenja lächelte. Offenbar hatte er denselben Gedanken gehabt. »Ich auch«, gestand sie schließlich, und schweigend liefen sie zum Strand. Die Stille war nun nicht mehr drückend, sondern fühlte sich leichter an, als hätten sie eine unausgesprochene Vereinbarung getroffen. Am Strand spazierten sie einige Minuten am Ufer entlang, bis Ben sich auf die alte Bank unter der krummen Kiefer setzte, wo sie früher viele Abende hatten ausklingen lassen. Svenja ließ sich neben ihn sinken und lauschte den Wellen. Ihre Gedanken fuhren Achterbahn. Sie konnte sich keinen Reim darauf machen, was Ben vorhatte. Hatte er bemerkt, wie sehr sie sich bemühte, ihre Schwärmerei für ihn zu verstecken? War es vielleicht ganz offensichtlich, und er würde sie nun bitten, sich keine weiteren Hoffnungen zu machen? Das tat sie nicht.

»Du bist keine kleine Schwester mehr«, hörte sie ihn

sagen. Sie nickte, wurde sich aber bewusst, dass er das in der Dunkelheit nicht sehen konnte, und machte nur »Hmmmm.«

»Aber Christian ist immer noch dein Bruder und mein bester Freund.« Wieder machte Svenja nur »Hmmmm.« Ihr Herz stolperte so laut in ihrer Brust, dass sie sicher war, er konnte es hören. Er würde sie bitten, sich von ihm fernzuhalten. Er hatte ja offenbar eine Freundin oder sogar Frau. Sophie, das hatte sie vorhin beim Grillen glasklar gehört.

»Vielleicht täusche ich mich, aber schon früher war da etwas zwischen uns. Ich dachte, es wäre weg, als du in Oxford warst, und ich kam super klar. Bis du mir plötzlich im Krankenhaus gegenübergestanden hast. Völlig ohne Vorwarnung«, sagte er leise. Svenja schluckte. »Und ich musste feststellen, dass gar nichts weg ist, du mir sofort wieder im Kopf herumspukst.«

»Hmmmm«, machte Svenja wieder, und es klang kläglich.

Ben beugte sich zu ihr rüber. »Kannst du mir bitte zwischen dem Hmmmm sagen, ob ich total verrückt bin und du mir gleich sagst, ich soll mich verpissen, oder ob du es auch spürst?« Svenja war völlig überfordert. Sie hatte keine Ahnung, was sie sagen, denken oder fühlen sollte. Ben mochte sie? Mehr als die kleine Schwester, die sie all die Jahre für ihn gewesen war?

»Svenja?«

»Ich weiß, wovon du sprichst«, sagte sie schnell. »Aber ich wusste nicht, dass es bei dir auch so ist. Ich dachte, ich bin für dich nur die nervige kleine Schwester deines besten Freundes«, antwortete sie leise.

»Das warst du lange Zeit auch. Bis ..., ich weiß es nicht. Irgendwann freute ich mich fast mehr auf dich als auf Christian.«

»Warum hast du nie etwas gesagt?«, fragte Svenja.

Ben legte seinen Arm um sie, zog sie zu sich heran und küsste sie. Mit einem tiefen Seufzen gab sie sich dem Kuss hin. *»Schweig still, mein Herz. Ich weiß, dass hier gerade ein Traum* *in Erfüllung geht«*, dachte sie, während sie den Kuss vertiefte und ihre Hand auf seine Brust legte. Sein Herz schlug wie verrückt, genau wie ihr eigenes. Ben küsste sie sanfter, zärtlicher, löste sich dann von ihren Lippen, hielt sie aber weiter im Arm.

»Ich habe morgen früh Termine. Wollen wir uns in ein paar Tagen treffen?«, fragte er.

Svenja konnte nur nicken. Sie genoss die über sie hereingebrochenen Emotionen. Sie standen auf, und Ben legte seinen Arm um sie. Sie brauchten keine Worte. Langsam wanderten sie zurück zum Haus, und dort hauchte Ben ihr noch einen federleichten Kuss auf die Lippen, bevor er, ohne ein weiteres Wort mit seinem Fahrrad davonfuhr. Für Svenja waren keine Worte nötig. Mit Sehnsucht im Herzen ging sie ins Haus und in ihr Schlafzimmer.

KAPITEL VIER

Die Tage vergingen, ohne dass Svenja etwas von Ben hörte. Sie überlegte, ob sie ihn vielleicht anrufen sollte. Aber was war schon passiert? Sie hatten sich in einer Weinlaune geküsst. Das passierte nicht nur Teenagern. Christian war am Tag nach der Grillparty dagewesen, um ihr beim Aufräumen zu helfen. Svenja hatte versucht, unverfänglich ein paar Fragen nach Ben in das Gespräch einfließen zu lassen. Doch außer, dass Ben Kinderarzt und auf Chirurgie spezialisiert war, erfuhr sie nichts Neues von ihrem Bruder. Christian fragte sie sogar, warum sie sich so für Ben interessierte. Sie redete sich damit heraus, dass sie ihn ja lange nicht gesehen hätte. Allerdings hatte sie nicht viel Zeit, darüber nachzudenken, denn im Krankenhaus wurde sie ordentlich gefordert. Wie überall war zu wenig Personal da, um sich ausreichend um alle Patienten zu kümmern. Ärzte, Schwestern und das gesamte Pflegepersonal schoben eine Überstunde nach der anderen, um die Abläufe reibungslos aufrechtzuerhalten.

Svenja war gerade dabei, endlich die überfälligen Berichte für die Hausärzte zu tippen, als es an der Tür klopfte. Normalerweise ließ sie die Tür zum Arztzimmer fast immer offenstehen, aber heute musste sie endlich ohne Ablenkung ihre Arbeit erledigen. »Ja?«, rief sie und hoffte, dass nicht wieder ein Notfall ihre Aufmerksamkeit erforderte. Es war Ben.

»Hi«, sagte er und grinste. »Ich leiste dir für eine Woche Gesellschaft. Ich habe einen neuen Kollegen eingearbeitet, der sehr gut allein zurechtkommt. Unsere Stationsärztin meint, ich soll hier aushelfen. Manchmal helfen wir auf den anderen Stationen aus. Und sie hat mir eindringlich geraten, nicht zu vergessen, dass du der Boss hier bist. Also, Chefin, was kann ich tun?«

Svenja war sprachlos. Ohne ein Wort über das, was zwischen ihnen vorgefallen war, platzte er herein und wollte ihr Kollege sein, locker und flockig, wie er eben war. Und sie dachte in jeder freien Minute an ihn?

»Bettpfannen leeren und mir aus dem Weg gehen«, gab sie zur Antwort.

»Nicht, dass diese Aufgabe eines Arztes unwürdig ist, aber ich dachte an etwas Anspruchsvolleres«, entgegnete er mit einem Grinsen. Dieses Lächeln würde ihr noch einen Herzinfarkt bescheren.

»Du kannst in Zimmer vier bei Frau Blum die Naht kontrollieren. Die Wunde hat sich entzündet, und wir müssen vielleicht ein anderes Antibiotikum geben.«

»Jawohl, Frau Doktor«, sagte er und verschwand. Verdattert sah sie ihm hinterher und nahm sich vor, die Berichte zu Hause fertigzuschreiben. Hier im Krankenhaus würde sie sowieso zu nichts kommen, und das Grübeln würde auch nicht besser werden, wenn sie jetzt darauf wartete, dass er zurückkam. Schnell packte sie ihre Sachen zusammen und saß kurze Zeit später im Auto, ihre Schicht war ohnehin vorbei. Zu Hause konnte sie sich jedoch nicht dazu aufraffen, ihre Arbeit zu beenden. Ihre Gedanken kreisten nur um Ben. Was dachte er sich nur dabei, ihr etwas von »schon immer dagewesenen Gefühlen« zu erzählen, sie zu küssen und dann so zu tun, als wäre nichts passiert? Ok, viel war ja nichts passiert. Aber weshalb tat er es überhaupt?

Svenja ließ sich ein Bad ein und holte sich ein Glas Wein aus der Küche. In der heißen Wanne liegend nahm sie sich fest vor, sich Ben gegenüber neutral zu verhalten. Das schien am sichersten zu sein. Svenja cremte sich gerade mit ihrer Lieblingslotion ein, als es klingelte. Sie schlang sich ein Handtuch um die Brust, steckte es fest, eilte die Treppe hinunter zur Tür und öffnete.

Vor ihr stand Ben. Sein Blick glitt an ihr herab, und dann besaß er doch tatsächlich die Dreistigkeit, sie anzulächeln.

»Anscheinend hast du mich erwartet«, sagte er mit einem Augenzwinkern. Arrogantes Arschloch.

»Dann hätte ich gar nicht erst aufgemacht«, erklärte sie trocken.

Ben zuckte zusammen. »Ok, das habe ich verdient. Darf ich reinkommen?« Svenja gab die Tür frei und ließ ihn eintreten. Sie tippelte in die Küche, größere Schritte ließ das kurze und nicht allzu breite Handtuch nicht zu. Der Ansatz ihrer Brüste war zu sehen, und sie war sich sicher, dass Ben auch einen guten Blick auf einen Teil ihres Hinterns erhaschen konnte.

»Was willst du hier?«, fragte sie schließlich und lehnte sich mit dem Rücken an den Kühlschrank.

Ben nickte, und die Heiterkeit war verschwunden. »Ich möchte mich entschuldigen und dir erklären, warum ich mich nicht gemeldet habe. Eigentlich.«

»Warum eigentlich? Was hält dich auf? Willst du ein Glas?«, fragte sie, gestikulierte zu der offenen Weinflasche und reckte sich, um ein Glas aus dem Hängeschrank zu nehmen.

»Gott, Svenja. Hör bitte auf, dich zu bewegen«, sagte Ben heiser, und sie spürte, wie er hinter sie trat. Dicht genug, dass sie seine Wärme als Prickeln im Nacken fühlen konnte. »Haust du mir eine rein, wenn ich dich berühre?«, fragte er so leise, dass sie sich bemühen musste, ihn zu verstehen.

Sie schüttelte den Kopf, unfähig zu sprechen, so laut klopfte ihr Herz. Ben hauchte ihr einen Kuss in den Nacken und folgte der Spur der Wassertropfen, die ihre noch nassen Haare auf ihren Schultern hinterlassen hatten. Sie erschauerte, legte den Kopf zur Seite und genoss seine Zärtlichkeiten. Ben fasste um sie herum und tastete nach der Stelle, an der sie das Handtuch festgesteckt hatte.

»Darf ich?«, fragte er erneut.

Svenja zögerte einen Moment, nickte dann aber. Wie weit würde sie gehen? Würde er sie danach wieder ignorieren? Sie atmete tief durch und traf dann eine Entscheidung. Jeden Tag sah sie, wie wichtig es war, den Moment zu genießen, und genau das würde sie jetzt tun. Sie würde sich nehmen, was er zu geben bereit war.

Ben löste das Handtuch, und es fiel zu ihren Füßen. Svenja schämte sich nicht für ihren Körper. Sie fühlte sich wohl darin und wusste, dass Männer sie attraktiv fanden. Aber nackt vor Ben zu stehen, war etwas anderes. Sie hatte diesen Mann angehimmelt, seit ihre Hormone erwacht waren. Er war der Mann ihrer Kleinmädchenträume, ihr Prinz, der sie nach der Disco nach Hause begleitet hatte, der Mann, an den sie in einsamen Nächten dachte, wenn sie sich selbst Erlösung verschaffte.

Svenja war froh, dass sie mit dem Rücken zu ihm stand, so konnte sie sich einen Augenblick sammeln. Ben fasste ihre Haare zu einem Zopf zusammen und schob sie über ihre Schulter nach vorn. Mit seinen Händen umfasste er sanft ihre Brüste, massierte sie leicht, hauchte Küsse auf ihren Hals und knabberte an ihrem Ohrläppchen.

»Wenn wir nicht aufhören, werden wir miteinander schlafen. Möchtest du das wirklich?«, fragte er zwischen zwei Küssen.

Svenja lachte auf. »Ja, Ben. Schon sehr lange.«

»Dann komm«, sagte er, nahm ihre Hand und ging mit ihr die Treppe hinauf in ihr Schlafzimmer. Sie hatte bei ihrer Party erzählt, dass sie sich ein großes Schlafzimmer in Omas altem Zimmer eingerichtet hatte.

Svenja weigerte sich, die Augen zu öffnen und womöglich festzustellen, dass sie nur geträumt hatte. Noch in postorgasmischen Emotionen schwelgend, rekelte sie sich und tastete auf die andere Seite des Bettes und war froh, sich für ein neues und vor allem großes Bett entschieden zu haben. In ihrem alten Bett wäre die letzte Nacht nicht möglich gewesen. Svenja war nicht unerfahren, aber Ben und sie hatten harmoniert, als wüssten ihre Körper genau, was der andere brauchte. Den Spruch *»Er spielte mit ihrem Körper wie auf einem Instrument«* fand sie immer kitschig, wenn sie ihn in einem Liebesroman las. Aber so war es. Sie brauchten kaum Worte, aber sagten einander so viel.

Svenjas Herz wurde schlagartig schwer. War sie dabei, sich wieder in den besten Freund ihres Bruders zu verlieben? Ihr wurde bewusst, dass die Seite neben ihr kalt war. So groß, dass sie jemanden, der neben ihr liegen sollte, nicht fand, war das Bett auch wieder nicht.

Sie öffnete die Augen. Sie war allein. Zügig stand sie auf, nahm einen Slip und ein Shirt aus der Kommode, ging zur Toilette, duschte schnell und zog sich an. Das Haus war ruhig. Zu ruhig, als dass noch jemand hier war. In der Küche schaltete sie die Kaffeemaschine ein und entdeckte einen Zettel, der daneben lag, beschwert mit ihrer Lieblingstasse. Hatte er sich daran erinnert, oder war es Zufall, dass er diese Tasse genommen hatte? Sie stellte die Tasse unter die Kaffeemaschine, nahm den Zettel und erkannte Bens Handschrift, die sich im Laufe der Jahre nicht verändert hatte, eher war sie noch schlechter zu entziffern als seine Schulaufgaben früher.

»Sorry. Ich musste los.« Mehr stand da nicht. Sorry? Wie »Sorry, dass er ohne ein Wort gegangen war«, oder »Sorry, dass er mit ihr geschlafen hatte«? Sie wusste es nicht und spülte das beklemmende Gefühl im Magen mit einem großen Schluck Kaffee herunter.

Das Telefon klingelte. Svenja sah den Namen ihrer Freundin Cass auf dem Display. War sie schon bereit, über die letzte Nacht zu reden? Nein. Sie schrieb ihrer Freundin eine Nachricht, dass sie sich nach dem Dienst oder morgen melden würde, nahm ihren Kaffee und machte sich fertig, zur Arbeit zu fahren.

~

Die Woche flog nur so dahin. Im Krankenhaus war die Hölle los. Neben wirklich schweren Fällen versorgte Svenja auch ein paar Notfälle aus der Ambulanz, die gut und gern auch ein Kollege in der Hausarztpraxis hätte behandeln können, Sonnenbrände, Schürfwunden oder Blasen an den Füßen. Zwischendurch fragte sie sich, ob manche Urlauber einen Besuch im Krankenhaus auf ihrer Ausflugsliste stehen hatten. Vieles war wirklich kein Notfall für ein Krankenhaus. In der Notaufnahme war kein Arzt verfügbar, so wurden die Ärzte des jeweiligen Fachgebietes bei Bedarf angerufen.

Von Ben sah und hörte sie nichts.

Am Sonntag beschloss Svenja nach Dienstschluss, einen Spaziergang zu machen. Sie hatte das Meer die ganze Woche nur aus der Ferne gesehen. Außerdem könnte sie mal wieder eine warme Mahlzeit vertragen, und so entschied sie sich, am Strand entlangzugehen und danach irgendwo einzukehren.

Die Saison hatte begonnen, und Svenja fand keinen freien Tisch in der Grillbar an der Strandpromenade. Kurzerhand setzte sie sich zu einem älteren Ehepaar, das sie freundlich willkommen hieß. »Machen Sie auch Urlaub?«, fragte die Frau. »Leider nein«, antwortete Svenja. »Ich bin hier geboren und arbeite hier.«

»Oh, eine waschechte Norderoogerin«, erwiderte der Mann. »Wir beide«, er deutete auf seine Frau, »haben uns auf dieser Insel vor fast zwanzig Jahren kennengelernt. Und dann geheiratet.«

»Das ist ja wunderschön!« Was für eine zauberhafte Geschichte. Svenja war ganz entzückt. Solche langen und offensichtlich glücklichen Beziehungen faszinierten sie immer. So etwas wünschte sie sich auch. Aber nicht mit Ben. Sie brauchte keinen Mann, der sich heimlich davonschlich und nichts mehr von sich hören ließ. Sie genoss die Unterhaltung mit dem Ehepaar. Nachdem sie gegessen und noch ein Glas Wein mit den beiden getrunken hatte, verabschiedete sich Svenja.

Sie lief am Strand entlang in Richtung des Hauses ihrer Oma. Das Meer schaffte es, wie immer, ihr den Kopf freizumachen. Die Möwen kreischten, Kinder spielten, und ein paar Hunde tobten herum. Es war einfach herrlich. Ein Wunder, dass Svenja nicht viel eher Heimweh nach Norderoog gehabt hatte.

Sie hörte ein lautes Kinderlachen und ein Männerlachen. Dieses Lachen kannte sie. Ben. Svenja sah sich um, und ihr Herz machte einen dumpfen Schlag, als sie ihn entdeckte. Ben balgte mit einem kleinen Mädchen im Sand herum. Neben den beiden saß eine Frau im Sand, vermutlich die Mutter des Kindes. Sie war wunderschön, irgendwie südländisch, knackig braun, mit gewellten, langen dunklen Haaren. Das totale Gegenteil von Svenja, mit ihrer auch im Hochsommer blassen Haut und den strohblonden Haaren. Die Frau lächelte, wie man lächelte, wenn man zutiefst zufrieden mit sich und der Welt war. Svenja wandte sich ab und beeilte sich, die glückliche Familie hinter sich zu lassen.

Ben hatte eine Familie. Der Schmerz über diesen Verrat

drohte, sie zu zerreißen. Nicht nur, dass er sie benutzt hatte, er hatte auch seine Frau betrogen. Nie hätte sie so etwas von ihm gedacht. Sie kannte ihn als ehrlichen Menschen. Es wurde wohl Zeit, sich Ben endgültig aus dem Kopf zu schlagen.

Im Haus angekommen, rief sie endlich Cass zurück und erzählte ihr alles, was passiert war. Cass war wütend auf Ben und aufgebracht, hatte aber nur den Rat, den Svenja sich schon selbst gegeben hatte: Sie würde sich zurückziehen und jeden Kontakt, außerhalb der Klinik, abbrechen.

Bevor sie ins Bett ging, sah sie noch die Post durch, denn auch das hatte sie die ganze Woche nicht geschafft. Außer Werbepost und einem Brief des Stromanbieters mit der Aufstellung der zu zahlenden Abschläge befand sich ein an Oma adressierter Brief von der Bank darunter. Verwundert öffnete Svenja den Umschlag. Er enthielt Kontoauszüge. Sie schaute auf das Datum der Buchungen und stellte erstaunt fest, dass es seit Omas Tod Geldeingänge, mit ziemlich hohen Summen gegeben hatte. Es musste sich um einen Fehler handeln. Oma war doch schon fast drei Jahre tot. Die Summe auf dem Konto konnte unmöglich stimmen. Sie nahm ihr Handy und rief Christian an. Ihr Bruder wollte das Konto nach Omas Tod schließlich auflösen. Sie hatte ihm extra von einem Anwalt eine Vollmacht ausstellen lassen, aber vielleicht hatte er das einfach vergessen. Es gab damals so viel zu tun.

Christian ging sofort ran.

»Hallo, Bruderherz. Sag mal, hattest du Omas Bankkonto aufgelöst?«, fragte sie ihn.

»Ah, verdammt!«, war seine Antwort. »Sei nicht böse, ich wollte das immer machen, aber irgendwie konnte ich es nicht, und dann hatte ich es vergessen.« Er klang zerknirscht.

»Es kam ein Brief von der Bank. Auf Omas Konto scheint ein Vermögen zu liegen. Kamen denn nie Briefe von der Bank, während ich in Oxford war?«, wollte Svenja wissen.

»Doch, doch. Immer wieder«, erklärte ihr Bruder kleinlaut.

»Und wo sind die?«

»Ich habe sie ungeöffnet in die Mülltonne geworfen. Ich dachte, es wäre Werbung«, murmelte er.

»Christian, echt! Du führst einen eigenen Betrieb! Du weißt, dass man Post nicht ungeöffnet wegschmeißt«, rief Svenja entrüstet.

Christian entschuldigte sich wortreich, und sie verabredeten, dass Svenja gleich morgen bei der Bank anrufen würde. Diese Kontoauszüge hatten es geschafft, sie vorübergehend von der sonderbaren Szene am Strand abzulenken, doch kaum lag sie im Bett, kreisten ihre Gedanken wieder. Hatte Ben sie wirklich derart schäbig angelogen?

KAPITEL FÜNF

Svenja war frustriert. Bei der Bank wollte man ihr keine Auskunft geben, stellte aber klar, dass es sich nicht um Fehlbuchungen handelte. Die Mitarbeiterin gab ihr den Tipp, sich doch an den Absender des Geldes zu wenden. Warum war sie nicht von selbst darauf gekommen?

Der Überweisungstext lautete bei allen Zahlungseingängen gleich: *Tantiemen Aria Emberwoods, Magischer Verlag Berlin.*

Verdutzt betrachtete Svenja den Text. Sie kannte die Autorin, sie hatte schließlich alle ihre Bücher verschlungen. Svenja liebte diese Fantasygeschichten, und bis sie selbst lesen konnte, hatte Oma ihnen abends immer Geschichten erzählt. In diesen Geschichten ging es um Magier, Feen, Elfen und all die fantastischen Wesen, die Svenja sich in ihrer kindlichen Fantasie ausmalen konnte. Oma konnte wunderbare Geschichten erzählen. Christian und Svenja hatten sich jeden Abend auf das Zubettgehen gefreut. Als Svenja endlich lesen konnte, verschlang sie alle Geschichten von Aria Emberwoods.

Konnte es sein, dass ... Svenja rief sofort Christian an, aber auch er konnte sich darauf keinen Reim machen. Er versprach jedoch, nach Dienstschluss vorbeizukommen. Svenja musste jetzt dringend zur Arbeit, also verschob sie alle weiteren Nachforschungen auf später. Trotzdem ließ sie das Thema nicht los, und in ihrer Pause recherchierte sie über Aria Emberwoods und den Verlag. Es gab zwar Bilder der Autorin im Internet, aber auf keinem war sie gut zu erkennen. Auf den meisten Fotos sah man sie nur mit einem Sonnenhut und von hinten vor einer Blumenhecke. Könnte die Frau Oma sein? Svenja war sich nicht sicher. Sie war so in ihre Entdeckung vertieft, dass sie fast die Zeit verpasste und sich beeilte, ihr Tablett abzuräumen und zurück auf die Station zu kommen. Heute war es ausnahmsweise mal angenehm ruhig, und sie nutzte die Zeit, um ein paar Worte mehr mit ihren Patienten zu wechseln.

Ein Klopfen am Rahmen der offenen Tür ihres Arztzimmers ließ sie innehalten. Ben. Auch das noch!

»Hast du einen Moment Zeit?«, fragte er. Sie wollte ihn gerade abwimmeln, als er hinzufügte: »Es ist beruflich.« Natürlich konnte sie ihn jetzt nicht ignorieren. Soweit durfte sie es nicht kommen lassen, dass Kollegen die Spannungen zwischen ihnen bemerkten oder gar getratscht wurde, sie sei unkollegial.

»Sicher. Worum geht es?«, fragte sie und versuchte, sich ihr Herzklopfen nicht anmerken zu lassen.

»Ich weiß, du bist keine Kinderchirurgin, aber könntest du dir bitte mal die Röntgenbilder eines meiner Patienten ansehen? Mein Kollege ist schon seit heute Morgen im OP, aber der Arm des Jungen muss dringend operiert werden.«

»Klar, schick mir die Bilder«, antwortete sie. Ben tippte etwas auf dem Tablet herum, das er in der Hand hielt, und Svenja sah sich die Röntgenbilder auf ihrem Monitor an. Es war wirklich ein schwieriger Bruch. Elle und Speiche waren beide mehrfach gebrochen und verschoben. Ohne externe Fixation würde der Arm nie vollständig heilen, und die Splitter am Ellenbogen mussten entfernt werden. Sie schaute auf die Daten des Patienten: ein sechzehnjähriger Junge.

Ben gab ihr Zeit, sich die Bilder in Ruhe anzusehen. Sie sammelte sich und deutete dann auf den Rollhocker neben sich. Ben setzte sich. »Wie kann ich helfen? Dass der Arm dringend operiert werden muss und eine externe Fixation unabdingbar ist, weißt du sicher selbst. Wie ist das überhaupt passiert, und was hat der Junge sonst noch für Verletzungen?«, fragte sie ihn.

Ben holte tief Luft. »Der Junge ist Tim, Piets kleiner Bruder. Er hat sich heimlich auf Piets Motorrad ein Rennen mit einem Freund geliefert, bis er eine Kurve nicht schaffte und geradeaus in ein Feld in der Nähe der Hotels fuhr. Er hat noch Glück gehabt, dass kein Baum dort stand. Eine leichte Gehirnerschütterung, einen Unterschenkelbruch, der andere Arm ist ebenfalls gebrochen. Und Schürfwunden am ganzen Körper. Die Eltern sind in Portugal im Urlaub, wollen aber den nächsten Flug zurücknehmen. Sie werden frühestens in sechs Stunden hier sein, haben aber ihre Einwilligung zur OP bereits telefonisch gegeben. Piet sitzt im Warteraum der Kinderstation. Du weißt, dass der Arm jetzt operiert werden muss und nicht erst morgen oder in ein paar Tagen. Die Knochen würden anfangen, wieder zusammenzuwachsen. Würdest du mit mir die Operation machen? Ich brauche einen zweiten Chirurgen.« Ben sah sie erwartungsvoll an.

Svenja hatte heute keine Operationen im Plan, und es war auch sonst ein ruhiger Tag. Der OP war verfügbar. »Ja, sicher. Es ist kein Kleinkind oder Baby. Einen Sechzehnjährigen kann ich operieren. Rufst du ein Team zusammen?«, antwortete sie.

»Habe ich schon. Ich hatte auf deine Unterstützung gehofft. So müssen wir den Jungen nicht verlegen und können ihn hier behandeln.«

»Dann mal los«, sagte Svenja und stand auf, um sich für die Operation vorzubereiten.

Svenja und Ben waren Profis in ihrem Job. Sie arbeiteten Hand in Hand, und nach vier Stunden hatten sie den Jungen erfolgreich operiert. In einigen Monaten würden den Jungen nur ein paar kleine Narben an den komplizierten Bruch erinnern, und der Arm würde wieder vollkommen funktionstüchtig sein. Manchmal vollbrachten sie wahre handwerkliche Wunder.

Svenja verließ den OP, um sich umzuziehen, und marschierte direkt zurück in ihr Arztzimmer. Dort übergab sie die Station an ihren Kollegen von der Nachtschicht und verabschiedete sich in den Feierabend. Sie beeilte sich, um Ben nicht über den Weg zu laufen, und auf dem Nachhauseweg gab sie ordentlich Gas. Sie hatte schließlich heute noch etwas vor. Zu Hause setzte sie sich ins Wohnzimmer und durchforstete weiter das Internet nach Informationen über Aria Emberwoods. Doch es gab nichts. Keine Bilder, keine Radio- oder Fernsehinterviews, keine Besuche auf Messen oder Lesungen. Svenja hätte nicht gedacht, dass es heutzutage noch Autorinnen gab, die, ohne in der Öffentlichkeit aufzutreten, so erfolgreich sein konnten.

Eine halbe Stunde später stand Christian vor der Tür. Sie schob ihn förmlich ins Wohnzimmer und direkt vor das Bücherregal, welches sie erst vor wenigen Tagen aufgestellt und mit ihren Büchern bestückt hatte. Ihre Bücher waren einige der wenigen Dinge, die sie aus Oxford mitgebracht hatte. Sie zog Band eins einer zehnteiligen Fantasyreihe von Aria Emberwoods aus dem Regal. Christian schaute auf das Buch. »Das habe ich schon vor Jahren gelesen, das weißt du doch.«

Svenja zeigte auf das Bücherregal und machte eine kreisende Bewegung um die insgesamt siebenunddreißig Bücher, alle von Aria Emberwoods geschrieben. »Kann es sein, dass Oma, unsere Oma, Hilde Buchner, die Autorin dieser Bücher ist?«, fragte sie ihren Bruder. Christian starrte sie an, als hätte sie den Verstand verloren.

»Das hätte ich nie vermutet, aber es würde einiges erklären. Erinnerst du dich, dass Oma immer viel auf ihrem Laptop getippt hat? Wir dachten, sie surft im Internet oder chattet heimlich mit einem Verehrer. Ein paar Jahre vor ihrem Tod hatte sie sich einen neuen Laptop gekauft. Ich war überrascht, dass sie ihn selbst eingerichtet hatte, dachte aber, sie wird einfach nicht viele Programme brauchen«, antwortete er nachdenklich.

Sollte Oma wirklich eine über Deutschland hinaus berühmte Autorin und eine der erfolgreichsten Fantasyautorinnen des Landes sein? Svenja konnte es nicht glauben. Sie hätten doch etwas merken müssen. »Lass uns auf den Dachboden gehen. Dorthin hat Oma immer alles gebracht, was sie nicht mehr brauchte, aber nicht wegwerfen wollte.«

Gemeinsam eilten sie ins Obergeschoss und zogen die Leiter, die die Luke zum Dachboden freigab, herunter. Svenja lief gezielt zu einem großen, alten Schrank auf der linken Seite, gegenüber dem Dachfenster. Sie wusste, dass er voller Papiere war, aber nach Omas Tod hatten sie ihn nicht durchgesehen. Dafür hatte es keinen Grund gegeben. Oma hatte gut vorgesorgt und alle wichtigen Papiere in einem Ordner abgeheftet.

Svenja war als kleines Mädchen oft dabei gewesen, wenn Oma in diesem Schrank herumkramte. Sie durfte währenddessen immer in einer alten Truhe stöbern, die hinten rechts in der Ecke des Dachbodens stand und allen möglichen Krempel enthielt. Flohmarktfunde nannte Oma diese Dinge. Oma hatte solche Sachen geliebt: angeschlagene Teetassen, Keksdosen, Bücher, in denen Seiten fehlten. Das Unperfekte und Angeschlagene hatte sie fasziniert.

In dem Schrank standen bestimmt fünfzig Ordner. Auf allen standen eine Zahl und ein paar Buchstaben. Svenja und Christian griffen sich jeweils einen Ordner und schlugen ihn auf.

»Band sieben, Reich der Eiselfen, A.E.«, las Svenja und

erschauerte. Sie sah zu ihrem Bruder. »Band 3, Die verschollene Fee, A. E.«, las er vor. Sie blätterten in den Ordnern durch die gedruckten, aber teilweise auch handgeschriebenen Seiten.

»Oma scheint tatsächlich Aria Emberwoods zu sein«, murmelte Svenja. Die Geschwister sahen sich ratlos an und blätterten wahllos durch ein paar andere Ordner. Jeder Ordner schien ein Manuskript zu enthalten. Aber es waren mehr Ordner, als Aria Emberwoods Bücher veröffentlicht hatte. Svenja nahm sich vor, gleich morgen früh beim Verlag in Berlin anzurufen.

Noch lange saßen sie nach dieser Erkenntnis in der Küche. Sie lasen abwechselnd in den Ordnern, die sie mit heruntergenommen hatten, tranken Omas Lieblingstee, Hibiskus mit Ingwer und Orange, und redeten über ihre Kindheit. In der offenbar eine der erfolgreichsten Autorinnen Deutschlands eine bedeutende Rolle gespielt hatte. Irgendwann, es war kurz vor Mitternacht, klingelte es an der Haustür. Christian hob irritiert den Kopf. »Erwartest du noch jemanden?«, fragte er.

»Nein, niemals um diese Zeit«, antwortete sie und stand auf. Sie öffnete die Tür und konnte ihre Überraschung nicht verbergen, als sie Ben dort stehen sah.

»Was machst du denn hier?«, fragte sie verwirrt.

»Ich habe noch Licht gesehen und wollte mich bei dir bedanken. Es war toll, dich bei der Arbeit zu sehen. Wir haben wunderbar zusammengearbeitet«, sagte Ben.

»Ähm. Ja. Ok, danke«, stammelte sie, während Christian hinter ihr im Flur auftauchte.

»Suchst du nach mir?«, fragte er Ben.

»Nein«, räusperte sich Ben. »Ich wollte zu Svenja. Wir haben heute zusammen eine schwierige Operation durchgeführt. Ich wollte mich bei ihr bedanken, dass sie die OP übernommen hat. Du hast bestimmt von dem Unfall von Piets Bruder gehört«, erklärte Ben.

»Ja. Schlimme Sache. Aber gut, dass er wieder gesund wird. Ich habe Piet vorhin getroffen. Ich wollte eh gerade los. Kommst du mit?«, fragte Christian seinen Freund.

»Oh. Ich, äh ... eigentlich wollte ich noch kurz mit Svenja reden«, gab Ben verlegen zu und sah zu Svenja.

Svenja betrachtete ihn einen Moment und Christians fragender Blick entging ihr nicht. Einen Augenblick herrschte betretenes Schweigen, dann sagte Christian betont locker: »Ah, ok. Ja, dann lasse ich euch mal allein.« Er drückte Svenja die Schulter und verschwand in der Dunkelheit.

KAPITEL SECHS

Ben ging vor ihr in die Küche und setzte sich auf den Stuhl, auf dem vor wenigen Minuten noch Christian gesessen hatte. Svenja nahm ihren Tee und lehnte sich an den Kühlschrank.

»Was willst du hier, Ben?« Sie sah ihn herausfordernd an und nahm einen großen Schluck von ihrem Tee.

»Ich habe dich vermisst«, antwortete er.

»Du hast mich heute Nachmittag im Krankenhaus gesehen. Und ich habe auch letzte Woche schon hier gewohnt.«

»Ich weiß. Dich heute zu sehen ... Ich muss mit dir reden«, setzte er an, dann schwieg er einen Moment, als würde er nach den richtigen Worten suchen. »Wir können nicht zusammen sein«, sagte er schließlich leise.

Svenja schnaubte. »Was du nicht sagst. Warum warst du nicht ehrlich zu mir? Wieso hast du mir nicht die Wahrheit gesagt?«, fragte sie.

»Du weißt es?« Irritiert sah er sie an.

»Ich habe euch am Strand gesehen. Eine glückliche kleine Familie«, gab Svenja zurück.

»So ist es nicht. Nicht, so wie du denkst. Wir sind keine

glückliche kleine Familie«, erwiderte er, und in seinen Worten lag eine unerwartete Schärfe.

Svenja warf ihm einen zweifelnden Blick zu. »Das sah aber anders aus. Das kleine Mädchen schien mir das glücklichste Kind der Welt zu sein. Ihr glucksendes Lachen, ihre Ärmchen, die dich umschlungen haben. Weißt du überhaupt, was du da Kostbares hast?« Svenjas Stimme wurde lauter.

»Oh, das weiß ich sehr wohl. Trotzdem, schließe bitte nicht von einer Beobachtung auf etwas, das es nicht gibt«, bat er sie und stand plötzlich auf.

Svenjas Körper reagierte bereits auf Ben, bevor sie sich Gedanken darüber machen konnte, ob sie wollte, was er vorzuhaben schien. »Nur ein Kuss«, flüsterte ihr Unterbewusstsein. »Nur ein Kuss! Mehr nicht!«

Sie wollte zur Seite gehen, ihn abweisen, und trotzdem blieb sie stehen und ließ es zu, dass Ben ihr sanft einen Kuss auf die Lippen hauchte.

»Ich kann nicht über Nacht bleiben«, flüsterte er in ihr Ohr. »Ich muss morgen früh zu Hause sein.«

»Bitte versprich mir, dass ich keine Ehe zerstöre und keinem Kind den Vater wegnehme«, antwortete sie ebenso leise.

Ben atmete tief durch. »Das tust du nicht. Wir können nicht zusammen sein. Aber glaube mir, wenn ich dir sage, dass es mein innigster Wunsch ist.« Svenja registrierte seine Worte und nahm sich vor, später, wenn er gegangen war, ernsthaft darüber nachzudenken. Dann zog sie Ben näher zu sich heran und gab sich seinen Küssen hin. Seine Nähe war magisch, sie hatte seiner körperlichen Anziehung nichts entgegenzusetzen.

Ben nahm ihre Hand und führte Svenja sanft vor sich her ins Wohnzimmer, setzte sich auf die Couch und zog sie dann auf seinen Schoß. Sie spürte seine Erregung und sah ihm tief in die Augen. Sie legte ihre Lippen auf seine und schob ihre

Hände unter sein T-Shirt und strich über seine festen Brustmuskeln.

Ben schob eine Hand unter ihr Sweatshirt und öffnete geschickt ihren BH. Mit der anderen Hand umfasste er Svenjas linke Brust und strich mit dem Daumen über ihre bereits harte Knospe. Svenja stöhnte leise und löste sich von ihm, um Küsse auf seinen Hals zu hauchen und ihm das T-Shirt auszuziehen. Er befreite sie von ihrem Sweatshirt, legte seine Hände unter ihre Oberschenkel und stand auf, hob sie von seinem Schoß und stellte sie auf den Boden. Um sie vollständig auszuziehen, brauchte er nur wenige Sekunden, und Svenja stand der Sinn nicht nach einem langen Vorspiel. Dann würde sie anfangen nachzudenken, und das galt es zu verhindern. Energisch schob sie Ben zurück auf das Sofa und setzte sich auf seinen Schoß.

»Kondom?«, murmelte Ben mit belegter Stimme, und Svenja sprang auf, um aus ihrem Schlafzimmer ein Kondom zu holen. Schon immer bewahrte sie eine Packung zwischen ihrer Unterwäsche auf. Frau konnte ja nie wissen.

Auf dem Weg nach unten riss sie die Packung auf. Wieder im Wohnzimmer, nahm sie für einen Atemzug das Bild in sich auf, das sich ihr bot: Ben saß nackt auf ihrer Couch. Nie wieder würde sie auf dieser Couch sitzen können, ohne an ihn zu denken.

Svenja kniete sich vor ihn hin und rollte das Kondom ab, woraufhin Ben tief und stöhnend einatmete, dann zog er sie zurück auf seinen Schoß.

Svenja keuchte: »Ich will dich. Jetzt und schnell«, und Ben tat ihr den Gefallen.

~

Svenja hatte Nachtdienst und eigentlich vorgehabt, richtig lange zu schlafen. Aber ihre Gedanken kreisten um ihre Oma. Und um Ben. Er hatte sich gestern Abend zärtlich verabschiedet und gesagt, er würde sich in ein paar Tagen melden. Sie war gespannt, ob er Wort halten würde.

Als es endlich neun Uhr war, hoffte sie, jemanden im Verlag zu erreichen. Die Nummer hatte sie sich gestern schon gespeichert. Sie tippte auf »Anrufen« und holte tief Luft. Nur kurze Zeit später meldete sich eine sympathische Frauenstimme. »Magischer Verlag Berlin, Sie sprechen mit Eva.«

»Mein Name ist Svenja Buchner, ich möchte mit jemandem sprechen, der mir etwas über Aria Emberwoods sagen kann.«

»Wir geben keine Auskunft über Autorinnen«, erwiderte die Frau.

»Ich bin ihre Enkelin. Meine Oma ist vor drei Jahren gestorben. Gestern kam ein Brief der Bank mit Kontoauszügen, darauf sind Überweisungen des Magischen Verlags«, antwortete Svenja. Sie hörte, wie die Mitarbeiterin sich im Hintergrund mit jemandem unterhielt, konnte aber nichts verstehen.

»Ich verbinde Sie, einen Augenblick bitte«, sagte Eva.

»Hallo, Frau Buchner. Ich freue mich, dass Sie sich melden. Wir sind uns auf der Beerdigung Ihrer Oma begegnet, aber Sie hatten anderes im Sinn, als sich alle Menschen zu merken, die kondoliert haben. Ich bin Melissa und war die Lektorin Ihrer Oma. Ich freue mich sehr, dass Sie sich melden. Auf unsere Briefe haben wir nie eine Antwort erhalten.«

»Lektorin? Briefe? Ich hatte bis gestern Abend nicht einmal eine Ahnung, dass Oma Autorin gewesen ist. Wie ... wann ...«, stammelte Svenja.

»Ihre Oma hatte ein streng gehütetes Pseudonym. Das war ihre Entscheidung. Wir als Verlag haben ihr oft nahegelegt, zumindest Lesungen zu halten oder auf Buchmessen zu fahren. Aber sie wollte nur schreiben. Ich vermute, sie hatte auch Bedenken, wie sich ihre Popularität auf Sie und Ihren

Bruder auswirken könnte«, erklärte die Lektorin. »Wir haben oft versucht, Sie und Ihren Bruder zu erreichen. Aber keines unserer Schreiben wurde beantwortet«, fügte sie hinzu.

Svenja saß zwar, hatte aber trotzdem einen Moment Angst, umzukippen. Es war also wahr. Ihre Oma war Aria Emberwoods. Oma war eine berühmte Schriftstellerin gewesen.

»Frau Buchner, wenn Sie es einrichten können, würde ich Sie gern in den Verlag einladen. Wir würden uns mit Ihnen und Ihrem Bruder darüber unterhalten, wie es mit den Übersetzungen der Bücher weitergeht. Ich weiß, Ihr Verlust ist schwer, aber in vielen Ländern warten LeserInnen auf die Fortsetzungen der Bücher. Denken Sie, es wäre Ihnen möglich, nach Berlin zu kommen?«, fragte Melissa.

»Ich weiß nicht, darüber muss ich mit meinem Bruder sprechen. Wir wissen auch gar nichts darüber. In Omas Unterlagen haben wir rein gar nichts zu ihrer Autorentätigkeit gefunden«, antwortete Svenja.

»Sprechen Sie mit Ihrem Bruder. Wenn Sie möchten, schicke ich Ihnen einen Wagen, der Sie nach Berlin abholt.«

»Das wird nicht nötig sein. Ich rufe Sie an, wenn ich mit meinem Bruder gesprochen habe.«

Svenja brauchte einen Moment, um sich zu sammeln. Sie hatten es ja bereits vermutet. Aber jetzt die Bestätigung zu haben, dass Oma tatsächlich Aria Emberwoods war, war ein Schock. Oma war berühmt. Sehr berühmt.

Sie hatte ihr Telefon noch in der Hand. Sie musste Christian sprechen, erreichte aber nur seine Mailbox. »Christian, bitte melde dich, sobald du kannst«, sprach sie ihm drauf.

Ihr Telefon signalisierte den Eingang einer Nachricht, und sie schaute auf das Display. Die Nachricht war von Ben.

»Hast du am Wochenende Zeit? Ich würde dich gern sehen. Und mit dir reden.« »Ja, das sollten wir wohl«, dachte Svenja. Sie nahm sich vor, ihm später zu antworten.

Svenja machte sich noch einen Kaffee und bereitete sich

ein spätes Frühstück aus Toast, Frischkäse und Tomaten. Nachdem sie ihr Geschirr in die Spülmaschine gestellt hatte, ging sie auf den Dachboden. Sie wusste nicht, wonach sie suchte, aber irgendetwas musste es geben, das erklärte, weshalb Oma so ein Geheimnis aus ihrer Autorentätigkeit gemacht hatte. Spätestens als Svenja und Christian erwachsen waren, hätte sie es ihnen sagen können. Im Schrank, in dem die vielen Ordner standen, fand sie allerdings auch heute nichts, was ihr weiterhalf. Aber sie würde im Verlag nachfragen, ob es noch unveröffentlichte Manuskripte gab. Hier standen definitiv mehr Manuskripte, als Oma Bücher unter dem Pseudonym Aria Emberwoods veröffentlicht hatte.

Oder es gab noch ein weiteres Pseudonym, aber darauf wies nichts hin. Svenja durchsuchte den gesamten Dachboden. Sie verstand es nicht. Oma hatte so gut vorgesorgt, für den Fall, dass sie starb. Sie und Christian mussten sich kaum um etwas kümmern. Warum fand sie nichts? Sie mussten dringend zum Verlag und zur Bank. Gut, dass sie beim Nachlassgericht einen Erbschein beantragt hatten, den Svenja seitdem in ihren Unterlagen aufbewahrt hatte. Ihr wurde bewusst, dass Christian das Konto wahrscheinlich gar nicht hätte auflösen können, selbst wenn er gewollt hätte. Dafür hätte die Vollmacht nicht ausgereicht.

Sie ging wieder nach unten und merkte jetzt, wie hundemüde sie war. Kurzentschlossen ging sie wieder ins Bett, um vor dem Nachtdienst noch ein wenig Schlaf abzubekommen.

Als sie am späten Nachmittag aufstand, hatte sie eine Nachricht von Christian, dass er gegen achtzehn Uhr vorbeikommen wollte.

Svenja schuldete allerdings auch Ben noch eine Antwort. Sie ahnte, dass ihr das Gespräch nicht gefallen würde. Sie schrieb ihm, dass sie etwas über ihre Oma herausgefunden hatte und ihr Gespräch gern aufschieben würde, bis sie alles geklärt hätte.

Christian war pünktlich, und sie erzählte ihm in der Küche von ihrem Telefonat mit der Lektorin und ihrer Suche auf dem Dachboden.

»Hast du noch etwas von Oma, das wir uns nicht angeschaut haben? Ich verstehe nicht, weshalb sie uns nicht gesagt hat, dass sie Aria Emberwoods ist. Wir waren beide bei ihr an ihren letzten Tagen. Sie wusste, dass sie sterben würde. Wir alle wussten es. Sie hatte vorgesorgt, alles geregelt«, sagte sie zu Christian, während sie ihm ein Glas Wasser hinstellte und sich dann zu ihm an den Tisch setzte.

»Nein. Wir haben den Ordner gemeinsam durchgesehen. Er steht bei mir, ich bringe ihn morgen vorbei, da gucken wir noch mal alles durch. Beim Ausräumen des Hauses haben wir auch nichts gefunden. Du warst dabei. Auf dem Dachboden haben wir alles unberührt gelassen, und im Keller ist nur ein Weinregal mit ein paar Flaschen Apfelmost und Holunderwein«, antwortete er.

»Ja, lass uns den Ordner noch einmal durchsehen. Hast du nächste Woche Zeit, mit mir nach Berlin zu Omas Verlag zu fahren? Ich habe Mittwoch und Freitag frei«, fragte sie.

»Kann ich dir morgen erst sagen. Ich rede mit meinem Kollegen, ob er einen Tag ohne mich auskommt«, gab er zur Antwort.

»Perfekt. Na gut, ich muss mich langsam zum Dienst fertig machen. Ich habe Sarah, meiner Kollegin, versprochen, etwas eher zu kommen. Sie will etwas zu einem Patienten besprechen, kann aber nicht länger bleiben, weil ihr Mann zur Nachtschicht muss und sie keinen Babysitter eingeplant hat«, sagte sie.

Svenja brachte ihren Bruder zur Tür und musste sich dann beeilen, pünktlich in die Klinik zu kommen. Mit ihren Gedanken hing sie aber nach wie vor bei ihrer Oma. Und bei Ben.

KAPITEL SIEBEN

Der Nachtdienst war hektisch. Eine Gruppe Jugendlicher hatte die Idee, am Strand ein Feuer zu machen und darüber zu springen. Je nach Trunkenheit war es einigen nicht gelungen, und sie hatten sich entsprechende Verletzungen zugezogen. Verstauchte Knöchel waren noch die leichteren Befunde.

Ein Kollege erzählte Svenja, dass ein Mädchen sich so stark den Unterschenkel verbrannt hatte, dass man sie ins Koma legen musste und eine Hauttransplantation erwog.

Svenja erinnerte sich daran, dass sie zu Verbrennungen einen interessant klingenden Artikel lesen wollte. Sie kam nur nie dazu, all die im Browser gespeicherten Webseiten zu lesen. Das musste sich dringend ändern. Sie brauchte mehr Alltag in ihrem Leben. Momentan war einfach zu viel los darin.

Als sie in ihrer Pause mit knurrendem Magen in die Cafeteria ging, um etwas zu essen, entdeckte sie Ben mit einem Kollegen. Ihr Herz machte ganz unwillkürlich einen kleinen Hüpfer. Er winkte ihr und rief, dass sie sich gern zu ihnen gesellen sollte. Svenja nickte ihm zu, entschied sich am Buffet schnell für ein Sandwich mit Gurken und Avocadocreme und einen kleinen Salat. Sie bezahlte und ging mit ihrem Tablett zu Bens Tisch. Seinen Kollegen stellte er als Markus Willmer vor, einen Arzt auf der Geriatrie. »Sag gern Markus zu mir«, erklärte dieser und zwinkerte ihr zu. Er sah gut aus: groß und schlank, mit dunklen Haaren und einer Frisur, die sich immer hart an der Grenze zu »Haarschnitt dringend benötigt« bewegte, aber gerade deswegen so gut aussah. Es gab ihm etwas Verwegenes, und die blauen Augen mit dem Grübchen neben dem linken Mundwinkel, wenn er lächelte, taten ihr Übriges.

Die beiden Männer sprachen über ein Fußballspiel auf dem Festland, doch nach wenigen Minuten verabschiedete Markus sich mit einem Augenzwinkern. »Ich freue mich, dich bald näher kennenzulernen, Svenja.«

Baggerte er sie etwa an? Svenja schielte zu Ben, doch er zeigte keine Reaktion.

»Was passiert bei dir gerade? Du hast etwas über Oma Hilde herausgefunden?«, fragte er sie stattdessen. Ben war in ihrer Kindheit bei ihnen ein und ausgegangen, als hätte er im Haus gewohnt. Bei ihm zu Hause war es nicht schön gewesen, die Mutter fort, der Vater suchtkrank, inzwischen aber erfolgreich therapiert. Er liebte seinen Sohn, war jedoch nicht in der Lage gewesen, sich angemessen um ihn zu kümmern. Oma hatte sich immer um alle gekümmert, und Ben war stets willkommen gewesen.

Svenja erzählte ihm, was Christian und sie herausgefunden hatten. Sie schilderte all ihre Bedenken und ihren Kummer darüber, dass Oma scheinbar kein Vertrauen zu ihnen gehabt hatte, um ihnen die Wahrheit zu sagen, wer sie wirklich war. Es tat erstaunlich gut, sich alles von der Seele zu reden.

»Wow. Oma Hilde ist Aria Emberwoods? Seid ihr sicher? Das klingt total verrückt«, sagte Ben nach einer Weile und schüttelte den Kopf.

»Ja, scheint so. Wir wollen nächste Woche nach Berlin

zum Verlag«, sagte Svenja, und wie aufs Stichwort kündigte ihr Handy eine Nachricht an. Sie warf einen Blick auf das Display: *»Hey, ich habe gerade mit meinem Kollegen gesprochen, und er ist damit einverstanden, dass ich nächste Woche einen Tag freinehme, um nach Berlin zu fahren. Wir können uns dann mit dem Verlag treffen und alles besprechen.«* Christian konnte mitkommen, Svenja war erleichtert.

»Das war Christian«, sagte sie zu Ben und zeigte ihm die Nachricht. »Wir haben jetzt einen Plan.«

Ben lächelte. »Das hört sich gut an. Ich bin froh, dass ihr das gemeinsam angeht.«

Die Tage bis zur Fahrt nach Berlin vergingen wie im Flug. Svenja und Ben tauschten jeden Tag ein paar unverfängliche Nachrichten aus und trafen sich in der Cafeteria, wenn sie gemeinsam Dienst hatten. Einmal saß die Frau vom Strand mit an seinem Tisch, da ging Svenja lieber zum Bäcker gegenüber des Krankenhauses und holte sich dort etwas zu essen. Sie war enttäuscht, dass sie für Ben nur eine Affäre zu sein schien. Nie hätte sie ihm zugetraut, dass er seine Frau betrügen würde. Aber sie hatten sich viele Jahre nicht gesehen; was wusste sie schon, wie Ben sich verändert hatte oder wie er in einer Beziehung war. Svenja hatte keinen Appetit mehr, warf ihr Essen in den Mülleimer und ging zurück ins Krankenhaus und auf ihre Station.

Endlich war es so weit: Es war Mittwoch, der Tag, an dem sie nach Berlin fahren würden. Die Fahrt mit der Fähre zog sich in die Länge, und dann gab es auch noch einen Stau auf der Autobahn, aber irgendwann betraten sie beide den Magischen Verlag Berlin. Die Glastüren öffneten sich geräuschlos. Sie meldeten sich am Empfang an und mussten nicht lange warten, bis eine junge Frau auf sie zukam.

»Svenja, Christian, es ist schön, Sie zu sehen. Ich bin Melissa«, begrüßte die Frau sie herzlich. »Ich habe bereits alles für unser Treffen vorbereitet.«

Sie führte sie in ein Besprechungszimmer. Der Raum war

mit Regalen voller Bücher gesäumt, vermutlich die veröffentlichten Werke des Verlags, und in der Mitte stand ein großer runder Holztisch mit bequemen Polsterstühlen darum herum.

Die Geschwister setzten sich nebeneinander, und Melissa begann, über die Arbeit ihrer Großmutter als Aria Emberwoods zu sprechen. Svenja war sprachlos, als sie hörte, dass Aria Emberwoods, ihre Oma, eine äußerst talentierte Autorin gewesen war und dass ihre Bücher eine treue Fangemeinde auf der ganzen Welt hatten. Sie wusste es bereits, aber es jetzt noch einmal bestätigt zu bekommen, überforderte sie sehr.

Svenja trank einen Schluck Wasser und tastete nach Christians Hand. Sie musste wissen, dass sie nicht träumte. Christian drückte ihre Hand.

»Kommen immer noch Leseranfragen?«, fragte er Melissa.

»Wir haben hier im Verlag viele Anfragen von Lesern, die auf die Fortsetzung von Arias Büchern warten«, fuhr Melissa fort. »Aber leider gibt es ein Problem.«

Svenja und Christian tauschten einen besorgten Blick aus. »Was für ein Problem?«, fragte Christian.

Melissa seufzte. »Es gibt Gerüchte über ein unvollendetes Buch von Aria Emberwoods, das nie veröffentlicht wurde. Es heißt, dass dieses Buch eine dunkle Episode aus ihrer Vergangenheit behandelt, eine Tragödie, die sie tief erschüttert hat.«

Die Geschwister hörten gespannt zu, während Melissa fortfuhr. »Niemand weiß genau, was in diesem Buch steht, aber es kursieren viele Spekulationen. Einige behaupten, dass es zu brisant ist, um veröffentlicht zu werden, andere glauben, dass es ein von großen Fans in die Welt gesetzter Wunsch ist.«

Svenja und Christian waren fasziniert und erschüttert zugleich. Sie hatten nie geahnt, dass ihre Großmutter ein solches Geheimnis gehabt haben könnte.

»Wir würden gerne mehr über dieses Buch erfahren«,

sagte Svenja schließlich. »Gibt es irgendwelche Unterlagen oder Notizen, die uns weiterhelfen könnten?«

Melissa schüttelte den Kopf. »Ich weiß es nicht und hatte gehofft, dass Sie etwas gefunden hätten. Wir wissen nicht, wer das Gerücht verbreitet hat. Es ist allerdings auch in unserem Interesse, es aus der Welt zu schaffen oder das Buch zu veröffentlichen.«

Melissa versprach, ihnen eine erneute Aufstellung der Titel und Tantiemen zukommen zu lassen, da Christian die Post des Verlags entsorgt hatte.

Die Geschwister bedankten sich und verabschiedeten sich von Melissa. Als sie den Verlag verließen, waren sie allerdings noch verwirrter als zuvor.

Während der gesamten Heimfahrt nach Norderoog waren Svenja und Christian in ihre Gedanken versunken. Die Worte von Melissa über das Gerücht im Verlag hatten sie nachdenklich gestimmt.

»Was könnte es nur sein?«, brach Svenja schließlich das Schweigen, das bis jetzt zwischen ihnen geherrscht hatte.

Christian seufzte und rieb sich nachdenklich das Kinn. »Schwer zu sagen. Ich kann mir nicht vorstellen, dass an diesem Gerücht etwas dran ist. Oma war der friedliebendste Mensch der Welt.«

Svenja nickte. »Das stimmt. Und hätte sie uns nichts davon erzählt? Warum hätte sie uns im Dunkeln lassen sollen, wenn sie etwas Wichtiges geheimhalten musste vor der Welt? Aber doch nicht vor uns.«

Christian zuckte mit den Schultern. »Vielleicht hat sie gedacht, dass es besser wäre, uns nicht einzubeziehen. Vielleicht wollte sie uns beschützen.«

Die Geschwister schwiegen wieder und grübelten weiter über mögliche Szenarien nach. Die Straßen zogen an ihnen vorbei, während sie sich in ihren Gedanken verloren. Doch je mehr sie darüber nachdachten, desto mehr Fragen tauchten auf.

»Wir müssen mehr herausfinden«, sagte Svenja schließlich. »Wir können nicht abwarten, bis irgendwo ein Manuskript auftaucht. Das hat Oma nicht verdient.«

Christian nickte zustimmend. »Ja, da hast du recht. Wir sollten weitergraben und alles tun, um Licht ins Dunkel zu bringen.«

Mit diesem Entschluss fuhren sie weiter durch den Feierabendverkehr, fest entschlossen, das Geheimnis zu lüften, das ihre Großmutter umgeben hatte. Sie erreichten knapp die letzte Fähre.

Svenja war hundemüde, als sie endlich in Omas Häuschen ankamen. »Wollen wir gleich loslegen?«, fragte sie Christian, doch der schüttelte den Kopf. »Sei mir nicht böse, ich muss das erst einmal sacken lassen. Und ich bin ziemlich erledigt heute. Ich weiß, du hast Spätdienst morgen. Wenn es dich nicht stört, würde ich nach meinem Feierabend schon mit der Suche beginnen und die Ordner mit den Manuskripten, die veröffentlicht sind, extra stellen.«

»Immer mach, je eher wir damit beginnen, umso früher bekommen wir hoffentlich Antworten. Du fängst schon an, und ich bringe uns etwas zu Essen mit«, sagte Svenja. Sie drückten sich zum Abschied, und Christian stieg wieder in sein Auto und fuhr davon.

Svenja schloss die Haustür auf und blieb einen Moment im Flur stehen.

»Oma, was ist hier los? Wir wären für dich dagewesen, immer«, flüsterte sie.

Vielleicht war an der Sache mit dem unveröffentlichten Buch auch nichts dran. Schließlich hätte Christian zumindest etwas mitbekommen müssen, wenn Oma Geheimnisse gehabt hätte. Immerhin war er all die Jahre auf der Insel geblieben und hatte Oma oft besucht. Wobei, dass sie Autorin war, hatten sie auch nicht mitbekommen. Oma war gut darin, diesen Teil ihres Lebens vor allen zu verstecken.

Svenja ging nach oben in ihr Schlafzimmer und ins Bett.

Sie war ebenfalls zu erschöpft, um noch große Suchaktionen zu starten. Ihr Handy klingelte, und kurz überlegte sie, es zu ignorieren. Aber es könnte wichtig sein, also nahm sie das Telefon vom Nachttisch, auf dem sie es gerade abgelegt hatte, und ging ran. Ein Videoanruf von Ben.

Svenja sah an sich herunter. Ihr Seidentop, das sie für die Nacht trug, enthüllte mehr, als es verbarg. Sie zog die Decke etwas höher und nahm den Anruf an. Ben sah müde aus.

»Wie war es in Berlin?«, fragte er sie.

Svenja fasste den Tag in knappen Worten zusammen. Es klang abenteuerlich und schien wenig mit ihrer geliebten Oma zu tun zu haben.

»Weißt du irgendetwas, worum es gehen könnte? Ich möchte nicht, dass jemand Omas Bücher nach ihrem Tod so beschmutzt und in den Dreck zieht«, fragte sie Ben.

Plötzlich lächelte Ben, und ein Glitzern schlich sich in seine müden Augen.

»Ben?«

»Nettes Teil hast du da übrigens an. Für mich?«, fragte er und wich völlig vom Thema ab.

»Wer ist die Frau vom Strand, mit der du in der Cafeteria gesessen hast?«, fragte sie, ohne auf ihn einzugehen, und zog die Bettdecke bis unter ihr Kinn.

Ben verging das Lächeln. »Darüber reden wir noch«, antwortete er.

»Sag doch einfach, was du zu sagen hast«, knurrte sie.

»Svenja ... es ist nicht so einfach«, seufzte Ben.

»Doch, ist es. Du wolltest Sex mit einer anderen, und ich war bereit dazu. Nur hätte ich gern gewusst, dass du Frau und Kind hast. Dann wäre zwischen uns nichts passiert. Und weil du das wusstest, hast du es mir verheimlicht«, sagte sie mit lauter werdender Stimme.

»Wir treffen uns und reden, Svenja. Jetzt wünsche ich dir eine gute Nacht«, antwortete er ruhig und beendete das Gespräch. Svenjas Display wurde dunkel.

Wusste der Mistkerl eigentlich, wie stinkwütend Frauen wurden, wenn sie schon wütend waren und man ihnen die Möglichkeit nahm, den vermeintlich Schuldigen zu beschimpfen? Wahrscheinlich nicht. Sonst hätte er nicht aufgelegt.

An Schlaf war nicht mehr zu denken. Svenja kletterte aus dem Bett, ging in die Küche und machte sich einen Tee. Auf dem Weg zurück ins Bett holte sie ihr Tablet aus dem Wohnzimmer. Den Tee stellte sie auf den Nachttisch. Sie sollte sich dringend Untersetzer zulegen, sonst hätten die schönen Holzschränke bald lauter dunkle Ränder. Im Tablet gab sie das Pseudonym ihrer Oma in die Suchmaschine ein, fand aber nichts Neues. Frustriert trank sie einen Schluck ihres Tees, legte das Tablet auf die leere Betthälfte und schaltete das Licht aus.

KAPITEL ACHT

Svenja wälzte sich lange herum, konnte aber nicht schlafen. Ihr kam eine Idee. Sie suchte im Internet immer nach dem Pseudonym ihrer Oma. Was aber wäre, wenn ...

Sie knipste das Licht erneut an, nahm das Tablet und gab den Namen ihrer Oma in die Suchmaschine ein: Hilde Buchner. Buchner war kein seltener Name, Hilde auch nicht. Die meisten Einträge waren über Hildegard Buchner. Den Namen schloss Svenja aus. Wenn Oma sich hätte verstecken wollen, wäre eine Namensänderung von Hilde zu Hildegard sehr einfallslos gewesen. Über Hilde Buchner war nichts Auffälliges zu finden. Ein paar Todesanzeigen anderer Hildes und ein paar Foreneinträge, die Svenja nicht für wichtig hielt.

Sie wollte versuchen, jetzt etwas zu schlafen. Zuvor nahm sie ihr Telefon vom Nachtisch, um sich den Wecker zu stellen. Es wäre peinlich, zum Spätdienst zu verschlafen. Sie sah, dass Ben ihr eine Nachricht geschrieben hatte. Natürlich würde sie nicht bis zum Morgen warten können, um sie zu lesen. Also tat sie es gleich.

»Es tut mir leid. Und dein Top sah wirklich heiß aus.«

Svenja wusste wieder einmal nicht, wie sie Bens Verhalten

deuten sollte. Er flirtete mit ihr, obwohl er Frau und Kind hatte. Vielleicht hatte er recht, und sie mussten wirklich miteinander reden. Aber worüber? Die Sache war klar. Sie wollte niemandes Affäre sein.

Es kam ihr vor, als wäre sie gerade erst eingeschlafen, als der Wecker ihres Handys sie aus dem Schlaf riss. Gähnend schaltete sie ihn aus und zwang sich aus dem Bett. Während Svenja unter der Dusche stand, ertönte plötzlich das Klingeln an der Haustür. Hastig wickelte sie sich in ein Handtuch und öffnete die Tür einen Spalt.

»Ben«, begrüßte sie den Besucher überrascht.

Ben zog die Augenbrauen hoch und grinste. »Wird es jetzt zur Gewohnheit, dass du schon ausgezogen bist, wenn ich vorbeikomme?«, witzelte er.

»Tut mir leid, dich enttäuschen zu müssen, mein neuer Style ist nicht für dich«, gab sie zur Antwort, sehr froh über ihre Schlagfertigkeit. »Was machst du hier? Ich muss gleich los ins Krankenhaus.«

»Ich weiß, ich wollte dir nur ein spätes Frühstück vorbeibringen«, sagte er und reichte ihr eine Tüte. Svenja musste nicht hineinschauen, um zu wissen, dass ein Schokocroissant darin war. Dass er sich daran erinnerte ... Es war so lange her.

»Danke, Ben, dass du dich daran erinnerst«, murmelte sie und nahm die Tüte entgegen. Für einen kurzen Moment zeigte sich in Bens Augen ein Ausdruck, den sie nicht deuten konnte, fast verletzt, betroffen oder beschämt.

»Ich erinnere mich an alles, Svenja«, antwortete er leise, trat einen Schritt zurück und winkte ihr zu, bevor er zum Gartentor ging, wo sein Auto stand.

Svenja legte die Bäckereitüte auf das kleine Schränkchen im Flur. Sie beschloss, unterwegs zu frühstücken. In der Küche schaltete sie die Kaffeemaschine ein, um sich einen Kaffee zum Mitnehmen zu machen. Natürlich verlangte der Automat zuerst nach Bohnen, und der Satzbehälter war auch voll. Nachdem sie endlich Kaffee in ihrem Thermobecher hatte, stellte sie ihn ebenfalls auf das Schränkchen und ging nach oben in ihr Schlafzimmer, um sich anzuziehen. Es wurde Zeit, dass sie losmachte.

Im Krankenhaus angekommen, war sie gerade auf dem Weg in das Stationszimmer, um sich von der Tagschicht die Station übergeben zu lassen, als Markus Willmer ihren Namen rief. Sie erinnerte sich, ihn flüchtig in der Cafeteria kennengelernt zu haben, als sie bei ihm und Ben am Tisch gesessen hatte.

»Hallo Svenja, schön dich zu sehen.« Er strahlte sie an und sagte dann, total unerwartet: »Ich habe mich gefragt, ob du mit mir essen gehen möchtest.«

Na, das war ja mal mit der Tür ins Haus fallen. Das war schon etwas sonderbar, aber warum eigentlich nicht? Auf Ben brauchte sie nicht zu warten, und jemand anderen gab es nicht in ihrem Leben. Markus sah gut aus und schien nett zu sein.

»Okay. Meinst du, wir haben mal gleichzeitig einen freien Abend?«, scherzte sie.

»Das kriegen wir hin«, gab er mit einem Lächeln zur Antwort.

»Ich habe morgen frei, am Wochenende Frühdienst. Allzu lange würde ich nicht ausgehen, wenn ich Samstag früh raus muss.«

»Ich habe morgen Frühdienst, das passt perfekt. Soll ich dich abholen? Schickst du mir deine Adresse? Ich schreibe dir schnell meine Nummer auf«, sagte er eifrig und nahm eine Serviette vom Teewagen, zog einen Stift aus seiner Hemdtasche und schrieb ihr seine Nummer auf.

»Wollen wir um 18 Uhr los? Aufs Festland oder möchtest du dich unter die Touristen mischen?«, fragte Svenja.

»Ach, lieber aufs Festland. Magst du die indische Küche? Ich kenne ein kleines indisches Restaurant in der Nähe des Hafens«, schlug Markus vor.

»Indisch ist super«, freute sich Svenja. »Ich schicke dir

meine Adresse«, verabschiedete sie sich und ging in das Stationszimmer, um die Übergabe nicht unnötig hinauszuziehen. Die Kollegen der Frühschicht wollten sicher endlich in ihren Feierabend gehen. Es war ein ruhiger Dienst, ohne Neuzugänge.

Auf dem Heimweg besorgte Svenja zwei Pizzen und eine Flasche leichten Rosé. Christian wartete sicher schon auf sie.

Zu Hause angekommen, rief sie laut: »Ich bin da, wir können essen.« Niemand antwortete. Svenja wunderte sich; der Bruder wollte doch nach seiner Arbeit damit beginnen, etwas über Omas Geheimnis herauszufinden. Sie konnte sich auch nicht vorstellen, dass er um diese Zeit noch in der Werkstatt zu tun hatte.

Die Pizzen legte sie in der Küche auf den Tisch und stellte den Wein in den Kühlschrank. Sie würde im Dachgeschoss nachsehen; vielleicht hatte Christian es sich dort gemütlich gemacht und keine Lust gehabt, die Ordner alle nach unten zu schleppen. Das würde auch Sinn machen, schließlich waren es eine Menge Ordner.

Tatsächlich fand sie ihren Bruder auf dem Dachboden, völlig abwesend in dem alten Ohrensessel sitzend, direkt neben der Truhe mit Omas Krimskrams, die Svenja als Kind so geliebt hatte. Auf seinem Schoß lag ein Ordner aus Omas altem Schrank, und um ihn herum waren weitere Ordner verstreut, einige aufgeschlagen, andere achtlos beiseitegelegt. Oder Christian hatte ein System entwickelt, das Svenja jedoch nicht sofort durchschaute.

»Christian, wie lange sitzt du schon hier oben?«, fragte sie besorgt.

Er blickte von dem Ordner auf, der auf seinen Knien lag. »Hallo, Svenja. Ich glaube, du solltest dich setzen. Ich habe etwas Unglaubliches gefunden, etwas total Verrücktes ...« Seine Stimme zitterte, und sie bemerkte, wie blass er war.

Svenja trat näher, nahm ihm den Ordner vom Schoß und legte ihn vorsichtig neben den Sessel. Christian sah ihr teilnahmslos dabei zu. Sie kniete sich vor ihn und nahm seine Hände in ihre.

»Christian, was ist los? So fassungslos habe ich dich noch nie gesehen. Bitte sprich mit mir.«

»Es geht mir gut, ich bin nur völlig geschockt. Über Oma, unsere Familie, alles«, antwortete er leise.

»Komm, lass uns nach unten gehen, und du erzählst mir alles. Ich habe Pizza mitgebracht, und du siehst aus, als könntest du ein Glas Wein gebrauchen.«

»Wir müssen den Ordner mitnehmen, sonst glaubst du mir kein Wort«, sagte er, ergriff sanft ihre Oberarme und erhob sich mit ihr zusammen.

Svenja nahm in der Küche zwei Teller aus dem Schrank über der Spüle und stellte sie auf den Tisch. Sie öffnete den Pizzakarton und legte ein paar Stücke auf die Teller. Währenddessen hatte Christian bereits zwei Weingläser bereitgestellt und öffnete die Flasche Rosé.

»Jetzt schieß los, ich platze vor Neugierde, was du herausgefunden hast«, sagte Svenja schließlich.

Christian trank einen Schluck Wein und räusperte sich.

»Unsere Oma, Hilde Buchner, hat über ihre Bücher Nachrichten verschickt. Ich glaube, sie hatte ein richtig großes Geheimnis.«

Er nahm den Ordner, den sie vom Dachboden mit nach unten genommen hatten, und schlug ihn auf.

Svenja sah nur Zahlenreihen, die für sie keinen Sinn ergaben.

1.23.36.4; 3.12.24.5; 7.5.31.9; 10.6.38.3

Sie war zwar nie ein Mathegenie gewesen, aber selbst, wenn, ergaben diese Ziffern nichts, was ihr aus der Mathematik bekannt war.

»Was ist das? Ein Code? Wofür?«, fragte sie Christian.

»Ich bin noch nicht sicher. Für mich ergab es erst auch keinen Sinn. Das Naheliegendste war, dass die erste Zahl für das Kapitel, die zweite für die Zeile und die dritte für das

Wort stand. Aber das funktionierte nicht. Ich habe es mit allen Bänden der Reihe probiert, nichts. Bis ich auf die Idee kam, es mit Buch, Kapitel, Zeile und Wort zu versuchen. Die letzte Zahl war nie höher als 9, was dafürspricht, dass es etwas sein musste, was nicht öfter als neunmal hintereinander vorkam. Eine Zeile in einem Buch hat selten mehr als ein paar Wörter, zumindest im gedruckten Buch. E-Books habe ich ausgeschlossen, da sich dort jeder auf seinem Gerät die Schriftgröße einstellen kann. Also musste es etwas sein, wo der Text nicht verschoben werden kann«, sagte er.

Svenja atmete tief ein.

»Omas Bücher enthielten verschlüsselte Nachrichten? Aber an wen?«

»Das weiß ich noch nicht. Ich habe die Druckfahnen der deutschen Bücher genommen, um meine Theorie zu überprüfen, aber da war nichts. Die Wörter ergaben keinen Sinn. Vielleicht liege ich auch falsch«, sprach Christian weiter.

»Aber es muss etwas mit Omas Büchern zu tun haben. Sonst hätte sie diesen Ordner mit den Zahlenreihen nicht im Schrank ihrer Manuskripte aufbewahrt«, gab Svenja zur Antwort und nahm sich aus dem zweiten Karton noch ein Stück Pizza.

Ben langte auch noch einmal zu, und die Geschwister aßen einige Minuten schweigend.

»Vielleicht nicht in den deutschen Büchern. Sagen wir mal, deine Theorie stimmt. Wenn Oma jemandem etwas hatte mitteilen wollen, dann wären ihre deutschen Bücher viel zu offensichtlich gewesen. Lass uns in den Übersetzungen schauen«, sagte Svenja schließlich.

»Mit welcher fangen wir an? In welche Sprache wurden die Bücher zuerst übersetzt? Weißt du das?«, fragte Christian.

»Ich bin nicht sicher. Hätte ich gewusst, dass Oma Aria Emberwoods ist, hätte ich mich mehr dafür interessiert. Wir können nur nacheinander die Codes in den verschiedenen Ausgaben ausprobieren«, sagte Svenja.

»Dann lass uns noch einmal nach oben gehen und schauen, ob wir etwas finden. Ich kann sowieso nicht schlafen, ohne eine Antwort darauf«, schlug Christian vor.

Sie stiegen die Leiter hinauf und durch die Luke zurück auf den Dachboden. Oma war zwar rüstig, aber Svenja fragte sich, ob sie wirklich immer allein hier hinaufgeklettert war, als sie älter wurde. Aber ihr fiel niemand ein, der ihr geholfen haben könnte.

Schnell fanden die Geschwister die Belegexemplare der verschiedenen Übersetzungen. Sie beschlossen, es mit Tschechisch zu versuchen. Christian installierte eine Übersetzungsapp auf seinem Smartphone, während Svenja sich Band ein der tschechischen Übersetzung nahm.

»Weißt du, was ich nicht verstehe?«, fragte sie ihren Bruder. »Wenn zum Beispiel in Band eins eine Nachricht versteckt sein sollte, dann war Oma schon Autorin, bevor sie begann, diese Mitteilungen zu verschlüsseln. Ich bin nicht sicher, aber ich denke nicht, dass die Bücher von Aria Emberwoods sofort ab Band eins übersetzt wurden«, überlegte sie weiter.

»Ehrlich gesagt, weiß ich gar nichts mehr«, resignierte Christian. »Ok, ich bin so weit«, fuhr er fort.

Svenja nahm sich die erste Zahlenreihe vor. »Lass uns die Worte abtippen. Beim Sprechen machen wir ganz sicher Fehler«, sagte sie und zeigte Christian das erste Wort. Svenja suchte die Wörter mittels des Codes aus den verschiedenen Bänden, und Christian tippte sie in die App.

Christian wurde immer blasser.

Svenja nahm ihm das Handy aus der Hand und schaute sich die Übersetzung an.

»Meine lieben Kinder, ich wusste, dass ihr den Code knacken würdet«, las sie laut vor.

»Das gibt es doch gar nicht. Wer war Oma? Hieß sie überhaupt Hilde Buchner?«, fragte Christian.

»Sicher hieß sie so. Wir haben sie schließlich beerdigt«, antwortete Svenja. »Lass uns weitermachen.«

Sie suchten alle Wörter des gesamten ersten Zahlenblocks heraus.

Zu »Zeit läuft weg« fügte sich noch »Kinder wissen nichts. Noch Gefahr?«, las Christian vor.

»Was soll das? Wieso sind wir in Gefahr, wenn wir ihr Geheimnis ergründen?«, überlegte Svenja laut.

»Keine Ahnung. Ich möchte wissen, was hier los ist«, antwortete Christian.

»Lass uns die tschechischen Belegexemplare mit nach unten nehmen, dort ist es bequemer«, sagte Svenja.

»Gute Idee«, antwortete Christian.

Im Wohnzimmer legte Svenja die Bücher in der Reihenfolge auf dem Boden zurecht, in der sie für den nächsten Codeschnipsel gebraucht wurden. Als sie aufschaute, sah sie, dass Christian im Sessel eingenickt war. Sie stand vom Boden auf, ging zu ihm hin und rüttelte ihn sanft an der Schulter.

»Fahr nach Hause, wir machen morgen weiter, es ist drei Uhr morgens«, sagte sie leise.

»Ja, du hast recht. Ich muss auch um zehn Uhr in der Werkstatt sein. Oliver übernimmt zwar bis dahin, aber er hat mir schon, als Oma gestorben war, den Rücken freigehalten. Ich kann jetzt nicht wieder ankommen und Probleme haben. Immerhin ist es meine Werkstatt«, antwortete Christian.

Svenja begleitete Christian zur Tür und kehrte dann ins Wohnzimmer zurück. Sie griff nach dem Ordner mit den Codes und begann, den nächsten Code aufzuschreiben. Obwohl sie hin- und hergerissen war, ob sie weitermachen sollte, wollte sie Christian nicht ausschließen. Schweren Herzens entschied sie sich, abzuwarten.

KAPITEL NEUN

Markus hatte nicht zu viel versprochen – das indische Restaurant war wirklich gemütlich, und die Speisekarte bot eine abwechslungsreiche Auswahl. Die Einrichtung bestand aus dunklem Holz, und die Tische waren mit roten mit Goldfäden verzierten Tischdecken gedeckt. Aus der offenen Küche strömte der verführerische Duft verschiedenster Gewürze in den Gastraum. Svenja fühlte sich sofort wohl. Die Bedienung führte sie zu einem Tisch in einer gemütlichen Nische, den Markus glücklicherweise reserviert hatte. Das Restaurant war gut besucht und schien ein echter Geheimtipp zu sein.

»Möchten Sie schon Getränke bestellen?«, fragte die Bedienung, und Markus sah Svenja erwartungsvoll an.

»Ich nehme einen Mangolassi und eine trockene Weißweinschorle«, bestellte sie, dankbar, dass Markus sie abgeholt hatte, sodass sie nicht selbst fahren musste.

»Für mich bitte ein alkoholfreies Bier«, fügte Markus hinzu.

Die Bedienung lächelte und verschwand, um die Bestellung auszuführen.

»Und, wie gefällt es dir, wieder in deiner Heimat zu sein?

Und wie läuft es im Krankenhaus?«, fragte Markus, um das Gespräch in Gang zu bringen.

»Ich liebe es, wieder zu Hause zu sein. Meine Arbeit macht mir großen Spaß, und die Kollegen sind sehr nett. Ich bin wirklich glücklich mit meinem Leben gerade«, antwortete Svenja mit einem Lächeln, doch innerlich war sie abgelenkt. Viel lieber wäre sie jetzt auf dem Dachboden, um das Geheimnis ihrer Oma weiterzuerforschen. Besonders, da Christian ihr geschrieben hatte, dass er heute bis spät in die Nacht in der Werkstatt zu tun hatte und keine Zeit haben würde.

»Svenja?« Markus riss sie aus ihren Gedanken.

»Entschuldige, ich war kurz in Gedanken. Was hast du gesagt?«, fragte sie entschuldigend.

»Ich hatte gefragt, ob du schon weißt, was du essen möchtest«, wiederholte Markus.

»Oh ja. Ich nehme Linsenmehlchips, Fladenbrot und Chicken Mango. Ich liebe gegrilltes Hähnchenfilet mit Mango, Mandeln, Rosinen, Cashewkernen und hausgemachtem indischen Rahmkäse«, sagte Svenja.

»Das klingt lecker, ich nehme Chicken Madras, Hühnchen mit Kokosraspeln und Ananas«, antwortete er.

Kurz darauf kam die Bedienung zurück, und sie gaben ihre Bestellungen auf.

Um das Gespräch in eine andere Richtung zu lenken, fragte Svenja: »Wie lange arbeitest du schon im Inselkrankenhaus?«

»Schon länger, es müssten jetzt vier Jahre sein. Nächstes Jahr möchte ich mich um die Chefarztstelle auf meiner Station bewerben«, erzählte er. Doch Svenja konnte sich kaum auf das Gespräch konzentrieren. Sie dachte immer wieder an das Geheimnis ihrer Oma und merkte, dass das Date nicht die gewünschte Ablenkung brachte. Stattdessen verglich sie Markus in jeder Sekunde mit Ben. Markus war wirklich nett, aber sie konnte sich einfach nicht auf ihn einlassen.

Das Essen wurde gebracht, und sie begannen zu essen.

»Darf ich mal probieren?«, fragte Markus, der seine Gabel schon auf ihrem Teller hatte und sich bediente.

»Ähm ...«, stammelte Svenja überrumpelt.

»Sehr lecker. Ich wusste, dass es dir hier gefallen würde«, sagte Markus zufrieden, während Svenja sich unwohl fühlte, dass er sich einfach von ihrem Teller bediente.

»Nächstes Mal lade ich dich in mein Haus ein und organisiere ein Barbecue mit einem Koch. Du wirst es lieben und mein Haus gar nicht mehr verlassen wollen. Und erst der Pool ...«, fuhr Markus fort.

Svenja dachte nur, dass sie das Meer vor der Tür hatte und keinen Pool brauchte, sprach es aber nicht aus. Sie versuchte, sich auf das Gespräch zu konzentrieren, aber ihre Gedanken schweiften immer wieder ab. Als Markus von seiner Arztfamilie und den Plänen für seine Karriere erzählte, fand Svenja ihn zwar nett, aber seine selbstgefällige Art gefiel ihr nicht.

Nachdem sie fertig gegessen hatten, räumte die Bedienung die Teller ab und fragte: »Hat es Ihnen geschmeckt?«

»Ja, sehr«, antwortete Svenja.

»Ja, danke«, fügte Markus hinzu.

»Möchten Sie noch eine Weinschorle?«, fragte die Bedienung.

»Nein, danke. Ich denke, wir werden nicht mehr lange bleiben«, sagte Svenja höflich.

»Möchtest du schon gehen?«, fragte Markus überrascht. »Ach ja, du hast Frühdienst.«

Svenja nickte, froh, dass der Abend bald zu Ende ging. Sie wollte nach Hause, in der Hoffnung, dass Christian doch früher aus der Werkstatt kam und sie gemeinsam die Codes entschlüsseln konnten.

Sie entschuldigte sich kurz und ging zur Toilette, um auf ihrem Handy nachzusehen, ob Christian ihr geschrieben hatte. Tatsächlich hatte er zwei Nachrichten geschickt. In der ersten stand: *»Ich bin gegen zwanzig Uhr fertig und würde dann vorbeikommen.«* In der Zweiten fragte er: *»Ist es okay, wenn Ben mitkommt? Er kannte Oma genauso gut wie wir.«*

Svenja war unschlüssig, was sie antworten sollte. Vielleicht waren die beiden schon bei ihr zu Hause und wunderten sich, wo sie blieb. Sie beschloss, die Antwort offenzulassen, und schrieb nur: *»Bin gleich auf dem Heimweg.«*

Zurück am Tisch sah sie, dass Markus inzwischen die Rechnung bezahlt hatte. Er steckte sie gerade in seine Brieftasche. »Danke, das ist lieb von dir«, sagte sie mit einem Lächeln.

Er lächelte zurück, stand auf, und sie machten sich auf den Weg zu seinem Auto, das gleich um die Ecke vom Restaurant geparkt war. Während der Fahrt zur Fähre schwiegen sie, und Svenja fand die Stille angenehm. Es tat gut, einfach ihren Gedanken nachhängen zu können.

Sie hatten Glück und mussten nicht lange auf die Fähre warten. Trotz der kurzen Überfahrt stiegen sie aus und schauten auf das schwarze Meer. Svenja zog sich ihre Jacke über. Markus stellte sich dicht hinter sie, legte seine Hände rechts und links von ihr auf die Reling, berührte sie aber nicht. Es entstand eine seltsam intime Stimmung, obwohl keiner von ihnen etwas tat.

»Wartest du auf Sternschnuppen? Vom Strand aus sind sie besser zu sehen«, flüsterte er ihr ins Ohr.

»Nein, ich wollte mir nur ein bisschen Wind um die Nase wehen lassen«, antwortete sie mit fester Stimme.

Sie hoffte, dass Markus nicht mehr von diesem Abend erwartete. Sie war völlig aus der Übung, was Dates betraf, und war sich unsicher, wie sie die Situation handhaben sollte. Mit ihrem Freund in Oxford war sie mehrere Jahre zusammen gewesen, aber sie hatten sich auseinandergelebt. Svenja hatte die Beziehung beendet. Sie war im Daten völlig aus der Übung.

Markus trat schließlich zurück. Sie drehte sich um, lächelte ihn zaghaft an und ging zurück zum Auto, denn die Fähre legte bald an.

Als sie die unbefestigte Straße erreichten, die zu Großmutters Haus führte, bemerkte Svenja, dass im Wohnzimmer Licht brannte. Anscheinend war Christian schon da.

Die Haustür öffnete sich, und Christian trat gemeinsam mit Ben heraus. Svenja war es unangenehm, dass Ben sie mit Markus sah. Aber war es nicht genau das, was sie wollte? Ben zeigen, dass auch andere Männer sich für sie interessierten?

Markus stieg aus, ging um das Auto herum und öffnete die Tür auf ihrer Seite. Er reichte ihr die Hand, und sie stieg aus. Bei ihm wirkten diese altmodischen Gesten überhaupt nicht übertrieben, es passte zu ihm.

Im selben Moment sah Svenja zur Haustür und glaubte, für einen Augenblick Schmerz in Bens Blick zu erkennen. Doch es war nur ein flüchtiger Moment, und sie war sich nicht sicher, ob es nur eine Spiegelung des Lichts war.

Markus begrüßte die beiden Männer mit einem Winken, wandte sich dann Svenja zu und zog sie in eine Umarmung. »Danke für den schönen Abend«, sagte er laut, gab ihr einen Kuss auf die Wange, stieg in sein Auto und fuhr davon.

Kaum war Svenja im Haus, meinte Christian mit einem Seitenblick auf Ben: »So so, hast du davon gewusst?«

»Auf keinen Fall«, antwortete Ben mit einem Räuspern und sah Svenja fragend an. Wieder glaubte sie, für einen kurzen Moment Schmerz in seinen Augen zu sehen.

Svenja bemerkte, dass bei Tante Hansen nebenan die Gardine wackelte. Der neue Klatsch in der Siedlung war also schon in vollem Gange.

»Schön, euch zu sehen«, erwiderte sie und hängte ihre Tasche an die Garderobe, zog ihre Jacke aus und schlüpfte aus den Schuhen. Auf Socken lief sie in die Küche und sah, dass die Männer eine Flasche Weißwein geöffnet und auf sie gewartet hatten. Drei Gläser standen bereit, dazu etwas Knabberzeug.

»Oh, wie lieb von euch, das sieht nett aus«, sagte sie und drehte sich zu den Männern um, die ihr in die Küche gefolgt waren.

»Ben hat angeboten, uns zu helfen«, erklärte Christian und schenkte Svenja und Ben ein Glas Wein ein, während er sich selbst Wasser ins Weinglas goss. »Ich bin mit dem Auto und auch echt erledigt heute. In der Werkstatt war so viel los«, erklärte er auf Svenjas fragenden Blick.

»Ich freue mich, dass die Werkstatt so gut läuft«, sagte sie.

Sie saßen gemeinsam am Küchentisch und sprachen darüber, was sie über Oma herausgefunden hatten. Für keinen von ihnen gab es eine Erklärung für die Heimlichtuerei.

»Ich weiß, wir haben noch zu tun, aber ich bin wirklich völlig fertig. Immer spät ins Bett und früh raus, ich schaffe das heute nicht«, sagte Christian entschuldigend.

»Mach dir keine Gedanken. Dann machen wir für heute Schluss«; antwortete Svenja.

Ben sah von Christian zu Svenja. »Ich kann noch etwas bleiben und dir helfen«, schlug er vor.

Christian hob die Augenbrauen. »Wie kommst du nach Hause?«, wollte er wissen.

»Ich borge mir Svenjas Fahrrad aus«, sagte Ben mit einem fragenden Blick auf Svenja.

»Ja, ok«, antwortete sie.

KAPITEL ZEHN

Svenja und Ben nahmen sich im Wohnzimmer jeder einen Ziffernblock vor. Manchmal griffen sie beide nach demselben Buch. Wenn sich ihre Hände dabei berührten, war es, als würden kleine Funken aus dem Buch schlagen. Sie redeten nicht viel, sondern arbeiteten still vor sich hin. Es lag ein Knistern in der Luft, das Svenja gleichzeitig nervös machte und beruhigte. Sie merkte Ben an, dass er es ebenfalls spürte. Immer, wenn er sich unbeobachtet fühlte, sah er sie an.

Svenja hatte ungefähr die Hälfte der Wörter ihres Blocks herausgesucht, als ihr Handy klingelte. Auf dem Display sah sie, dass es ihre Kollegin Sarah war. »Hallo Sarah«, begrüßte sie die Anruferin, verwundert über den späten Anruf.

Ben warf ihr einen fragenden Blick zu. Er ahnte, dass es ihre gemeinsame Kollegin aus dem Krankenhaus war.

»Bitte entschuldige, Svenja, dass ich noch so spät anrufe. Es ist ein Notfall. Könntest du meine Spätschicht übernehmen und ich deine Frühschicht morgen? Mein Mann musste den Dienst tauschen, und ich habe niemanden für die Kinder«, fragte die Kollegin.

Das kam Svenja sogar sehr gelegen.

»Sehr gern«, antwortete sie deswegen schnell. »Also machst du meinen Frühdienst und ich komme dich dann zur Spätschicht ablösen.«

»Ja, super, du hast etwas gut bei mir. Ich weiß, du bist letztens schon eher gekommen. Wir brauchen dringend einen Babysitter oder eine Nanny, aber es gibt einfach niemanden«, sagte Sarah.

»Das kann ich mir vorstellen. Mach dir keine Sorgen, bis morgen dann«, verabschiedete sich Svenja und beendete das Gespräch.

»Sarah übernimmt meinen Frühdienst, ich kann also noch ein Glas Wein trinken«, sagte sie zu Ben.

Ihr Weinglas war schon lange leer. »Möchtest du auch noch etwas?«, fragte sie ihn.

»Ich vermute, ‚etwas' schließt dich nicht mit ein«, grinste er sie an.

»Ich meine Wein oder Wasser, Saft ist, glaube ich, auch noch da«, ignorierte sie ihn und ging in die Küche.

»Etwas Wein und ein Wasser wären lieb«, antwortete er und stand auf. »Ich helfe dir!«

In der Küche öffnete Svenja eine weitere Flasche Wein und nahm eine Flasche Wasser aus dem Kühlschrank.

Wieder im Wohnzimmer sah Svenja auf ihre Liste mit den tschechischen Worten. »Was hältst du von der ganzen Sache?«, fragte sie Ben.

»Sehr mysteriös, für einen Scherz sind Oma Hildes Worte zu ernst«, antwortete er.

»Für einen Scherz halte ich es auch nicht«, sagte Svenja.

Ben saß auf dem Teppich zwischen den Büchern, mit einem der Bücher und seinem Zettel auf dem Schoß. Er sah auf.

»Möchtest du unsere Wörter nicht heute noch in die Übersetzung eingeben?«, fragte er sie.

»Nein, ich warte, bis Christian Zeit hat. Wir machen das

zusammen. Auch wenn ich es gern schon jetzt wissen möchte«, antwortete sie ihm.

Svenja setzte sich neben Ben und las die erste Nachricht, die sie entschlüsselt hatten, immer wieder. »... *Ich liebe euch so sehr und wäre gern noch bei euch geblieben. Weint nicht um mich, ich hatte ein wunderbares und erfülltes Leben. Euch zwei großziehen zu dürfen, dafür war ich immer sehr dankbar«*, las Svenja still für sich. Ein paar Tränen tropften auf das Blatt. Gerade in der Pubertät hatte es Oma mit den Geschwistern oft nicht leicht. Christian war rebellisch und fühlte sich auf der Insel eingeengt, wollte etwas erleben. Und Svenja konnte nach dem Abitur nicht schnell genug die Insel verlassen. Nie hatte Oma ein Wort darüber verloren, dass Svenja gegangen war.

Svenja blinzelte energisch gegen die Tränen an.

»Svenja, bitte, was ist los?«, fragte Ben erschrocken und beugte sich zu ihr.

»Es tut mir so leid. Ich wäre gern mehr für sie dagewesen. Ich bin einfach gegangen und so viele Jahre weggeblieben, war nur für kurze Besuche hier. Sie muss so einsam gewesen sein«, sagte sie leise.

Ben legte den Arm um sie, und sie lehnte sich an ihn. Dann kamen die Tränen so richtig. Sie ließen sich nicht zurückhalten, und Svenja weinte bitterlich. Der ganze Schmerz der letzten Jahre hatte sich aufgestaut und wollte raus. Ben hielt sie fest und ließ sie weinen. Immer wieder strich er ihr sanft über den Rücken und drückte sie an sich.

Als sie sich langsam beruhigte, zog sie sich langsam zurück.

»Bitte entschuldige«, sagte sie leise, stand auf und ging ins Gäste-WC neben der Küche, um sich zu waschen. Dort putzte sie sich die Nase und wusch sich das Gesicht. Mit einem Blick in den Spiegel sah sie, dass sie aussah wie ein Panda, total schwarz verschmierte Mascara um die Augen.

»Svenja, ist alles in Ordnung?«, fragte Ben von der Tür aus, die sie offengelassen hatte.

»Ja, alles gut«, antwortete sie.

Er kam in das kleine Bad, nahm ein Kosmetiktuch, feuchtete es unter dem Wasserhahn an und begann, ihr die verlaufene Mascara abzutupfen.

»Das reicht, wo ich jetzt mit dir hinwill, sieht dich niemand«, sprach er weiter. »Zieh dir Schuhe an, wir machen einen Spaziergang. Was hältst du davon?«, fragte er.

Svenja nickte und schlüpfte im Flur in ihre Sneaker, dann zog sie sich eine Jacke über. Ein wenig frische Luft konnte sie jetzt gut gebrauchen.

Ben kam mit der Weinflasche und ihrer Sofadecke aus dem Wohnzimmer, griff nach seiner Jacke und ging zur Haustür.

»Kommst du?«, fragte er.

Svenja sah ihn an und sah den Jungen, in den sie sich einst verliebt hatte, und den Mann, in den sie jetzt verliebt war. Immer noch. Schon wieder. Sie wusste es nicht. Sie nahm ihren Schlüssel aus ihrer Handtasche und folgte ihm durch die Tür.

Ben hatte sich die Decke unter den Arm geklemmt und die Weinflasche in der Hand. Mit der freien Hand nahm er Svenjas Hand, und gemeinsam liefen sie runter zum Strand.

Sie sprachen nicht. Svenja erinnerte sich, wie oft sie als Teenager diesen Weg gegangen war. Zusammen mit Christian, als Dreierteam, oder auch nur zu zweit, mit Ben. Einmal hatten sie gestritten, Svenja hatte vergessen, worum es ging, war aber vor Wut weinend nach Hause gerannt. Oma hatte sie gefragt, was los war. »Ich hasse ihn«, hatte Svenja nur geschrien.

»Dann liebst du ihn auch«, sagte Oma mit einem Lächeln und ließ ihr durchgehen, dass sie die Treppe hinauf in ihr Zimmer gestapft war und die Tür geräuschvoll zugeschlagen hatte. Svenja war sich sicher, dass Oma genau wusste, dass Svenja in Ben verliebt war, aber sie hatten nie darüber geredet. Oma hatte ihr immer den Freiraum gegeben, den sie brauchte.

Hinter den großen Dünen blieb Ben stehen. Er breitete die Decke aus, setzte sich und zog sie zu sich herab.

Eine ganze Weile lauschten sie den Wellen, und ganz langsam entspannte sich Svenja. Wie immer schaffte es das Meer, Svenja zu beruhigen. Ben hatte den Arm um sie gelegt, und sie schmiegte sich an ihn. Irgendwann legte er sich hin und zog sie mit sich. Jetzt lag sie in seinen Armen, den Kopf auf seiner Schulter und genoss seine Nähe, dass er sie hielt und für sie da war. Sie hob den Kopf und schaute ihn an. Viel konnte sie im schwachen Mondschein nicht sehen, aber sie wusste, dass er sie ebenfalls ansah. Ben seufzte, hob den Kopf und legte seine Lippen auf ihre. Sein Kuss war zögerlich, als wüsste er nicht, ob sie dafür bereit war, doch Svenja war mehr als bereit. Als sie seinen Kuss erwiderte, wurde er fordernder.

Er legte beide Arme um sie und rollte sie herum, sodass sie schließlich unter ihm lag.

Svenja ließ ihre Hände zu Bens Hintern wandern und griff kräftig in die festen Muskeln, was Ben dazu veranlasste, seine Erektion an sie zu drücken. Schnell schob sie ihre Hände unter seine Jacke und sein T-Shirt und streichelte über seinen Rücken.

Ben hörte auf, sie zu küssen, zog an ihrem Oberteil und griff um sie herum, um ihren BH zu öffnen.

Svenja wölbte sich ihm entgegen.

Er schob ihr Oberteil nach oben und befreite ihre Brüste aus dem Spitzen-BH.

»Aha, Spitze für Markus«, sagte er leise und kniff in ihre Brustwarze.

»Eifersüchtig?«, wollte Svenja wissen.

»Keineswegs. Er durfte mit dir essen, und ich bekomme den Nachtisch«, antwortete er zwischen zwei Küssen und kniff sie in die andere Brustwarze.

Svenja stöhnte.

Ben küsste sie wieder, öffnete den Knopf ihrer Hose, zog den Reißverschluss auf und ließ seine Finger über ihren Körper gleiten.

Er schob ihr Schuhe, Hose und Slip von den Beinen, zog sich Boxershorts und Hose aus und hauchte eine Spur von Küssen über ihre Brüste und ihren Bauch.

»Ich habe kein Kondom dabei«, sagte er leise und berührte sanft ihren Schoß mit seinen Lippen.

»Ich nehme die Pille und bin gesund«, keuchte Svenja.

Ben antwortete nicht. Er legte sich auf sie, und mit einem einzigen, langsamen Stoß war er in ihr. Er liebte sie so langsam und zärtlich, dass sich Svenjas Orgasmus wie eine Umarmung anfühlte, wie Trost, beschützt vor der Realität.

Ben küsste sie, und sie spürte, wie er zitterte und ebenfalls kam.

Er rollte sie erneut herum, sodass sie wieder auf ihm lag. Langsam begann Svenja sich zu bewegen. Sie setzte sich auf.

Ben setzte sich ebenfalls auf, hob sie von sich herunter und stand auf. Schnell hatten sie sich ihre letzten Kleidungsstücke ausgezogen. Er nahm Svenjas Hand, sodass sie ebenfalls aufstehen musste.

»Traust du dich?«, fragte er sie mit Blick auf das Meer.

Svenja antwortete nicht, riss sich los und rannte zum Wasser. Er hatte sie nach wenigen Schritten eingeholt. Lachend warf sie den Kopf zurück, und sie rannten Hand in Hand bis ans Ufer.

Ben hob sie hoch, rannte mit ihr auf den Armen ins Wasser und ließ sich auf die Knie fallen.

Svenja schrie auf. Das Wasser war bitterkalt. Tagsüber herrschten zwar sommerliche Temperaturen, aber nachts war es noch kühl.

Ben blieb auf den Knien, das Wasser stand ihm bis zur Brust. Er positionierte sie und setzte sie auf sich. Svenja keuchte auf.

»Das wollte ich schon immer einmal machen«, flüsterte er

ihr ins Ohr, knabberte an ihrem Ohrläppchen und drang erneut in sie ein.

»Glaubst du mir, dass es keine andere Frau in meinem Leben gibt?«, fragte er sie.

Svenja machte nur »hmmmm«. Sie schlang ihre Hände in seinen Nacken und legte ihre Beine um seinen Rücken. So hatte sie Halt und konnte Bens Rhythmus entgegenkommen.

~

Sie hatten nur ihre Unterwäsche und die T-Shirts angezogen. Alle anderen Kleidungsstücke hatte Ben in seine Jacke gerollt, und die Decke war um sie geschlungen. Die Weinflasche hielt Svenja in einer Hand, mit der anderen zog sie die Decke vor ihnen zusammen, während Ben einen Arm um sie gelegt hatte und mit der freien Hand die Jacke mit ihren Klamotten trug.

Leise kichernd schlichen sie wie zwei Teenager den Weg zum Haus entlang.

Natürlich brannte bei Tante Hansen Licht im Wohnzimmer, obwohl es inzwischen fast Morgen sein musste. Aber die alte Nachbarin hatte sie wahrscheinlich zusammen aus dem Haus gehen sehen. Viel passierte hier nicht, also wartete sie nun auf ihre Rückkehr.

»Du weißt, dass wir für jede Menge neuen Klatsch in der Siedlung gesorgt haben, oder?«, fragte Svenja Ben lachend.

»Du, nicht ich«, sagte er mit einem Kuss auf ihren Mund.

Svenja genoss den Kuss, zog sich aber schnell zurück.

»Ben, nicht vor allen Nachbarn«, flüsterte sie.

In Omas Haus brannte Licht. Svenja war sich nicht sicher, ob sie es angelassen hatten.

Sie gingen durch das Gartentor auf die Haustür zu. Svenja löste sich aus Bens Umarmung und der Wärme der Decke. Gerade als sie nach der Klinke greifen wollte, öffnete sich die Tür, und ihr Bruder stand vor ihr.

»Christian«, sagten Svenja und Ben gleichzeitig.

Christian sprach kein Wort. Er drehte sich um und ging in die Küche, Svenja und Ben folgten ihm.

»Christian?«, fragte Ben.

Dieser winkte nur ab. »Küsse unter der Laterne sind sehr eindeutig. Ich konnte nicht schlafen und dachte, es geht Svenja ähnlich und wollte nach ihr schauen. Wenn du es versaust, brauchst du einen neuen besten Freund. Und du wirst auswandern müssen. Weit weg. Rede verdammt nochmal mit ihr, was in deinem Leben los ist, ehe du meine Schwester flachlegst«, sagte Christian leise, aber sehr ernst.

»Und du«, wandte er sich an Svenja, »ich habe immer irgendwie geahnt, dass da mehr zwischen euch ist. Aber immer noch? Ich hoffe, du weißt, worauf du dich einlässt. Wir sehen uns morgen. Ich komme nach deinem Dienst vorbei.« Dann ging er durch den Flur zur Haustür. Mit einem leisen Knall zog er die Tür hinter sich zu.

Svenja ließ sich auf einen der Stühle am Tisch plumpsen. Das war alles sehr sonderbar. Ben würde mit ihr reden müssen, ob er wollte oder nicht.

Ben goss zwei Gläser Wasser ein und reichte ihr eins. Svenja trank ihr Glas in einem Zug leer, und Ben tat es ihr nach.

»Svenja ...«, setzte Ben an, doch sie hob abwehrend die Hand. »Ich muss duschen. Der Sand zwickt überall«, sagte sie, stand auf und ging in den Flur zur Treppe.

Ben rollte die Sachen aus seiner Jacke, sammelte seine Kleidung aus dem Stapel und setzte sich auf einen Stuhl, um sich anzuziehen.

Svenja stand im Flur, hielt sich am Türrahmen fest und schwang sich halb in die Küche. Sie sah ihn herausfordernd an. »Du hast Sand an Stellen gebracht, wo noch nie welcher war. Also komm gefälligst mit nach oben und befreie mich davon«, sagte sie. Und Ben folgte ihr.

»Ich soll bleiben?«, fragte Ben.

Sie nickte nur. »Wir reden. Aber nicht mehr jetzt. Für dieses Gespräch möchte ich ausgeschlafen sein.«

Im Bett stellte sie sicherheitshalber den Wecker und kuschelte sich an ihn.

~

Svenja hatte tief und traumlos geschlafen. Sie fühlte sich erholt, als ein paar Sonnenstrahlen sich an den geschlossenen Vorhängen vorbeidrängten und sie an der Nase kitzelten. Sie spürte, dass sie allein war. Ben war gegangen. Doch der Duft von Kaffee erreichte ihre Sinne. Sie drehte sich um. Auf dem Nachttisch an Bens Seite stand eine Tasse Kaffee. Daneben lag eine Rose auf einem Zettel. Svenja robbte hinüber, nahm die Tasse und trank einen Schluck des geliebten Gebräus. Sie roch an der Rose, die ganz sicher aus ihrem Garten stammte, und griff nach dem Zettel.

»Ich musste los, tut mir leid. Rede heute Nachmittag mit Christian. Melde mich. Kuss, Ben«, las sie.

Es wurde wohl zur Gewohnheit, dass er sich heimlich davonschlich. Aber wenigstens hatte er ihr Kaffee gebracht. Sie musste sehr erschöpft gewesen sein, dass sie ihn nicht gehört hatte.

Svenja stand auf und ging ins Bad. Während sie sich wusch und die Zähne putzte, grübelte sie über das Mädchen und die Frau nach, die sie mit Ben gesehen hatte. Das Mädchen musste seine Tochter sein, hatte sie ihn doch »Papa« gerufen. Sie beschloss, dass sie endlich Klarheit brauchte, Omas Geheimnis hin oder her.

Bis zu ihrer Schicht hatte sie noch Zeit; es war erst neun Uhr morgens, und so hatte sie endlich Gelegenheit, die normalen Dinge des Lebens in Angriff zu nehmen. Sie musste dringend einkaufen.

Sie öffnete gerade die Garage, als Herr Larsen ihr von der

Straße aus zuwinkte. Svenja hielt inne und ging zum Gartentor.

»Guten Morgen, Herr Larsen, wie geht es Ihnen?«, fragte sie den alten Mann.

»Ach Kindchen, du weißt ja, meine Beine und mein Herz …«, antwortete der Nachbar.

»Wenn ich etwas für Sie tun kann, sagen Sie es mir«, bot Svenja an.

»Ja, ich wollte gerade zu dir. Fährst du zufällig in den nächsten Tagen aufs Festland und kannst mir ein paar Einkäufe mitbringen?«, fragte Herr Larsen.

»Ja, sicher, gern. Ich will gerade los. Schreiben Sie mir eine Liste, und ich besorge die Sachen«, antwortete sie.

Herr Larsen hatte den Einkaufszettel schon dabei und drückte ihn ihr direkt in die Hand. Svenja nickte ihm zu, lief zurück zur Garage, stieg in ihr Auto und fuhr zur Fähre, um auf dem Festland einzukaufen. Heute nahm sie sich dafür Zeit und bummelte außerordentlich gemütlich durch die Läden. Nach der Aufregung der vergangenen Tage kam ihr ein wenig Normalität ganz gelegen.

~

Ihr Dienst war ruhig. Es gab keine Neuzugänge auf der Station, und die Patienten waren alle stabil. Svenja konnte sich etwas mehr Zeit für ihre Patienten nehmen und auch mal ein persönliches Wort wechseln. Gerade am Wochenende waren viele Angehörige zu Besuch, die sich bei ihren Kollegen und bei ihr nach dem Befinden ihrer Liebsten erkundigten.

Auf dem Heimweg besorgte sie beim Italiener an der Strandpromenade zwei Nudelgerichte. Christian würde schon auf sie warten. Sie hatte ihm eine Nachricht geschrieben, dass sie den Dienst getauscht hatte und einen Spätdienst übernommen hatte. Svenja hoffte, dass ihr Bruder ihr nicht zu große Vorwürfe machen würde, weil sie sich mit seinem besten Freund eingelassen hatte. Sie wusste selbst nicht, wie sie ihm das, was zwischen ihr und Ben war, erklären sollte.

KAPITEL ELF

Zu Hause angekommen, sah Svenja das Auto ihres Bruders auf dem Weg parken. Sie fuhr ihr Auto in die Garage und lief eilig direkt in die Küche.

»Christian, das Essen ist da«, rief sie und beschloss, das Thema Ben ihrem Bruder gegenüber zu ignorieren, solange Christian sie nicht direkt darauf ansprach.

Ihr Bruder kam aus dem Wohnzimmer und begrüßte sie mit einem Kuss auf die Wange.

»Was gibt es heute?«, fragte er.

»Nudeln vom Italiener. Möchtest du lieber etwas mit Pilzen oder mit Meeresfrüchten?«, fragte sie zurück.

»Meeresfrüchte«, erwiderte Christian, und Svenja stellte ihm sein Essen hin. Sie sprachen kurz über ihren Dienst, dann aßen sie schweigend, jeder in seine eigenen Gedanken vertieft.

Schließlich fragte Christian sie, ob sie erst ein paar Seiten nach den Wörtern in den Büchern suchen wollte oder ob sie gleich übersetzen sollten. Svenja wollte jedoch unbedingt wissen, was in den Texten stand.

»Lass uns die Worte bitte gleich übersetzen. Ich würde

wirklich gern wissen, was Oma für Nachrichten verschickt hat«, antwortete sie.

Und so arbeiteten sie gemeinsam die Listen durch, die sie gestern Abend mit Ben erstellt hatte und übersetzten die Nachrichten. Es waren alles kurze und knappe Sätze über sie beide. Oma musste jemanden über ihre Entwicklung auf dem Laufenden gehalten haben, über Jahre hinweg. Aber wen? Und warum sollte es jemanden interessieren?

»Was empfindest du für Ben?«, fragte Christian sie plötzlich und völlig ohne Zusammenhang.

Svenja sah erschrocken zu ihrem Bruder. Sie wusste, dass dieses Gespräch kommen würde, hatte aber doch irgendwie gehofft, Christian würde es auf sich beruhen lassen.

»Ich ... ich empfinde schon lange etwas für ihn«, gestand sie schließlich. »Aber er empfindet nicht dasselbe für mich, und er möchte keine Beziehung. Vielmehr haben wir darüber noch nicht geredet.«

Christian seufzte.

»Ben muss dir ein paar Dinge erklären, dann verstehst du auch, warum er sich so verhält, wie er sich verhält«, sagte er.

Svenja sah ihren Bruder verwundert an.

»Was meinst du?«, fragte sie.

»Darüber muss Ben selbst mit dir sprechen. Ich hatte früher schon das Gefühl, dass es zwischen euch irgendwie knistert, aber ich war mir nicht sicher. Als ich Ben einmal danach fragte, meinte er, da wäre nichts. Aber gestern war es nicht zu übersehen, dass da doch etwas zwischen euch ist. Ich habe nichts dagegen, wenn die beiden liebsten Menschen, die ich auf dieser Welt habe, zueinander finden. Aber wenn es nicht funktioniert zwischen euch, zwinge mich bitte nicht, mich zwischen euch zu entscheiden. Ben ist mein bester Freund, und du bist meine Schwester. Ich liebe euch beide«, sagte er.

Svenja schluckte schwer. »Ich weiß«, erwiderte sie leise. »Ich habe mir das nicht ausgesucht, und ich hätte auch nicht gedacht, dass in mir sofort wieder dieselben Gefühle aufflammen. Ich war der festen Überzeugung, zwischen Ben und mir ist nichts mehr. Ich hätte nie gedacht, dass er mir wirklich noch einmal gefährlich werden könnte. Sonst wäre ich bestimmt niemals zurückgekommen. Aber dann haben wir uns gesehen, und alles kam wieder hoch«, sagte sie.

»Es ist auch nicht so, dass er mir das Gefühl gibt, dass ich ihm egal wäre. Ich denke schon, dass er mich mag. Aber er sagt, er kann nicht mit mir zusammen sein und dass es keine andere Frau gibt. Es widerspricht sich alles, es ist zu verwirrend«, fügte sie hinzu, dann blinzelte sie ein paar Mal, doch die Tränen ließen sich nicht aufhalten. Schluchzend stand sie auf und setzte sich in einen Sessel im Wohnzimmer.

Christian stand ebenfalls auf, kam zu ihr und nahm ihre Hände. Er zog sie in seine Arme, und Svenja weinte ihren Schmerz in das Hemd ihres Bruders.

»Alles wird gut«, versuchte Christian sie zu beruhigen.

Nach einigen Minuten schniefte Svenja ein paar Mal und zog sich von Christian zurück.

»Gestern habe ich wegen Oma geweint, heute weine ich wegen eines Mannes«, schniefte sie.

Christian zuckte nur die Schultern und grinste schief.

»Manchmal hat man einfach solche Phasen, in denen man ein bisschen Trost von Freunden und Familie braucht, aber es wird auch wieder besser«, sagte er zu ihr.

Sie beschlossen, es für heute mit Omas Notizen gut sein zu lassen. Christian verabschiedete sich und fuhr nach Hause.

Svenja ging duschen, nahm sich ihr Tablet und ging ins Bett. Schon länger wollte sie einen Film schauen, den ihr eine Kollegin empfohlen hatte. Sie suchte ihn in einem Streamingdienst und konnte sich sogar gut darauf konzentrieren. Es war ein Actionfilm, sodass sie gar nicht erst in Versuchung kam, wegen einer Liebesgeschichte erneut zu weinen.

Kurz bevor der Film zu Ende war, signalisierte ihr Handy den Eingang einer Nachricht. Sie stoppte den Film, griff nach ihrem Handy und sah, dass Ben ihr eine Nachricht geschickt hatte. Ihr Herz klopfte ein wenig schneller, sie fühlte sich wie ein Teenager. Es war ein Video. Svenja musste lächeln, als sie sah, dass Ben ihr ein Video mit einem Handkuss geschickt hatte. Sie machte ebenfalls einen Handkuss, sandte ihm das Video und widmete sich dann wieder dem Film.

Als der Abspann lief, legte Svenja das Tablet zur Seite und wollte sich gerade einkuscheln, um zu schlafen, als ihr Handy eine weitere Nachricht signalisierte. Freudig nahm Svenja ihr Handy, sah jedoch, dass die Nachricht diesmal nicht von Ben, sondern von ihrer besten Freundin Cass war. Cass fragte, ob es ihr gutging und entschuldigte sich dafür, dass sie sich diese Woche nicht gemeldet hatte.

Svenja antwortete der Freundin, dass sie ihr viel zu erzählen hatte, das aber in einem Telefonat tun müsste. Sie versprach, sich in den nächsten Tagen zu melden, stellte das Telefon auf lautlos und rollte sich endlich unter der Decke zusammen.

Mitten in der Nacht wachte sie auf und konnte eine ganze Weile nicht mehr einschlafen. Svenja wusste nicht, was sie geweckt hatte. Sie stand auf und holte sich in der Küche ein Glas Wasser. Dabei entdeckte sie, dass im Haus von Tante Hansen Licht brannte. Sie nahm sich vor, morgen einmal nach der Nachbarin zu sehen.

Svenja ging wieder ins Bett und schlief traumlos, bis der Wecker klingelte. Als sie sich im Bad fertigmachte, ließ sie das Gefühl nicht los, nach der Nachbarin sehen zu müssen. Sie zog sich schnell an und lief durch das Gartentürchen, welches die beiden Grundstücke miteinander verband. Sie klopfte an der Hintertür und rief den Namen der Nachbarin, bekam aber keine Antwort.

Svenja rief erneut: »Tante Hansen, Frau Hansen, bist du da?«

Es war immer noch Licht im Haus. Svenja war sich sicher,

dass die alte Frau zu Hause war. Vorsichtig drückte sie die Klinke, und die Tür öffnete sich.

Sie kannte sich in dem Haus genauso gut aus wie im Haus ihrer Oma. Sie ging zuerst in die Küche, die sehr unaufgeräumt war, was untypisch für die alte Frau war. Svenja hörte ein leises Rufen und eilte weiter ins Wohnzimmer. Dort sah sie ihre alte Nachbarin zitternd und schwer atmend auf dem Sofa liegen.

»Was ist mit dir? Ich rufe einen Krankenwagen«, sagte Svenja. Die Frau sah gar nicht gut aus. Auf dem Tisch sah sie das Telefon liegen und rief den Notruf.

»Ich will nicht ins Krankenhaus«, bibberte die alte Frau. »Da kommt man nie wieder lebend raus.«

»So kommst du nicht lebend vom Sofa«, erwiderte Svenja und begann, die alte Frau zu untersuchen. Sie duldete keinen Widerspruch.

Bis ihre Kollegen kamen, hatte sie der Nachbarin kühle Umschläge auf die Stirn und um die Waden gemacht, um das Fieber zu senken. Danach steckte sie der alten Frau noch ein paar Kissen in den Rücken, damit sie mit dem Oberkörper etwas erhöht lag. Auch hatte sie Puls und Temperatur der Nachbarin gemessen und den Medikamentenplan sowie die Versichertenkarte bereitgelegt. Medikamente wollte sie keine verabreichen, da sie den Kollegen nicht vorgreifen wollte und bis zu deren Eintreffen auch nichts gewirkt hätte.

Die Sanitäter waren ihrer Meinung, dass Tante Hansen sofort ins Krankenhaus musste. Gerade bei älteren Menschen war die Gefahr eines Kreislaufversagens erhöht.

Svenja war mittlerweile sehr besorgt, und inzwischen war auch der Notarzt eingetroffen. Markus hatte Dienst, und auch an seinem Blick sah sie seine Sorge, aber sie beide waren zu sehr Profis, um ihre Beklemmung in ihre Arbeit einfließen zu lassen.

Auf der Insel gab es keinen Notarzt, der nur Notarzt war.

Alle auf der Insel arbeitenden Ärzte übernahmen abwechselnd den Notdienst.

Markus ließ sich von Svenja einen kurzen Überblick geben, dann ordnete er einen schnellen Transport in die Klinik an.

Auf dem Weg nach draußen griff Tante Hansen nach Svenjas Hand.

»Kümmerst du dich um meine Blumen und das Haus?«, krächzte sie.

»Ich kümmere mich um alles. Ich werde auch nach dir sehen, heute noch«, versprach sie ihrer Nachbarin.

Nachdem der Rettungswagen abgefahren war, hing sie noch schnell die feuchten Handtücher der Wadenwickel und Umschläge auf, suchte den Hausschlüssel und schloss vorn und hinten ab.

Wieder in ihrem Haus, schrieb sie Markus eine Nachricht, ob er sie bitte über den Zustand von Tante Hansen auf dem Laufenden halten könnte. Auch Christian schrieb sie eine Nachricht, dass Tante Hansen im Krankenhaus war und er sich keine Sorgen machen sollte. Sie selbst hatte vor, die Nachbarin am Nachmittag zu besuchen. Aus eigener Erfahrung wusste sie, wie anstrengend es für die Ärzte und Schwestern war, wenn Angehörige während der Aufnahme im Weg waren. Die Nachbarin war im Krankenhaus in guten Händen, und auch wenn Svenja Markus für ein bisschen versnobt hielt, war er sicher ein guter Arzt. Ben schien ihn zu mögen.

Svenja ging ins Wohnzimmer und räumte die Bücher der tschechischen Übersetzungen in einen Karton. Sie wollte sie später auf den Dachboden schaffen.

Den Ordner mit den Codes legte sie dazu. Die Codes hatten Christian und sie mittlerweile übersetzt. Jede einzelne Seite. Dabei war ihnen aufgefallen, dass jede Seite im Ordner für eine Nachricht stand und es insgesamt einundzwanzig Nachrichten waren. Es ging immer um zwei Kinder.

Man musste kein Genie sein, um herauszufinden, dass es

um Christian und sie ging und die Nachrichten im Todesjahr ihrer Mutter begannen.

Svenja wusste nicht, wie sie in der Sache weitermachen sollten.

Sie holte ihr Smartphone vom Küchentisch, öffnete ihren Chat mit Christian und schrieb ihm eine Nachricht: *»Was denkst du darüber, wem könnte Oma Nachrichten zukommen lassen haben? Mama ist tot, und unser Vater auch.«*

Sie sah an den drei Punkten, dass Christian etwas tippte. Es dauerte einige Zeit, bis ihre Nachricht eine Antwort erhielt: »Ich weiß es nicht. Ich denke, wir brauchen Hilfe.«

»Aber Hilfe von wem?«, schrieb sie zurück.

Svenja ging im Kopf Omas Freundesliste durch. Niemand der älteren Leute kam infrage, Informationen darüber zu haben, ob und mit wem Oma Nachrichten ausgetauscht hatte. So wie es aussah, wusste niemand über Omas Doppelleben als Autorin Bescheid. Sonst hätte sich wahrscheinlich in den letzten Jahren auch jemand gemeldet, um Christian und sie darüber zu informieren.

KAPITEL ZWÖLF

Svenja war etwas früher zum Dienst gefahren, weil sie Tante Hansen noch besuchen wollte. Bereits auf dem Weg zum Krankenhaus hatte sie sich an der Pforte erkundigt, auf welcher Station die Nachbarin sich befand. Sie zog sich in den Personalräumen um und ging zur Geriatrie. Die meisten Stationen eines Krankenhauses waren auf ein Fachgebiet spezialisiert. Anders die Geriatrie: Dort betrachtete man die Gesamtheit der Patienten, ihre altersbedingten Krankheiten und deren Folgeerscheinungen.

Svenja klopfte und betrat das Zimmer von Tante Hansen. Sie schlief, sah aber schon besser aus. Svenja hatte zuvor in das Krankenblatt geschaut, Kreislaufschwäche wegen Dehydration, vermutlich eine Lungenentzündung, kardiologisch war sie auch auffällig. Für später war noch ein Röntgen der Lunge geplant. Momentan bekam sie fiebersenkende Mittel, etwas gegen die Schmerzen, ein kreislaufstärkendes Medikament und Flüssigkeit. Ruhe war jetzt sehr wichtig. Svenja strich Tante Hansen über den Kopf und verließ leise das Krankenzimmer.

Auf ihrer Station gab es einige Neuzugänge, darunter eine

jüngere Patientin mit einem Beinbruch, die der Meinung war, das gesamte Pflegepersonal stünde ihr zur persönlichen Verfügung. Eine Schwester bat Svenja, mit der Patientin zu reden. Bevor sie das jedoch tat, wollte sie sich das Krankenblatt der Patientin anschauen. Außer dem Beinbruch, der inzwischen operiert und bereits zwei Tage her war, hatte die Patientin keine weiteren Verletzungen. Sie konnte nach einer abschließenden Untersuchung nach Hause entlassen werden. Svenja beschloss, sich die Patientin einmal anzusehen, und bat die Schwester, einen Termin für ein Kontrollröntgen zu machen.

Im Zimmer der Patientin waren glücklicherweise keine Besucher. »Wie geht es Ihnen, Frau Krause?«, fragte Svenja.

»Wenn ich endlich meinen Kaffee bekommen habe, bestimmt gut«, antwortete die junge Frau.

»Sie dürfen aufstehen. Die Physiotherapie hat mit Ihnen geübt, mit Gehilfen zu gehen«, wies Svenja sie mit einem Blick auf die Gehhilfen neben dem Bett hin.

»Damit laufe ich doch nicht rum«, zickte die Patientin sie an.

»Wir machen ein Kontrollröntgen des Beins und dann können Sie morgen nach Hause«, sagte Svenja, ohne auf den Kommentar der Frau einzugehen. »Bis dahin werden Sie bitte das Krankenhauspersonal nicht mehr für Ihre persönlichen, nichtmedizinischen Befindlichkeiten missbrauchen«, setzte sie nach.

»Das ist ja unerhört. Sie sehen doch selbst, dass ich nicht in der Lage bin, zu laufen«, fauchte die Patientin.

Die Tür des Zimmers öffnete sich und Ben stand in der Tür. »Kann ich helfen?«, fragte er.

»Ja. Diese unerhörte Person will mir verbieten, dass die Schwestern auf meine Wünsche eingehen«, zischte die Frau.

Ben sah an Svenja vorbei und lächelte die Patientin an. »Was wünschen Sie denn, dass die Schwestern für Sie tun?«, fragte er.

»Sie sollen mir einen ordentlichen Kaffee besorgen«, sagte sie und klimperte mit den Wimpern.

»Ich hätte ein bisschen Zeit und würde mit Ihnen gemeinsam einen Kaffee holen«, gab Ben trocken zur Antwort.

»Ich werde hier wohl nicht mehr gebraucht«, verabschiedete sich Svenja grinsend.

Ben folgte ihr wenige Minuten später ins Stationszimmer.

»Was hast du ihr denn versprochen?«, fragte Svenja.

»Gar nichts. Nur ein bisschen Charme, und sie war ganz zahm«, antwortete er.

»Was machst du überhaupt hier?«, fragte sie ihn.

»Ich wollte dir sagen, dass wir Piets Bruder, den wir gemeinsam operiert haben, heute in die häusliche Pflege entlassen konnten«, gab er zur Antwort. »Und dir noch einmal für deine Hilfe danken. Ohne deine Unterstützung hätten wir die Operation verschieben müssen, was Komplikationen bei der Heilung bedeutet hätte«, fügte er hinzu.

»Das freut mich sehr. Aber deswegen hättest du nicht extra vorbeikommen müssen. Wobei es gut ist, dass du hier bist. Vielleicht gibt die Patientin jetzt eine Weile Ruhe. Also danke«, sagte Svenja.

»Naja, ich wollte dich fragen, ob du mit mir essen würdest«, sagte Ben schließlich.

»So schüchtern? Wir haben schon öfter miteinander gegessen«, ließ Svenja ihn zappeln.

»Haha. Ok, das habe ich verdient«, sagte er grinsend. »Und würdest du erneut mit mir essen?«, fragte er.

»Ja, gern. Wann und wo?«

»Passt dir morgen Abend? Ich habe gesehen, dass du Frühdienst hast«, sagte er.

»Gern. Wo treffen wir uns?«, fragte Svenja.

»Würde es dir etwas ausmachen, zu mir zu kommen?«, fragte Ben.

Svenja wurde bewusst, dass sie gar nicht wusste, wo Ben

jetzt wohnte. Sein Vater wohnte noch in seinem Elternhaus, deshalb schloss sie aus, dass Ben ebenfalls dort lebte.

»Wo wohnst du jetzt überhaupt?«, fragte sie ihn.

»Kennst du die alte Schule, die Villa, in der schon unsere Großeltern zur Schule gingen? Ich habe sie gekauft und umgebaut«, sagte er.

»Wow! Ein schönes Gebäude. Ja, ich weiß, welches Gebäude du meinst. Dort war ich schon ewig nicht mehr«, erwiderte sie.

»Wie ist es mit morgen so gegen siebzehn Uhr? Ich grille uns was«, schlug Ben vor und grinste sie schief an. Svenja nickte.

Die Villa lag nicht auf dem Weg zum Krankenhaus und auch nicht auf dem Weg zur Fähre. Um zu ihr zu gelangen, musste man etwas weiter ins Innere der Insel fahren. Es gab keinen Strand in der Nähe, den man fußläufig erreichen konnte. Svenja wunderte sich darüber, war Ben doch immer ein begeisterter Schwimmer gewesen.

»Meine Pause ist vorbei, ich muss zurück auf die Kinderstation«, holte er sie aus ihren Gedanken und ging zur Tür, wo gerade eine Krankenschwester den Raum betreten wollte.

»Ja, ok. Bis morgen Abend dann«, gab sie zur Antwort.

»Svenja, gleich kommt ein Neuzugang aus der Notaufnahme. Irgendeine berühmte Influencerin. Sie hat sich bei einem Videodreh verletzt. Wir legen sie in Zimmer vier zu Frau Krause.« Die meisten Kollegen im Krankenhaus duzten sich, was eine angenehme Arbeitsatmosphäre schaffte.

»Sag mir Bescheid, wenn sie da ist. Ich sehe gleich nach ihr«, sagte Svenja und rief sich im Computer die Krankenakte der Patientin auf. Tatsächlich, Svenja kannte den Namen. Sie hatte schon einige Videos der Frau in den sozialen Medien gesehen. Sie folgte ihr, weil sie gute Buchtipps hatte: Rippenbrüche, Gehirnerschütterung, Schlüsselbeinbruch und ein gebrochenes Handgelenk. Svenja war gespannt, wie sie sich, während eines Videodrehs so verletzen konnte. Ihre Videos machten nicht den Eindruck, als würde sie sich in Lebensgefahr begeben, um ihren Content möglichst spektakulär zu machen.

Svenja schloss die offenen Dateien und ging in das Patientenzimmer. Sie klopfte an und trat ein. Frau Krause hatte inzwischen einen Kaffee und sah staunend auf ihre neue Zimmergenossin. Svenja ging zu der neuen Patientin.

»Frau Singlich, haben Sie Schmerzen? Sie können jederzeit noch etwas Schmerzmittel bekommen«, sagte Svenja.

»Ist das Bookpages27? Ich liebe ihre Buchtipps und folge ihr schon ewig«, quiekte Frau Krause.

»Dann tun Sie ihr einen Gefallen und sorgen dafür, dass sie etwas Ruhe bekommt. Sie ist schwer verletzt«, antwortete Svenja.

Frau Singlich lächelte und hauchte nur: »Danke, ich brauche nichts.«

Svenja ließ die Schwestern ihre Arbeit machen und ging zu einem anderen Patienten.

Sie war nach dem Dienst so müde, dass sie traumlos geschlafen hatte und kaum einen Gedanken an Omas Geheimnis verschwenden konnte. Als sie im Krankenhaus angekommen war, ließ sie sich von der Kollegin des Nachtdienstes auf den aktuellen Stand bringen und bereitete sich auf die Visite vor. Heute standen einige Entlassungen auf dem Plan. Svenja freute sich immer für die Patienten, wenn sie soweit genesen waren, dass sie das Krankenhaus verlassen konnten. Nur einige wenige mussten direkt zur Reha, vermutlich auch Frau Singlich, wenn ihre Verletzungen geheilt waren.

Svenja begrüßte zuerst Frau Krause. »Und Frau Krause, wie klappt es mit den Gehhilfen? Haben Sie mit den Kollegen der Physiotherapie geübt?«

Die Patientin verzog das Gesicht.

»Ich bin noch viel zu schwach, Frau Doktor. Ich kann auf keinen Fall schon nach Hause«, antwortete Frau Krause.

Svenja lächelte. »Doch, doch, Sie werden heute entlassen. Ihr Mann wartet schon draußen«, beschwichtigte Svenja sie und ging zum Bett von Frau Singlich.

»Guten Morgen, Frau Singlich. Wie fühlen Sie sich?«, fragte sie die Patientin.

»Sagen Sie Melanie, bitte. Wie ich mich fühle? Ich weiß nicht, irgendwie ist mein ganzer Körper taub und trotzdem schmerzt es überall.«

»Bei Ihrem Bruch im Handgelenk war sich der Kollege nicht sicher, ob wir operieren müssen. Da müssen wir später noch weitere Röntgenbilder machen«, sagte Svenja.

Die junge Frau seufzte. »Ja, dann müssen wir das wohl. Hoffentlich muss nicht operiert werden«, antwortete sie, und Svenja legte ihr einen Moment mitfühlend die Hand auf die Schulter.

»Auf Wiedersehen, Frau Krause«, sagte sie dann zu der anderen Frau und verließ mit den anderen Stationsmitarbeitern das Patientenzimmer.

Im Arztzimmer sah sie auf ihr Handy. Eine Nachricht von Ben und eine von Christian. Ben schrieb ihr, dass er sich auf den Abend freute, und Christian wollte wissen, ob es ihr gutging. Sie antwortete beiden kurz und sah sich die Krankenakte eines Patienten an, dessen Hüfte operiert werden sollte. Der Patient war schon älter und in der Wohnung gestürzt. Sein schwaches Herz würde dem Anästhesisten hoffentlich keine Probleme bereiten.

Ihre Schicht flog nur so dahin. Die Influencerin musste leider doch am Handgelenk operiert werden. Der Bruch hatte sich verschoben und musste gerichtet werden. Sie sah noch kurz nach Tante Hansen, der es etwas besser ging.

Auf dem Heimweg nahm sich Svenja vor, dass sie das kurze Stück zum Krankenhaus künftig auch mit dem Rad fahren könnte. So würde sie auf dem Heimweg den Kopf freibekommen. Erledigungen machte sie auf ihrem Arbeitsweg sowieso selten, es sprach also nur ihre eigene Faulheit gegen das Fahrrad. Seit sie wieder auf Norderoog war, hatte sie nur sehr wenig Sport gemacht, das musste sich ändern. An ihrem ersten Tag war sie laufen, sonst nichts.

Zu Hause schaute sie die Post durch. Ein Brief des Magischen Verlags Berlin war darunter. Melissa fragte nach, ob sie und Christian sich bezüglich der Auslandsrechte noch nicht übersetzter Teile Gedanken gemacht hätten und ob es Neuigkeiten zum geheimen Manuskript gäbe. Darüber hatten sie noch gar nicht gesprochen.

Svenja schrieb Melissa eine E-Mail, dass sie sich in den nächsten Tagen melden würde und nahm sich vor, zeitnah mit Christian zu sprechen. Es sprach nichts dagegen, die Übersetzungen zu ermöglichen. Was das geheime Buch anging, so hatten sie keins gefunden, aber auch nicht danach gesucht. Vielleicht sollte Svenja demnächst mal genauer auf dem Dachboden nachsehen. Gut möglich, dass sich bei den ganzen Ordnern auch ein unveröffentlichtes Manuskript befand.

Jetzt legte sie sich für ein kurzes Nickerchen hin, damit sie heute Abend bei Ben nicht einschlief. Frühdienst bedeutete leider auch früh aufstehen, und das fiel Svenja immer schwer. Als sie nach einer Stunde aufstand und duschte, überlegte sie, was sie zu dem Abendessen anziehen sollte. Sie wollte nicht zu aufgebrezelt sein, aber trotzdem sexy. Sie hatte Lust, Ben zu verführen. Ob seine Tochter auch da sein würde? Das hätte er ihr bestimmt gesagt. Sie dachte nicht, dass er sie so unvorbereitet mit dem Kind konfrontieren würde, auch wenn sie von der Kleinen wusste.

Svenja entschied sich für ein luftiges Sommerkleid mit tiefem Rückenausschnitt, Sneakern und einer dünnen Strickjacke. Die Haare steckte sie mit einer Spange hoch, was den Rückenausschnitt gut zur Geltung brachte. An Schminke trug sie nur etwas Mascara und Lippenstift auf. Sie war zwar nicht viel draußen gewesen, hatte aber eine leichte Bräune im Gesicht bekommen.

Bis zu Bens Haus war es zwar ein gutes Stück zu Fuß, aber sie entschied sich, zu laufen und einen Spaziergang zu machen. Zur Schule, die jetzt Bens Haus war, war sie schließlich auch oft gelaufen.

Unterwegs traf sie viele Bewohner der Insel, die in ihren Gärten werkelten oder vor ihren Grundstücken standen und Nachbarschaftsklatsch austauschten. Das ganz normale Inselleben also. Sie wurde oft erkannt und herzlich gegrüßt, man freute sich, dass sie zurück auf der Insel war. Ihr Beruf half ihr da wahrscheinlich auch – Ärzte waren hier noch hoch angesehen.

Svenja wurde wehmütig. Oma hatte es so sehr geliebt, am frühen Abend herumzuspazieren und mit Nachbarn zu plauschen. Und jetzt tat Svenja das ohne sie. Sie schickte ihr in Gedanken einen Gruß in den Himmel.

KAPITEL DREIZEHN

Beeindruckt stand Svenja noch ungefähr einhundert Meter vor ihrer ehemaligen Schule. Sie erkannte das Gebäude, aber es hatte sich stark verändert. Ben hatte Fenster mit weißen Rahmen und grünen Fensterläden einsetzen lassen. Die roten Klinker sahen aus wie neu, wahrscheinlich waren sie mit einem Sandstrahler behandelt worden. Um das Haus herum sah sie gepflegte Rasenflächen und große, herrschaftliche Bäume, die früher schon dort standen. Ein weißer Lattenzaun mit einem schmiedeeisernen Tor rundete das Bild ab.

Svenja ging auf das Tor zu und klingelte. Ein Summer ertönte, und sie ging durch das kleine Tor an der Seite. Sie sah Ben, der um das Haus herum über den Hof kam, und ging auf ihn zu. Er lächelte, was ihr Herz gleich wieder unruhig werden ließ. Bei ihm angekommen, legte er seine Hände auf ihre Schultern und gab ihr einen leichten Kuss.

»Schön, dass du da bist. Ich freue mich«, begrüßte er sie.

»Das Haus sieht toll aus. Es gefällt mir, was du daraus gemacht hast«, sagte sie.

»Soll ich dich herumführen? Viel hast du ja noch nicht gesehen«, antwortete er.

»Ja, gern. Ich bin gespannt, was du aus dem Physikkabinett gemacht hast«, sagte sie.

Sie besuchten zwar während der Schulzeit verschiedene Klassen, saßen aber in Physik auf demselben Platz. Svenja musste einmal einen Test nachschreiben, weil sie krank gewesen war. Dafür musste sie sich ganz nach hinten in die Klasse von Ben und Christian setzen. So wusste sie, dass Ben auf demselben Platz saß wie sie, wenn er Physik hatte. Ab da war Physik ihr Lieblingsfach. Dort fühlte sie sich ihrem Schwarm nahe.

»Svenja?«, riss sie Ben aus ihren Träumereien.

»Bitte entschuldige. Ich war so lange nicht hier. Ein paar Erinnerungen sind auf mich eingestürmt«, entschuldigte sie sich.

»Macht nichts. Mir ging das die gesamte Bauphase über so«, lachte er. »Lass uns drinnen anfangen«, schlug er vor.

Er führte sie über den großen Hof, den er zum Teil als Parkplatz nutzte, zur Hintertür. Sie standen in einem geräumigen Flur ohne Decke, man konnte bis durch die Dachfenster sehen. Beeindruckt ließ Svenja die hell gestrichenen Wände und die alte Holztreppe in der Mitte, die im ersten Stock einen Knick nach rechts machte, auf sich wirken. An den Wänden hingen vereinzelt auf Leinwand gezogene Fotografien mit Motiven der Insel, darunter auch das Krankenhaus. Durch die bodentiefen Fenster im Erdgeschoss kam viel Licht in das alte Gemäuer.

»Schöne Bilder«, kommentierte sie.

»Ein Studienfreund ist Fotograf und hat sie mir zum Einzug geschenkt«, antwortete er.

Er nahm ihre Hand. »Komm.«

Sie gingen nach links, wo es zu ihrer Schulzeit in den Keller zu den Werkräumen ging. Hier erkannte Svenja gar nichts mehr wieder. Hinter einer Zwischentür aus Glas sah sie ein Schwimmbad. Es hatte eine Bahn und erstreckte sich über die gesamte Länge des Hauses, zumindest vermutete

Svenja es. Da war es nicht verwunderlich, dass Ben nicht unbedingt ein Haus in Strandnähe brauchte.

»Wow«, sagte sie. »Ich komme ab sofort regelmäßig vorbei, um ein paar Bahnen zu ziehen.«

Ben lächelte sie an. »Jederzeit.«

Auf der anderen Seite des Kellers befanden sich Speisekammern, Haushaltsräume und eine Werkstatt. Am Ende des Kellergangs, der jetzt eher dem Flur einer Villa glich, gingen sie wieder hinauf in das Erdgeschoss und standen in einer geräumigen Küche mit direktem Zugang zur Terrasse. Viel Edelstahl, Marmor und Glas. Trotz der kühlen Materialien wirkte die Küche gemütlich, wofür verschiedene Wiesenblumen in kleinen Vasen und der Natursteinboden verantwortlich waren.

»Ich hätte dich nicht für jemanden gehalten, der Blumen in seiner Küche dekoriert«, neckte sie ihn. »Das sieht sehr hübsch aus.«

»Ich werde das Lob an die Haushälterin weitergeben«, antwortete er grinsend, zog sie an sich und gab ihr einen Kuss.

Svenja fühlte sich wie ein Teenager; sie hatte Schmetterlinge im Bauch, die wie wild mit ihren Flügeln schlugen und Purzelbäume machten.

»Schön, dass du da bist«, flüsterte er ihr ins Ohr und zog sie weiter.

Von der Küche gingen sie über den Flur mit der Treppe in ein Wohnzimmer. In der Ecke des Raumes, vor den Türen zur Terrasse, die scheinbar um das gesamte Haus reichte, stand ein weißer Flügel. Svenja ging hinüber und strich darüber. Sie konnte sich nicht erinnern, dass Ben musikalisch war. Sie selbst hatte als Kind ein paar Klavierstunden bei ihrer Musiklehrerin bekommen, aber für mehr als ein paar leichtere Stücke hatte es nicht gereicht.

»Spielst du?«, fragte sie Ben.

»Nein, ich ... lass uns weitergehen.«

Svenja sah sich noch schnell im Raum um. Ein geschlossener Kamin und beige Ledersofas auf hellen Teppichen luden zum Verweilen ein.

»Svenja ...«, begann Ben und schien dann zu zögern. Er wirkte plötzlich gehetzt.

»Vielleicht sollten wir erst einmal den Grill anmachen«, sagte er.

Svenja spürte deutlich, dass irgendetwas nicht in Ordnung war.

»Ich kann auch wieder gehen, wenn es heute doch nicht passt«, sagte sie.

»Nein, bitte nicht. Lass uns nur schnell den Grill anmachen, dann setze ich mich zu dir und erzähle dir alles«, sagte er, während er bereits zur Küche ging.

Aus dem zweitürigen Kühlschrank holte Ben Fisch, verschiedene Gemüse, Brot, Kräuterbutter und eine Flasche leichten Weißwein. Bis auf den Wein stellte er alles auf ein großes Tablett.

»Nimmst du den Wein?«, fragte er, hob das Tablett an und ging zur Terrassentür.

Svenja griff sich die Flasche und öffnete ihm die Tür nach draußen. Auf der Terrasse standen gemütliche Liegestühle und ein Tisch mit Stühlen. Sie sah einen Jacuzzi, ein Baumhaus, verschiedene Spielzeuge für Kinder und fragte sich, wie hoch der Kredit für das Anwesen wohl gewesen war. Sein Elternhaus war nicht wohlhabend.

»Du magst doch Fisch?«, fragte er.

»Ja, sehr gern«, sagte sie und half ihm, den Fisch in Grillformen zu legen, damit er beim Wenden nicht zerfiel. Als der Fisch und das Gemüse auf dem Grill garen, öffnete Ben den Wein und goss ihnen ein.

»Setz dich doch und entspann dich«, sagte er zu ihr.

Svenja nahm ihren Wein und setzte sich auf die Kante einer Sonnenliege.

»Habt ihr noch etwas über Oma herausgefunden?«, fragte Ben.

»Nein, wir haben eine Menge Nachrichten, in denen es um Christian und mich gehen muss. Sie scheinen eine Art Update zu sein, wie es uns geht, was wir machen. Aber für wen, das wissen wir nicht. Auch nicht, wie der Code übermittelt wurde«, erwiderte sie und trank einen Schluck Wein.

»Seltsam«, murmelte Ben.

Eine Weile hingen beide ihren Gedanken nach. Svenja wollte ungern die Stimmung zerstören, aber sie hatten etwas vor heute.

»Du wolltest mit mir über etwas sprechen«, erinnerte sie Ben vorsichtig.

»Ja. Wollen wir erst essen?«, antwortete er zögernd.

»Ja, sicher«, sagte sie und stand auf, um den Tisch zu decken.

Während sie aßen, unterhielten sie sich über frühere gemeinsame Schulfreunde und was aus ihnen geworden war. Unverfänglicher Smalltalk. Der Fisch war sehr gut und Svenja langte kräftig zu. Auch das Gemüse war sehr schmackhaft. Im Dienst kam sie oft nicht zum Essen.

Ben lächelte sie an. »Bist du satt?«

»Ja, pappsatt. Danke, das war alles sehr lecker«, sagte sie.

Ben stand auf und stellte wieder alles auf das Tablett. »Ich räume nur schnell ab, sonst stinken die Fischreste bald«, sagte er.

Svenja half ihm, und sie nahmen auf dem Weg zurück auf die Terrasse noch eine Flasche Wein mit.

»Wollen wir uns rüber in den Loungebereich setzen?«, fragte Ben, als sie fertig waren mit dem Essen, und deutete in Richtung einer Hecke, wo Svenja eine versteckte Nische ausmachen konnte.

Sie nahmen den Wein, die Wasserflasche und nur die Weingläser und gingen hinüber. Es war ein gemütlicher Bereich mit Terrassensofas, eines war ein Ecksofa. Der

Bereich konnte bei Bedarf überdacht werden, um Schutz vor Sonne oder Regen zu bieten.

Sie stellten alles auf den flachen Tisch in der Mitte.

Svenja stand unschlüssig herum. Sollte sie sich für das Gespräch neben Ben setzen? Oder war es besser, ihm gegenüber zu sitzen, um etwas Abstand zu haben?

Ben traf diese Entscheidung für sie. Er nahm ihre Hand, zog sie auf eines der Sofas und setzte sich selbst über Eck.

»Ich möchte dich gern ansehen, während wir reden«, erklärte er.

»Ja, klar«, antwortete Svenja, unsicher, was sie erwartete.

»Svenja, ich liebe dich«, sagte Ben.

Bevor Svenja antworten konnte, hörte sie, wie er sagte: »Aber ich kann nicht mit dir zusammen sein.«

In Svenja zerbrach etwas, das gerade erst wachsen wollte. Das war nicht das, was sie erwartet hatte.

»Warum bin ich dann hier?«, fragte sie leise.

»Genau das möchte ich dir erklären«, sagte Ben. »Ich habe eine Tochter. Du hast Sophie ja schon kurz gesehen. Sie wird in ein paar Wochen fünf Jahre alt.«

»Ja, das kleine Mädchen. Aber wer ist ihre Mutter?«, fragte sie.

»Victoria. Wir haben uns in Berlin in einem Club kennengelernt. Ich war dort mit Kommilitonen, und sie hatte sich von einer Aftershowparty eines Konzerts davongeschlichen. Es war sofort die große Liebe.«

»Und dann betrügst du sie mit mir, und weil sie gerade nicht da ist, dachtest du, du machst dir mit mir einen netten Abend«, warf sie wütend ein.

»Hältst du mich wirklich für so oberflächlich?«, fragte er.

»Nein, ich denke nicht«, knirschte sie.

»Victoria ist tot. Sie starb bei Sophies Geburt. Sie hatte eine normale Schwangerschaft, unauffällig. Wir hatten uns für eine Hausgeburt entschieden. Wäre sie in einem Krankenhaus gewesen, hätte man sie retten können. Sie hatte einen

Herzstillstand. Einfach so. Ohne Vorerkrankungen. Bis der Krankenwagen da war, war sie bereits tot«, sagte Ben tonlos und klang dabei, als hätte er diese Worte schon sehr oft gesagt. Für einen Moment wirkte es, als hätte er ihre Anwesenheit vergessen.

»Es tut mir leid, Ben. Ich hatte keine Ahnung, dass ...«

»Woher auch. Du warst in Oxford.«

»Aber ich wäre für dich dagewesen«, sagte sie.

Svenja setzte sich neben ihn und legte den Arm um seine Schultern.

»Und du liebst Victoria noch und willst deshalb nicht mit mir zusammen sein?«, fragte sie.

»Nein, das ist es nicht. Seit du zurück bist, bin ich mir nicht mal sicher, ob ich sie wirklich geliebt habe. Wir können nicht zusammen sein, du und ich. Ich habe Verantwortung für Sophie. Und du würdest irgendwann Kinder wollen. Ich kann das nicht noch einmal. Auch wenn ich als Arzt weiß, wie unwahrscheinlich es ist, dass so etwas noch einmal passiert. Ich habe Albträume davon, wie du während der Geburt verblutest oder einen Herzstillstand hast. Ich möchte keine Kinder mehr. Und du kannst Sophie nicht die Mutter ersetzen«, sagte er leise.

Svenja wusste nicht, was sie darauf sagen sollte. Sie sah das anders. Natürlich war in ihrer Lebensplanung nicht vorgesehen, Mutter einer Vierjährigen zu werden. Aber in die Rolle hätte sie sich eingefunden.

»Die Frau, die du mit mir gesehen hast, ist Valentina, Sophies Nanny. Durch meinen Job bin ich oft nicht zu Hause, du kennst das ja selbst. Da hielt ich es für besser, eine Nanny einzustellen, damit Sophie nicht ständig wechselnde Babysitter hat«, erzählte er weiter.

»Hast du mal daran gedacht, mich zu fragen, wie ich das sehe?«, fragte sie ihn. Er zog die Augenbrauen zusammen.

»Nein, ehrlich gesagt nicht. Es gibt keine Möglichkeit für

uns, zusammen zu sein. Nicht als Paar. Ich kann dir nicht mehr geben als bisher«, antwortete er.

»Ich weiß nicht, ob mir das reicht. Es ist unfair, dass du alles bereits durchdacht hast, ohne mich einzubeziehen«, gab sie erstickt zur Antwort.

Ben schluckte schwer.

»Ich sollte gehen«, sagte sie und stand auf.

»Svenja ...«, sagte er, und plötzlich schimmerten Tränen in seinen Augen.

»Sorry, Ben, ich muss das erst mal verarbeiten. Du hast mich nicht belogen oder mir etwas vorgemacht, aber es fühlt sich so an«, sagte sie und konnte ihre eigenen Tränen nicht zurückhalten.

Svenja ging um das Haus herum zum Tor und nahm ihr Handy aus der Handtasche, die sie zum Glück mit auf die Terrasse genommen hatte. Sie scrollte durch ihre Kontakte und rief Christian an. Er ging sofort ran.

»Kannst du mich bitte bei Ben abholen?«, schluchzte sie ins Telefon.

»Ihr habt also geredet«, stellte er das offensichtliche fest. »Ich bin gleich da«, fügte er hinzu.

Wenige Minuten später sah sie sein Auto in die Straße biegen.

»Hast du um die Ecke auf meinen Zusammenbruch gewartet?«, fragte sie, während sie einstieg. »Du hast das alles gewusst? Wie wäre es mit einer Warnung gewesen? Du bist mein Bruder«, schrie sie Christian an und sackte schluchzend auf dem Beifahrersitz zusammen.

»Ja, ich habe es gewusst. Aber es stand mir nicht zu, mich in Bens Leben einzumischen. Außerdem weiß ich erst seit wenigen Tagen, dass da überhaupt etwas zwischen euch passiert ist«, sagte er sachlich.

Svenja war ihm dankbar, dass er nicht zurückschrie. Christian fuhr los. Svenja merkte nicht, dass er zum Strand fuhr. Er fuhr direkt bis zur Schranke, hinter der sich der Weg zum Strand durch die Dünen wand.

»Lass uns einen Spaziergang machen«, sagte er.

Svenja stieg aus und rannte los. Im Sand ließ sie sich auf die Knie sinken und weinte bitterlich.

Christian kniete sich vor sie und nahm sie in den Arm. Er ließ sie weinen.

»Dein T-Shirt ist ganz nass«, schluchzte sie irgendwann.

»Das ist das Risiko von T-Shirts großer Brüder«, antwortete er mit einem leisen Lachen.

»Danke, dass du mir keine Vorwürfe machst«, schniefte Svenja.

»Warum sollte ich? Du warst früher schon in ihn verknallt. Ich dachte nur, du seiest drüber weg, als du zurückgekommen bist«, antwortete er.

»Und als ich gemerkt habe, dass ihr was miteinander habt, war es zu spät. Ich habe Ben sehr in die Mangel genommen. Ich weiß von seinem Trauma und seiner Angst. Er hatte seit Victoria keine Beziehung«, sagte er.

»Du bist ein toller großer Bruder und ein superbester Freund«, nuschelte sie und wischte sich mit den Ärmeln ihrer Strickjacke über das Gesicht.

»Ben liebt dich. Aber er kann nicht noch einmal eine Frau verlieren. Der Gedanke, dass eine Frau von ihm schwanger werden könnte, macht ihn wahnsinnig«, erklärte er.

»Wir alle wissen, dass du Kinder möchtest. Das stand schon als kleines Mädchen für dich fest«, fügte er nach.

»Ist er in Behandlung?«, fragte Svenja.

»Ein Arzt, der freiwillig eine Therapie macht?«, fragte Christian als Antwort.

»Es ist ja nicht nur das. Er will auch nicht, dass ich Sophie die Mutter ersetze«, sagte Svenja.

»Das meinte er anders. Er will nicht, dass du dein Leben aufgibst und Mutter eines fremden Kindes sein musst«, erklärte ihr Christian. »Er befürchtet, du könntest blind vor

Liebe sein und dich vor allen Argumenten verschließen. Das tust du ja auch.«

»Dein Ernst? Seid ihr mal auf die Idee gekommen, mich zu fragen, was ich will?«, sagte sie wütend.

»Ja, deshalb sitzen wir jetzt hier«, gab er zurück.

»Ich verstehe seine Bedenken. Aber ich will nicht sofort bei ihm einziehen und Mama spielen«, sagte Svenja.

KAPITEL VIERZEHN

Svenja wachte mit höllischen Kopfschmerzen auf. Gut, dass sie heute freihatte. Auf ihrem Handy war eine Nachricht von Ben. Sie wollte sie erst ungelesen löschen, tat es aber dann doch nicht. »Es tut mir leid«, schrieb er. Ja toll, das änderte auch nichts.

Als sie sich gestern Abend am Strand beruhigt hatte, hatte Christian sie zu Hause abgesetzt und war zu Ben gefahren, um auch für ihn da zu sein. Sie beneidete ihren Bruder nicht. Svenja hatte noch lange wachgelegen. Es tat so weh, ihr Herz schmerzte regelrecht. Aber was konnte sie Ben konkret vorwerfen? Sie hatten bisher ein paar Mal miteinander geschlafen und nicht über die Zukunft geredet. Immer, wenn er sie darauf angesprochen hatte, dass sie reden mussten, hatte sie ihn abgewimmelt, weil sie Omas Geheimnis für wichtiger hielt.

Er hatte nichts falsch gemacht. Sie konnte auch seine Angst und seine Bedenken verstehen. Sie wusste ja selbst nicht, ob sie sich zutraute, eine Beziehung mit einem Mann mit Kind einzugehen.

Mit einem tiefen Seufzer schwang sie sich aus dem Bett, ging ins Bad und machte sich fertig. Wenig später saß sie mit einem Kaffee auf der Bank vor dem Haus. Es war erst acht Uhr morgens und die Siedlung war ruhig. Tante Hansen lag noch im Krankenhaus und von den anderen Nachbarn hatte sie die letzten Tage niemanden gesehen.

Svenja gab sich einen Ruck und beschloss, zu Ben zu fahren. Sie mussten das Gespräch beenden. Sie kannte seinen Dienstplan nicht, ging aber davon aus, dass er kein Date geplant hätte, wenn er am nächsten Morgen Frühdienst hätte. Sicherheitshalber rief sie Christian an, ob Ben zu Hause war.

»Ja, ist er. Warum?«, fragte Ben.

Svenja seufzte laut. »Ich möchte zu ihm fahren, um mit ihm zu reden.«

»Und du hältst das nach gestern für eine gute Idee? Aber auf mich hört ihr ja sowieso nicht. Die Haushälterin, Frau Krüger, lässt dich rein. Ich rufe sie an. Sag ihr einen lieben Gruß von mir und wer du bist. Sein Schlafzimmer ist die zweite Tür links im ersten Stock«, sagte er.

Beim Bäcker auf der Strandpromenade holte sie Brötchen und Croissants und fuhr zu Ben. Sie parkte vor dem Tor. Mit zitternden Händen klingelte sie. Ein Summen signalisierte ihr, dass sie das Tor öffnen konnte. Sie ging um das Haus herum zur Hintertür. Eine rundliche Frau mittleren Alters öffnete ihr.

»Sie müssen Svenja sein. Ihr Bruder hat mich eindringlich gebeten, mich im Garten zu beschäftigen. Dann werde ich mal nach draußen gehen«, sagte sie mit einem Zwinkern.

Svenja entschied, Frühstück vorzubereiten, bevor sie zu Ben ging. In der Küche fand sie sich gut zurecht und stellte alles für ein Frühstück auf ein Tablett. Sie wollte gerade mit dem Tablett auf die Terrasse gehen, als die Küchentür aufging. Erschrocken zuckte sie zusammen.

»Ben, ich ...«, stammelte sie.

»Svenja, was machst du hier?«

»Ich weiß auch nicht. Es war kindisch von mir, einfach

wegzulaufen. Vielleicht reden wir noch einmal? Ich habe Frühstück gemacht.«

»Wie bist du ins Haus gekommen? Wo ist Frau Krüger?«, fragte Ben und nahm ihr das Tablett ab.

»Christian hat sie gebeten, mich reinzulassen«, antwortete sie zerknirscht und öffnete ihm die Tür zur Terrasse. »Bitte sei nicht sauer auf ihn. Frau Krüger wollte etwas im Garten erledigen.«

»Ah ja, also eine Verschwörung«, grinste Ben, stellte das Tablett auf dem Tisch auf der Terrasse ab und zog sein Handy aus der Hosentasche seiner Shorts. Svenja kam erst jetzt dazu, zu bemerken, dass er wieder teuflisch gut aussah, so verschlafen und noch verstrubbelt, nur in T-Shirt und Shorts.

Ben sah, dass sie ihn musterte, und grinste verschmitzt. Er scrollte in seinem Handy und hob es ans Ohr. »Frau Krüger, würden Sie bitte zu mir auf die Terrasse kommen? Nein, danke, ich brauche nichts. Kommen Sie nur mal kurz zu uns.«

Svenja erschrak. »Sie bekommt aber jetzt keinen Ärger, weil sie mich ins Haus gelassen hat, oder?«, fragte sie Ben.

»Na ja, sie kann nicht einfach jemanden in meine Küche lassen, der ihre Arbeit macht«, antwortete er.

»Aber ...«, setzte Svenja an, unterbrach sich aber selbst, als sie Frau Krüger auf die Terrasse kommen sah.

»Was gibt es, Ben? Du störst mich bei der Gartenarbeit. Ich bin fast fertig dort und wollte mich dann um das Mittagessen kümmern«, sagte die Frau. Sie hatte früher für die Nachbarn von Bens Vater gearbeitet und kannte Ben schon als Baby. Deshalb konnte sie sich erlauben, in diesem Ton mit ihm zu sprechen.

Ben grinste. »Mittagessen kann ausfallen. Sophie kommt erst am frühen Nachmittag zurück, sie ist mit Valentina auf dem Festland. Die beiden waren gestern Nachmittag im Kino und wollen heute noch etwas nur für Mädchen machen«, sagte er zu ihr und setzte Letzteres mit den Fingern in

Anführungszeichen. »Sie können also zu Ihrer Familie nach Hause fahren«, fügte er hinzu.

»Du willst mich doch bloß loswerden hier«, antwortete sie ihm, drehte sich um, zwinkerte Svenja zu und ging.

Ben und Svenja sahen sich an und lachten.

»Lass uns frühstücken«, sagte Ben und goss ihr Kaffee ein. Während des Frühstücks plauderten sie über Belangloses. Das Gespräch über das eigentliche, wichtige Thema vermieden sie.

»Ich würde schnell duschen und mich fertig machen. Möchtest du hier auf mich warten? Wir können einen Spaziergang machen«, sagte Ben.

»Ja gern, ich warte hier.«

»Wir können auch in den Pool gehen und danach zusammen duschen«, sagte er mit einem Grinsen. »Entschuldige, das war unangemessen«, sagte er dann allerdings schnell, ehe sie antworten konnte, und ging auf das Haus zu.

Svenja blieb allein zurück. Sie überlegte, ob sie den Tisch abräumen sollte, entschied sich aber dagegen und machte es sich im Loungebereich auf einer Liege bequem. Das Ding war wirklich extrem gemütlich und fast so breit wie ein Doppelbett. Während sie ihren Gedanken nachhing, machte sich die schlaflose Nacht bemerkbar. Für einen Moment schloss sie die Augen und musste dann offenbar tatsächlich eingenickt sein. Zumindest wurde sie durch zarte Küsse auf ihren Nacken geweckt. Sie gähnte und musste sich erst einmal bewusstwerden, wo sie sich befand. Die Küsse wurden fordernder und zogen eine Spur zu ihrem Ohrläppchen.

»Du bist wach«, stellte Ben das offensichtliche fest. »Entschuldige, aber es war zu verlockend, du hast so süß und zufrieden ausgesehen«, flüsterte er und hauchte weiter Küsse auf ihren Hals.

Svenja rekelte sich. Sie war unsicher, was sie wollte. Den Sex mit Ben genoss sie, sie harmonierten perfekt. Aber würde ihr das reichen? Eine Affäre?

Ben legte sich zu ihr und umarmte sie von hinten. Sie spürte seine Erregung an ihrem Hintern. Seine Hand lag auf ihrem Bauch, und er schob sie unter ihr Shirt und streichelte sie. Er war so zärtlich, so bedacht, dass Svenja gar nicht anders konnte, als zu genießen, was er tat. Ein letztes Mal, sagte sie sich. Sie entspannte sich und drückte sich an ihn, um ihm zu zeigen, dass sie einverstanden war. Seine Hand strich wie zufällig über ihre Brustwarzen, die sich sofort aufstellten. Svenja stöhnte.

Ben drehte sie auf den Rücken, beugte sich über sie und küsste sie.

Svenja zog an seinem Shirt, bis er sich aufrichtete und sich komplett auszog. Sie nahm seinen Anblick in sich auf, um ihn für immer in sich festzuhalten.

»Bleib so«, sagte sie und kniete sich auf die Liege vor ihn hin. Sie sah zu ihm auf und umfasste mit einer Hand seinen Penis.

»Svenja ...«, stöhnte Ben und legte eine Hand auf ihren Hinterkopf.

Svenja leckte über seine Spitze und saugte daran, bevor sie ihn in sich aufnahm. Mit ihrer freien Hand massierte sie seine Hoden.

Ben stöhnte und gab ihr einen Rhythmus vor, bis er sie sanft von sich schob.

»Genug, sonst ist es schneller vorbei, als uns lieb ist«, sagte er und zog ihr das Shirt aus. Er drückte sie sanft auf die Liege und kniete sich neben sie. Er küsste sie und nestelte ungeduldig an ihrer Jeans herum, bis er endlich den Knopf geöffnet bekam, den Reißverschluss herunterzog und seine Hand in ihren Slip schob und sie mit seinen Fingern reizte.

Svenja erwiderte seine Küsse und schob alle Gedanken von sich.

Ben beendete den Kuss und hauchte jetzt Küsse über ihre Brüste, ihren Bauch und ihre Oberschenkel. Er zog ihr die Schuhe aus, ihre Jeans und der Slip folgten. Den BH öffnete

Svenja selbst und lag schließlich nackt vor ihm. Ben sah sie an, als wüsste er, dass es das letzte Mal sein würde.

Er legte sich neben sie, und sie umarmten sich. Es wäre eher ein Kuscheln als ein Vorspiel gewesen, wenn Bens Hände sie nicht unablässig gereizt hätten. Er spielte mit ihren Brustwarzen und streichelte über ihren Po.

»Weißt du, was ich gern machen würde?«, raunte er leise.

»Nein, aber du kannst es bestimmt kaum erwarten, es mir zu verraten«, neckte sie ihn.

»Ich würde es dir lieber zeigen«, erwiderte er, setzte sich auf und rutschte an den Rand der Liege, um aufzustehen. Er hielt ihr seine Hand hin.

Svenja setzte sich auf der anderen Seite der Liege auf und wollte nach ihren Sachen greifen.

»Keine Sachen«, sagte er mit erhobenem Zeigefinger und lachte.

Sie nahm seine Hand, und sie gingen in Richtung Haus. Svenja überlegte, was er vorhatte. Sie war immer noch erregt, dachte aber nicht, dass er den Sex nur an einen anderen Ort verlegte. Dazu hatte er es zu abrupt beendet. Plötzlich blieb Ben stehen, fasste unter ihre Knie und ihren Oberkörper und rannte los. Noch ehe Svenja wusste, wie ihr geschah, sprang er mit ihr im Arm in den Pool. Sie kreischte, das Wasser war eiskalt.

Ben tauchte von ihr weg und lachte. Sie erinnerte sich an dieses Lachen und ihr wurde bewusst, dass sie es nicht ein einziges Mal gehört hatte, seit sie nach Norderoog zurückgekehrt war.

Sie schwamm ihm hinterher und er ließ sich einholen.

»Das wirst du mir büßen. Irgendwann, wenn du nicht damit rechnest. Meine Rache wird wehtun«, versprach sie ihm lachend. Sie war Ben dankbar, dass er die melancholische Stimmung beim Sex bemerkt hatte.

Ben nahm sie in die Arme und küsste sie. Er lenkte sie an

den Rand des Pools, in den flachen Bereich und lehnte sie mit dem Rücken an die Poolwand.

»Leg deine Arme auf den Handlauf«, sagte er zwischen zwei Küssen.

Sie tat, was er sagte, und schlang ihre Beine um ihn.

»Ich brauche dich«, sagte Ben und drang in sie ein.

Als sie erschöpft und aneinandergeschmiegt nach Luft schnappten, klingelte Bens Telefon.

»Das ist der Kalender. Es ist elf Uhr dreißig. Sophie und Valentina kommen mit der Mittagsfähre«, erklärte er Svenja.

»Du hast dir den Wecker gestellt, wie lange du Zeit für mich hast? Wäre es so schlimm, wenn ich hier wäre, wenn Sophie nach Hause kommt?«, sagte sie und merkte, wie ihr Tränen in die Augen stiegen.

»Svenja, bitte ...« Er schwamm neben sie und zog sich aus dem Pool.

»Nein, du hast dir einen verdammten Timer gestellt. Hast du geplant, mich zu verführen und dann nach Hause zu schicken, damit deine Tochter mich nicht sieht? Bin ich wirklich nur irgendeine Affäre für dich?«, fragte sie unter Tränen und verließ ebenfalls den Pool.

»Warum bist du hergekommen? Du kanntest meine Meinung. Ich habe mich gestern klar ausgedrückt, dass eine Beziehung für mich nicht infrage kommt. Was soll ich denken, wenn du in meiner Küche stehst und mir Frühstück machst? Und dann noch bleibst, während ich mich fertigmache und auf meiner Sonnenliege einschläfst? Du hättest gehen können, du hättest Nein sagen können«, sagte er mit kaltem Blick. »Werde erwachsen, Svenja. Und vor allem, werde dir klar, was du willst. Mich gibt es nur als Freund mit gewissen Zusatzleistungen. Daran hat sich seit gestern Abend nichts geändert. Ich liebe dich, ja, aber ich kann dir nicht mehr geben«, setzte er nach, sammelte seine Sachen ein und ging ins Haus.

Svenja war wie erstarrt. Sie hatte nicht gedacht, dass er

seine Meinung über Nacht geändert hatte. Aber dass er sie wie einen Termin in seinen Zeitplan presste und so berechnend und kalt abservierte, damit hatte sie nicht gerechnet. Er liebte sie? Niemals. Niemand konnte einen anderen Menschen lieben und dann Sex auf Zeit einplanen, so berechnend sein und diese harten Worte sagen.

Ohne sich mit einem der Handtücher, die am Rand des Pools lagen, abzutrocknen, zog sie sich mit einem lauten Schluchzen ihr Shirt über. So nass in die Jeans zu schlüpfen war schwieriger, aber sie bekam auch das hin. Ihren Slip und ihren BH in der einen Hand nahm sie ihre Schuhe in die andere und lief in die Küche. Dort stopfte sie ihre Unterwäsche in ihre Tasche, kramte ihre Schlüssel raus und lief barfuß über die geschotterte Einfahrt. Den Schmerz der spitzen Steine an ihren Füßen spürte sie nicht. Endlich war sie am Tor und rannte weiter zu ihrem Auto.

Nur mit Mühe gelang es ihr, den Schlüssel ins Zündschloss zu stecken. Svenja startete das Auto und fuhr los. Nach ungefähr hundert Metern stoppte sie. Sie konnte durch ihren Tränenschleier kaum etwas sehen.

Die Tür auf ihrer Seite öffnete sich, und Christian stand dort.

»Was machst du hier?«, fragte sie ihn mit bebender Stimme.

»Ein großer Bruder sein. Er hat mich angerufen«, sagte er.

»Ich hasse ihn«, schluchzte sie.

»Rutsch bitte rüber«, bat Christian sie.

Svenja stieg aus und ging um das Auto herum, um auf der Beifahrerseite einzusteigen.

»Wenn er dich angerufen hat, hat er dir auch erzählt, was für ein Oberarsch er ist?«

»Hm, muss ich dazu etwas sagen? Lass mich einfach ein guter Bruder sein«, sagte Christian und legte seinen Arm um sie. Schluchzend legte sie den Kopf an seine Schulter und weinte.

Irgendwann hörte ihr Körper auf, zu beben, und Christian reichte ihr ein Taschentuch aus der Packung in der Mittelkonsole.

Svenja putzte sich die Nase und rieb über die nassen Flecken auf seinem Hemd.

»Warum ist er so?«, fragte sie ihn.

»Du bist zu ihm gefahren, um zu reden. Ihr habt nicht geredet oder das Gespräch verlief nicht so, wie du es erwartet hast?«, vermutete er.

»Er hat mit mir geschlafen. Und sich einen verdammten Timer gestellt, wann er fertig sein muss, damit ich das Haus verlassen habe, bevor Sophie nach Hause kommt. Ich bin ein gottverdammter Termin«, schniefte sie und fiel schluchzend zurück an seine Schulter.

»Na ja, ich kann verstehen, dass er nicht möchte, dass Sophie euch in eindeutiger Position erwischt«, gab er zu bedenken.

»War ja klar, dass du zu ihm hältst. Du bist mein Bruder, du solltest auf meiner Seite sein«, fauchte sie ihn an.

»Ich bin auf niemandes Seite«, sagte er ruhig. »Ich werde dich jetzt nach Hause fahren, damit du dich beruhigen kannst. Vielleicht denkst du dann darüber nach, welche Signale du gesendet hast, als du zu ihm gefahren bist. Schließlich gehören zwei dazu, um miteinander zu schlafen«, fuhr er fort.

Svenja war immer noch völlig außer sich und antwortete nicht. Sie sah aus dem Fenster und war froh, dass die Fahrt zu Omas und jetzt ihrem Haus nicht lange dauerte. Kaum, dass Christian geparkt hatte, stieg sie aus dem Auto. Sie rannte ins Haus und hinauf in ihr Schlafzimmer. Dort schmiss sie sich auf ihr Bett und gab sich ihrem Schmerz hin. Der Schmerz, von dem sie glaubte, dass Ben ihn ihr zugefügt hatte. Tief in ihr drin wusste sie, dass sie um Oma weinte, um alle Ungerechtigkeiten der Welt und auch, weil Ben sie nicht so lieben konnte, wie sie es sich wünschte. Ein bisschen PMS kam sicher auch dazu. Sie hörte, wie Christian ihr etwas auf den Nachtschrank stellte, ihr über den Rücken strich und dann ging.

Erst am Nachmittag hatte Svenja sich beruhigt und war eingeschlafen. Es dämmerte bereits, als sie sich dazu durchrang, aufzustehen. Sie duschte und ging hinunter in die Küche, um sich einen Kaffee zu machen und etwas zu essen. Kaffee war bereits fertig. Ein Zettel lag neben der Maschine. »Bin auf dem Dachboden«, las sie. Sie suchte ihre Tasche, die sie in ihrer Wut im Auto liegengelassen hatte. Christian hatte sie im Flur an die Garderobe gehängt. Svenja nahm ihr Handy aus der Tasche und schaute, ob sie Nachrichten erhalten hatte. Nichts. Ben hielt es nicht einmal für nötig, sich zu entschuldigen.

Svenja nahm sich eine Tasse aus dem Hängeschrank über der Spüle. »Sex heilt jeden Schmerz«, las sie den Spruch auf der Tasse. Cass hatte sie ihr während eines gemeinsamen Spanien-Urlaubs geschenkt. Svenja war auf eine Muschel getreten und der Schnitt musste mit ein paar Stichen genäht werden. Sie waren am Abend mit zwei süßen Typen verabredet gewesen, und Svenja wollte absagen, dass Cass allein hinging. Daraufhin verschwand Cass eine halbe Stunde und Svenja dachte, sie wäre allein zu dem Date gegangen. Aber plötzlich kam sie mit zwei Gehhilfen zurück und schleppte sie in die Bar, in der sie verabredet waren. Am nächsten Morgen schenkte sie ihr die Tasse.

Svenja musste lächeln und schrieb Cass eine Nachricht, ob sie am Abend Zeit zum Telefonieren hatte. Sie musste dringend mit jemandem reden.

Sie goss sich einen Kaffee ein und setzte sich auf die Bank vor dem Haus. Christian setzte sich wortlos neben sie. Er lehnte sich mit seiner Schulter gegen ihre.

»Kommst du zurecht?«, fragte er.

»Ja. Bitte entschuldige, dass ich dich angeschrien habe«, antwortete sie. »Es tut mir leid. Ich glaube, ich habe völlig überreagiert. Bestimmt hat er den Timer nicht gestellt, um unsere Sexzeit festzulegen. Aber ich war so verletzt. Ich habe mir gewünscht, er würde seine Meinung ändern.«

»Er weiß, wie weh er dir tut. Ihm fällt es auch nicht leicht«, sagte er.

Sie saßen eine Weile schweigend und hingen ihren Gedanken nach.

»Wenn du mich nicht mehr brauchst, würde ich jetzt losmachen.«

»Hast du auf dem Dachboden noch etwas gefunden? Wie kommst du nach Hause?«, fragte sie ihn.

»Ich nehme dein Rad und fahre mein Auto holen, es steht bei Ben. Dort habe ich es heute früh abgestellt, ehe ich dich gesucht und gefunden habe.«

»Ich kann dich auch fahren«, bot sie an.

»Nein, lass mal. Ich genieße es manchmal sehr, einfach ein bisschen mit dem Rad herumzufahren, ein Schwätzchen mit den Nachbarn zu halten und meinen Gedanken nachzuhängen.«

»Wirst du zu ihm gehen?«, fragte Svenja. »Hast du Kontakt zu dem Kind?«

»Svenja, du quälst dich nur selbst. Ja, ich habe Kontakt zu Sophie. Ich bin ihr Lieblingsonkel«, antwortete er und nahm sie in den Arm, gab ihr einen Kuss auf die Wange und ging zur Garage, um sich ihr Fahrrad zu holen. Mit einem Winken schob er es zum Gartentor und fuhr los.

Svenja ging zurück ins Haus und beschloss, sich etwas Schönes zu kochen. Sie scrollte durch ihr Handy, suchte nach dem Messengerkanal ihres Lieblingskochblogs und fand ein schnelles Rezept für Hühnchen und Paprikareis.

Mit ihrem Essen machte sie es sich auf dem Sofa gemütlich und schaute auf einem Streamingdienst einen Horrorfilm. Etwas anderes ließ ihre derzeitige Gemütsverfassung nicht zu.

KAPITEL FÜNFZEHN

Im Krankenhaus konzentrierte sich Svenja auf ihre Arbeit. Sie hatte für ein paar Tage, zusätzlich zu ihrem Dienst auf Station, Rufbereitschaft in der Notaufnahme. Das war sehr anstrengend und verlangte all ihre Energie. Es waren keine lebensbedrohlichen Fälle, aber auch den weniger schlimm Verletzten widmete sie sich mit der nötigen Sorgfalt. Wenigstens war sie abgelenkt und hatte kaum Zeit, über Ben nachzudenken. Bisher war sie ihm auch nicht über den Weg gelaufen. Er hatte ihr am Tag nach ihrem Streit eine Nachricht geschickt, ob es ihr gutginge. Sie hatte nur mit einem Daumen hoch geantwortet. Für mehr reichte ihre Kraft nicht. Liebeskummer tat auch als Erwachsene sehr weh.

Wenn sie in die Cafeteria ging, schaute sie vorher, ob sie ihn irgendwo sah. Falls ja, hätte sie ihr Essen mit auf Station genommen und im Arztzimmer gegessen. Das wurde zwar nicht gern gesehen, aber toleriert. Wozu war sie schließlich Stationsärztin.

Christian meldete sich fast täglich, und sie spürte, wie wohltuend das war. Sie hatte es lange vermisst, dass sich jemand um sie kümmerte. Wenn sie ehrlich war, genoss sie es. Sie vermisste es, sich an jemanden anlehnen zu können, mit jemandem zu reden, zu lachen, einfach jemanden um sich zu haben, der Anteil an ihrem Leben nahm. Svenja war gern allein, aber es wäre auch schön, wenn zu Hause jemand wartete, mit dem man Glück und Ärger teilen konnte.

Aber sie hatte verstanden, dass Ben nicht dieser jemand sein würde. Für eine Affäre war sie nicht bereit. Sie hatte ihr Herz schon an ihn verloren, und es tat zu weh, zu wissen, dass er von Liebe sprach, sie ihr aber nicht geben konnte.

Heute Abend war sie mit Christian verabredet. Sie wollten endlich Klarheit, was Omas angebliche noch unveröffentlichte Manuskripte betraf, falls es sie wirklich gab. Wie in den letzten Tagen auch, schaute Svenja heute bei Melanie Singlich vorbei.

»Wie geht es Ihnen?«, fragte sie die junge Frau.

»Soweit gut, mir ist sehr langweilig. Aber eine Freundin schickt mir mein Tablet, sodass ich lesen kann«, antwortete Melanie. »Ein gedrucktes Buch kann ich mit nur einer Hand nicht so gut halten.«

»Das ist eine tolle Idee«, sagte Svenja. Sie mochte die junge Frau. In den sozialen Medien war sie sehr bekannt, aber trotzdem sehr freundlich und ohne Starallüren.

»Dann drücke ich die Daumen, dass die Post nicht so lange braucht«, verabschiedete sich Svenja.

Sie hatte kurz zuvor einen Blick auf die Krankenakte geworfen. Der Bruch des Schlüsselbeins, die Rippen und der gebrochene Arm verheilten gut, trotzdem dauerten solche Verletzungen ihre Zeit. Bevor Svenja sich auf den Heimweg machte, besuchte sie auch noch schnell Tante Hansen. Die liebenswerte Nachbarin konnte in den nächsten Tagen in die häusliche Pflege entlassen werden. Svenja nahm sich vor, sich zu erkundigen, ob es auf der Insel einen ambulanten Pflegedienst mit freien Kapazitäten gab.

Heute war sie ausnahmsweise mit dem Auto zum Krankenhaus gefahren. Es war schon fast eine kleine Tradition, dass sie zu ihren gemeinsamen Abenden mit Christian Abendessen mitbrachte. Mit dem Fahrrad würde das Essen nur kalt werden.

Zu Hause angekommen, sah sie Christians Auto vor dem Zaun stehen. Sie freute sich auf ihren Bruder, parkte zügig ihren kleinen roten Flitzer in der Garage und ging direkt durch die Garage in die Küche.

Christian saß am Küchentisch und las die Zeitung. Als er sie hörte, sah er auf und grinste sie an.

»Da bist du ja. Und du hast Essen mitgebracht, ich bin am Verhungern.«

»Ich gehe mich nur schnell umziehen«, erwiderte Svenja. Sie stellte die Pizzen auf dem Tisch ab und lief nach oben. Als sie in bequemeren Sachen zurück in die Küche kam, hatte Christian ihnen Wasser eingegossen und die Pizzen auf Teller verteilt.

»Das riecht verdammt lecker«, sagte sie mit einem hungrigen Seufzer.

In einem stillen Moment, als beide sich über ihre Pizza hermachten, überlegte Svenja, ob sie Christian nach Ben fragen sollte. Immerhin hatte sie ihn die ganze Woche nicht gesehen.

»Wie geht es ihm?«, platzte es schließlich aus ihr heraus.

Christian hörte auf zu kauen.

»Das hat er mich über dich gefragt«, sagte er. »Kriegt das auf die Reihe, Svenja. Für mich ist das auch nicht einfach. Ben ist mein bester Freund. Ihr seid beide meine Familie. Ich will mich nicht entscheiden müssen, das kann ich nicht«, sagte er dann.

Svenja schluckte schwer.

»Ich weiß nicht, was ich machen soll. Ich kann nichts machen. Dass er mich nicht will, habe ich verstanden. Aber ich weiß nicht, ob wir einfach in die Friendzone zurückkönnen.«

»Ich weiß das auch nicht. Vielleicht geht ihr ein bisschen auf Abstand und versucht dann, einfach normal miteinander umzugehen«, schlug er vor. »Wollen wir loslegen?« Er deutete nach oben zum Dachboden, und Svenja schob den letzten Rest Pizza zur Seite.

»Ja, lass uns hochgehen.«

»Ich schlage vor, ich nehme mir die Ordner vor und gleiche sie mit den uns bekannten und veröffentlichten Titeln ab, und du schaust dich in den Schränken und Kommoden hier oben um. Oma hat es, genauso wie du, geliebt, hier oben zu lesen«, sagte Christian.

»Ja, da hast du recht. Ich frage mich, wo Oma die ganzen Ordner aufbewahrt hat, als wir noch hier gewohnt haben. Ich bin mir sicher, dass in dem Regal früher nur Kinderbücher und ein paar Bücher von Oma standen«, antwortete Svenja und sah sehnsüchtig zu dem Sessel in der Ecke, auf dem sie immer gelesen hatte.

Das gesamte Haus barg viele Erinnerungen, aber auf dem Dachboden fühlte sie sich Oma nah. Hier oben hatte sie sich ihren Kummer von der Seele geweint. Oma kam dann immer mit einem heißen Kakao und Keksen zu ihr und sagte, dass alles wieder gut werden würde. Woher sie die Gewissheit nahm, hatte sich Svenja immer gefragt. Aber sie musste auch zugeben, dass kindliche und pubertäre Probleme meistens wieder gut wurden.

»Svenja? Woran denkst du?«

»An Oma, wie ich hier oben gesessen habe und sie mir Kakao und Kekse gebracht hat«, antwortete sie leise.

Christian lächelte. »Ich vermisse sie auch. Sehr sogar. Hört der Schmerz irgendwann auf, was denkst du?«

»Ich weiß es nicht. An manchen Tagen tut es so viel mehr weh als an anderen. An diesen Tagen habe ich das Gefühl, eine starke Faust drückt mein Herz zusammen und ich kann nicht atmen. Da weiß ich einfach nicht, wohin mit diesem Schmerz«, gestand Svenja.

Christian kam zu ihr und legte seine Arme um sie.

»Vielleicht sollten wir einen Oma-Tag einführen. An diesem Tag kochen wir etwas, das sie geliebt oder gern für uns gekocht hat. Und wir machen einen Ausflug an Orte, die sie mochte und die wir mit ihr in Verbindung bringen«, schlug er vor.

»Seit wann bist du so tiefsinnig, großer Bruder?«, fragte Svenja und boxte ihn spielerisch gegen die Schulter. »Ich halte das für eine richtig gute Idee. Lass uns bald unseren ersten Oma-Tag machen.«

»Weißt du, vielleicht sollten wir ganz pragmatisch an die Sache rangehen. Oma wusste nicht, dass sie sterben würde. Zumindest nicht Wochen vorher. Wie wir wissen, hatte Oma einen Laptop. Vielleicht sind die Manuskripte noch gar nicht in einem Ordner? Es sind alles Ausdrucke des Verlages in den Ordnern, zumindest ist überall das Logo auf dem Papier«, überlegte Christian laut.

»Du meinst, es sind alles Druckfahnen? Oh mein Gott, du hast recht. Wenn sie nur die Druckfahnen abgeheftet hat, dann müssen irgendwo die originalen Manuskripte sein. Sie hat die Bücher bestimmt auf dem Laptop geschrieben und die Manuskripte per E-Mail an den Verlag geschickt. Wieso ist uns das bisher nicht eingefallen?«, antwortete Svenja aufgeregt.

»Wo ist Omas Laptop?«, wollte Christian wissen.

»In der Truhe bei Omas Zeug, was ich aufheben wollte. Neben dem Sessel hier«, sagte Svenja und lief hinüber zur Truhe und kniete sich davor. In der Truhe hatte Oma schon immer Dinge aufbewahrt, die ihr wichtig waren. Svenja hatte noch Dinge dazugetan. Verschiedene Vasen, Omas Lieblingsbücher, ihre Lieblingskakaodose ... und Omas Laptop. Den Laptop wollte sie irgendwann einmal durchschauen, sah aber bisher keine Dringlichkeit. Sie hatte ja keine Ahnung gehabt, dass Oma darauf weltberühmte Bücher geschrieben hatte.

»Ob der Laptop noch funktioniert? Er lag jetzt drei Jahre hier drin. Wir sollten runter in die Küche gehen und ihn eine halbe Stunde laden«, sagte Svenja.

In der Küche steckte Svenja das Ladekabel des Laptops sofort in eine Steckdose.

»Was machen wir, wenn er passwortgeschützt ist?«, fragte Christian.

»Das sehen wir dann, wenn es so sein sollte«, antwortete Svenja. »Möchtest du auch einen Tee?«

»Ja gern.«

Svenja setzte Teewasser auf und schaute auf ihr Handy, ob neue Nachrichten eingegangen waren, während sie auf dem Dachboden gewesen waren.

Cass hatte ihr geschrieben, dass sie gerade sehr eingespannt war, sich aber in den nächsten Tagen melden würde.

Keine Nachricht von Ben. Sie seufzte hörbar.

»Er wird dir nicht schreiben. Außerdem ist er auf einem Kongress in Mannheim«, sagte Christian mit einem Augenrollen.

Sie streckte ihm als Antwort nur die Zunge raus und stellte die Teetassen auf den Tisch. Dann griff sie sich den Laptop, klappte ihn auf und schaltete ihn an.

Sie hielt kurz den Atem an, doch der Laptop fuhr ganz normal hoch.

»Kein Passwortschutz«, murmelte Christian.

Sie sahen einander an und wieder auf das Display. Als Hintergrundbild hatte Oma ein Bild von ihnen beiden, das sie noch gar nicht kannten. Es musste ein Schnappschuss gewesen sein, als Svenja sich von einem Besuch verabschiedete. Auf dem Bild umarmten sie sich. Svenjas Kopf lag an Christians Schulter und sie sahen beide in die Kamera.

Christian streichelte ihr liebevoll über die Schulter.

»Weißt du, so war Oma. Andere Eltern stellen sich

Abschlussfotos als Hochglanzabzug auf den Schreibtisch, Oma wählte dieses Bild. Jetzt, wo ich weiß, dass sie Autorin war, verstehe ich ihre Vorliebe für Dinge, die Emotionen ausdrückten. Erinnerst du dich an Weihnachten? Immer wurde ein Foto beim Auspacken gemacht, nicht in schicken Klamotten vor dem Weihnachtsbaum. Sie hat immer gesagt ‚Ich will eure wunderschönen Augen im Lichterglanz sehen' », sagte Christian leise. »Oder wie wir immer ein Geschenk unausgepackt lassen mussten, damit wir am ersten Feiertag noch eins mit Ben zusammen auspacken konnten?«

Svenja erinnerte sich. »Ja, und Ben war immer so glücklich. Selbst als wir schon Teenager waren, war der erste Weihnachtsfeiertag uns allen wichtig.«

Svenja öffnete den Ordner *»Manuskripte«* auf dem Desktop. Es gab 13 Unterordner.

»Dreizehn Manuskripte?«, wunderte sich Christian.

»Hoffen wir, sie haben nicht alle Arbeitstitel, sondern die Titel der Bücher«, antwortete Svenja.

Als Leseratte kannte Svenja alle Buchtitel der bisher zehnteiligen Reihe von Aria Emberwoods. Sie überflog die Namen der Ordner. Sie hatten Glück. Bis auf drei Ordner trugen alle Ordner den Buchtitel des jeweiligen Reihenteils.

»Drei Titel sind mir unbekannt«, sagte sie zu Christian und öffnete einen der Ordner und die darin befindliche Datei.

Ein ihnen unbekanntes Programm öffnete sich.

»Scheint ein Schreibprogramm zu sein«, sagte Christian.

Svenja überflog die ersten drei Seiten.

»Sagt mir nichts. Die Datei ist kurz nach Erscheinen von Band acht erstellt worden, also hatte Oma vermutlich ein paar Bände Vorlauf«, überlegte sie laut.

»Verrückt. Weißt du, wie unglaublich das immer noch für mich ist? Unsere Oma war, ist, eine berühmte Autorin? Ich dachte immer, Aria Emberwoods sei Amerikanerin. Unsere Oma. Eine Frau von der Insel Norderoog«, sagte Christian.

»Was hältst du davon, wenn ich mir die erste der drei Dateien auf mein Tablet ziehe und lese?«, fragte sie Christian.

»Kannst du mir die Datei per E-Mail schicken?«, fragte er. »Ich möchte das Buch auch lesen.«

Svenja nickte und loggte sich in das WLAN ein, lud die Datei in ihre Cloud, um sie von dort an Christian zu senden und von ihrem Tablet aus abrufen zu können.

KAPITEL SECHZEHN

Bis spät in die Nacht hatte Svenja im Manuskript von Aria Emberwoods gelesen. Das Buch war spannend, wie sie es von den anderen Büchern der Reihe gewohnt war. Aber es enthielt nichts, was der von der Verlegerin angesprochenen Theorie über ganz persönliche Inhalte der Autorin entsprach. Es fiel ihr immer noch schwer, zu verstehen, dass Oma und die Autorin ein und dieselbe Person waren. Dass es so war, dessen war sie sich sicher. Trotzdem war es verrückt. Auf eine fantastische Weise. Sie würde Omas Vermächtnis in Ehren halten, solange die Bücher jemand lesen wollte. Sie schrieb Christian eine Nachricht: *»Hast du im Manuskript gelesen? Findest du es auch so toll? Wir müssen es dem Verlag schicken.«*

Er antwortete sofort: *»Ja, die ersten vier Kapitel. Lass uns noch warten, bis wir die anderen auch gelesen haben.«*

Svenja schickte als Antwort einen Daumen hoch und machte sich fertig zum Dienst.

Auf dem Weg zum Krankenhaus genoss sie, wieder einmal, die ruhige Lage der Siedlung. Nicht allzu weit entfernt wimmelte es von Touristen und Hotels, aber der

Kern des Dorfes blieb relativ unbehelligt von dem Trubel. Es lag auch daran, dass es im Dorf selbst weder Geschäfte noch Gaststätten gab. Sie erfreute sich an den wunderschönen und gut erhaltenen Häusern mit den Reetdächern, den blühenden Vorgärten und grüßte ein paar Einheimische.

Im Krankenhaus angekommen, führte ihre Visite sie auch zu Melanie Singlich.

»Frau Dr. Buchner, ich würde schneller gesund werden, wenn das WLAN nicht so grauenvoll wäre«, beklagte sich die Patientin.

»Sie sollen nicht arbeiten, sondern sich ausschließlich aufs Gesundwerden konzentrieren«, wies Svenja ihre Patientin auf das Offensichtliche hin.

»Ich möchte mir nur ein Buch auf mein Tablet laden«, antwortete Melanie daraufhin.

»Oh. Welches Buch möchten Sie denn? Vielleicht können wir es Ihnen auf ihr Tablet laden?«, schlug Svenja vor.

»Ich habe vor einigen Monaten die Fantasyreihe von Aria Emberwoods entdeckt, aber bisher erst Band eins und zwei gelesen. Mir fehlte immer die Zeit. Ich würde gern Band drei lesen. Ich habe mir extra diese Lese-Flatrate besorgt.«

Svenja hielt inne, während sie sich die letzten Blutwerte der Patientin anschaute. Das musste ein Zufall sein.

»Ich kenne die Reihe, ich liebe sie auch. Dann geben Sie der Schwester mal Ihr Tablet, wir kümmern uns darum.«

»Das ist sehr lieb von Ihnen. Wie gefallen Ihnen die Bücher?«, fragte Melanie und überreichte der Schwester das Tablet.

»Ich liebe sie. Das Setting, die Figuren, die Spannungsbögen«, geriet Svenja ins Schwärmen und musste grinsen.

»Das gefiel mir auch alles sehr. Aber ich liebe auch die Social-Media-Posts der Autorin. Manchmal sind sie völlig kryptisch, oder die Autorin ist etwas schrullig und sehr genau«, erzählte die Patientin.

»Wieso?«, fragte Svenja verwundert.

»Na ja, die meisten Beiträge waren super, da stand bestimmt ein Social-Media-Team dahinter. Aber manchmal war es ein Bild von Blumen aus einem Garten, vielleicht ihr eigener, mit dem Text: Sieben Blumen sind neu erblüht, zwölf Eier haben die Hühner gelegt, achtzehn Fanbriefe habe ich bekommen und sechs habe ich bereits beantwortet. Diese Beiträge passten irgendwie nie zu den anderen«, erzählte Melanie.

Svenja wunderte sich, denn Oma hatte niemals Hühner gehabt. Sie nahm sich vor, sich die Beiträge genauer anzuschauen. Inzwischen war die Schwester zurück und reichte Melanie das Tablet. »Ich habe Ihnen Band drei und vier in die Lese-Flatrate geladen«, sagte sie und lächelte die Patientin an.

Svenja freute sich erneut, dass Frau Singlich so gar nicht der Person entsprach, die sie alle erwartet hatten, als eine berühmte Influencerin angekündigt wurde. Sie mochte die junge Frau. Eigentlich schloss sie nicht schnell Freundschaften, schon gar nicht mit Patienten.

Ihr Dienst war stressig, es wurden einige schwere Fälle eingeliefert. Eine Patientin reagierte allergisch auf die Begegnung mit einer Feuerqualle, benötigte ein abschwellendes Mittel für die Atemwege und musste dringend überwacht werden. Ein älterer Herr wollte seine Coolness auf einem Jetski beweisen, um seinen Urlaubsflirt zu beeindrucken. Dabei wäre er beinahe ertrunken. Er war nicht ganz so rüstig, wie er zu sein glaubte. Seine Bekanntschaft sah es gelassen und hielt seine Hand, während Svenja ihm das Ergebnis des Röntgens mitteilte: Oberschenkelhalsbruch und eine ausgekugelte Schulter. Er war ziemlich übel ins flache Wasser gestürzt. Der Bruch musste sofort operiert werden, und dabei würde auch die Schulter wieder eingerenkt werden.

Nach Feierabend machte sich Svenja auf den Weg zu Frau Hansen. Sie ging zuerst ins Arztzimmer der Geriatrie. Eine ihr noch unbekannte Kollegin hatte Dienst.

»Hallo, ich bin Svenja aus der Chirurgie, und die Nachbarin von Frau Hansen. Ich kenne sie seit meiner Kindheit. Wie geht es ihr, und vor allem, wie sind die Prognosen, dass sie weiterhin allein leben kann?«, stellte sie sich der Kollegin vor, die ihr freundlich zunickte.

»Ich bin Elisabeth. Willkommen im Inselkrankenhaus. Ich habe schon gehört, dass es auf der Chirurgie eine neue Stationsärztin gibt«, erwiderte die Ärztin herzlich.

»Was denkst du, wann wird sie entlassen?«, nahm Svenja die persönliche Anrede dankend an. »Ich suche nach einem ambulanten Pflegedienst, der noch freie Kapazitäten hat, aber der Bedarf scheint sehr viel größer als das verfügbare Personal zu sein«, sprach sie weiter.

»Ja, das ist tatsächlich so. Frau Hansen hat das Broken-Heart-Syndrom. Sie lag eine lange Zeit schwer verletzt in ihrem Haus. Die äußerlichen Wunden sind fast verheilt. Ich würde es gutheißen, wenn sie nicht mehr allein wohnen würde oder zumindest täglich jemand nach ihr schaut und sie bei alltäglichen Dingen unterstützt«, fasste die Kollegin zusammen, was Svenja schon geahnt hatte. Sie beschlossen, dass das Krankenhaus den Sozialdienst involvierte und man gemeinsam nach einer Lösung suchte.

Sie besprachen, Frau Hansen noch nichts zu sagen. Svenja schaute in ihr Zimmer und sah, dass sie schlief. Ihr Gesicht war eingefallen und ihre sonst so rosige Haut fahl. Svenja brauchte dringend eine Lösung, sie fühlte sich für die Nachbarin verantwortlich. Schließlich war sie irgendwie auch Familie. Ihr war bewusst, dass sie und Christian nicht leisten konnten, was Tante Hansen brauchte. Als Ärztin wusste sie um die Probleme des Personalmangels bei Pflegediensten. Sie wünschte sich auch etwas Besseres für die gute Seele, als jemanden, der zweimal täglich vorbeischaute.

Mit dem Aufzug fuhr sie zu ihrer Station, um ihre Sachen zu holen und nach Hause zu fahren. Der Aufzug hielt eine Etage früher, und ausgerechnet Ben stieg zu. Irgendwann mussten sie sich ja über den Weg laufen. Aber gerade heute? Svenja schluckte und sah ihm in die Augen. »Hallo Ben.«

Er schien genauso überrumpelt. »Oh, hallo Svenja. Feierabend oder fängst du gerade an?«

»Feierabend«, antwortete sie und war froh, dass der Aufzug in ihrer Etage hielt und sie, ohne ein weiteres Wort fliehen konnte.

Auf dem Heimweg machte sie ein paar Besorgungen und freute sich auf einen ruhigen Abend. Zuvor telefonierte sie die örtlichen Pflegedienste ab. Dass keiner freie Kapazitäten hatte, wusste sie bereits. Aber sie hinterließ ihre Nummer und wies auf die Dringlichkeit hin. Vermutlich waren alle Anfragen ähnlich dringend.

Nach einem schnellen Abendbrot und einer Dusche lag sie endlich im Bett und konnte sich dem Manuskript von Aria Emberwoods widmen, doch es dauerte einen Moment, bis sie sich wieder auf die Geschichte einlassen konnte. Ganz unerwartet zogen ihre Gedanken immer wieder in Richtung Ben. Völlig in die Geschichte versunken, schrak sie zusammen, als der Timer sie daran erinnerte, dass Schlafenszeit war. Sie musste zeitig raus und wollte nicht wieder bis zum Morgengrauen lesen. Sie legte ihr Tablet auf den Nachtschrank und schaltete das Licht aus. Ihre Gedanken kreisten um ihre Begegnung mit Ben im Fahrstuhl. Sie vermisste ihn so sehr. Sie erinnerte sich an ihre Nacht am Strand, wo er sie so zärtlich geliebt, ihre Tränen getrocknet und sich noch weiter in ihr Herz geschlichen hatte. Ihre Hand glitt über ihren Bauch in den Bund ihrer Schlafshorts. Mit ein paar geübten Bewegungen ihrer Finger brachte sie sich zum Höhepunkt. Es war eine Weile her, dass sie sich selbst Erlösung verschafft hatte. Ben hatte sie in dieser Hinsicht vollkommen befriedigt. Schwer atmend wurde ihr bewusst, dass sie während ihres Orgasmus Bens Namen gestöhnt hatte. Sie war so im Arsch. Ihr Herz raste noch schneller.

Am nächsten Morgen saß sie mit ihrem Kaffee auf der Bank vor dem Haus und schaute den Bienen und Hummeln zu, die gerade aufgestanden waren, wie sie in Omas geliebten Rosen von Blüte zu Blüte zogen. Ihr Handy signalisierte ihr den Eingang einer Nachricht. Von Ben *»Ich vermisse dich. Mir tut es leid, wie es gelaufen ist.«*

Wieso meldete er sich ausgerechnet jetzt? Wo sie gerade zumindest in Gedanken die Nacht mit ihm verbracht hatte. Vielleicht gab es ja eine maximale Frist, in der man es aushielt, von seiner Liebe getrennt zu sein, sinnierte Svenja. Sie zuckte mit den Schultern, holte ihre Tasche und schwang sich auf ihr Rad, um zum Dienst zu fahren. Während sie in die Pedale trat, versuchte sie, die Nachricht von Ben aus ihren Gedanken zu verdrängen. Es war besser, wenn sie sich auf ihre Arbeit konzentrierte, anstatt sich weiterhin den Kopf über ihn zu zerbrechen.

Im Krankenhaus angekommen, trank sie mit dem Kollegen der Nachtschicht noch einen Kaffee und ließ sich die Station übergeben, und machte sich bereit für die Visite. Der Tag verlief wie gewohnt, doch immer wieder schlichen sich Gedanken an Ben in ihren Kopf. Sie fragte sich, was seine Nachricht zu bedeuten hatte und warum er sie kontaktiert hatte.

In der Mittagspause ging sie in die Kantine. An einem Tisch in der Ecke sah sie Ben mit seinem Kollegen Markus sitzen. Sie nickte den beiden im Vorbeigehen zu, setzte sich aber zu ein paar Kollegen, die sie aus der Notaufnahme kannte. Gerade als sie die Cafeteria nach dem Essen verlassen wollte, hörte sie jemanden hinter sich ihren Namen rufen. Sie drehte sich um und sah, dass Markus auf sie zukam.

»Markus, schön dich zu sehen«, begrüßte sie ihn.

»Hallo Svenja. Ich dachte, ich frage dich, ob du Lust auf Kino hast. Hast du?«, fragte er sie mit einem charmanten Lächeln.

Warum konnte sie sich nicht für Markus erwärmen? Er

sah sehr gut aus, war nett, sehr charmant ..., aber ihr Herz klopfte kein bisschen unruhig in seiner Gegenwart.

»Als Freunde?«, fragte sie zur Sicherheit.

»Als Freunde«, bestätigte er mit einem Lächeln.

Svenja bemerkte, wie Ben mit einem grimmigen Zug um den Mund an ihnen vorbeiging. Es schien ihn zu stören, dass Markus sie angesprochen hatte.

»Wie sieht es am Freitag bei dir aus?«, fragte Markus weiter.

»Passt perfekt. Ich habe Samstag Dienst, aber Kino geht in Ordnung.«

»Du suchst den Film aus, ich lasse mich überraschen«, sagte sie.

»Vorher zum Italiener?«, fragte er verschmitzt.

Svenja lachte. »Eine sehr gute Idee. Holst du mich gegen fünf ab?«

»Sehr gern. Ich freue mich. Bis Freitag«, verabschiedete sich Markus mit einem Lächeln.

Svenja freute sich auf den Abend und hoffte, dass Markus sich an ihre Abmachung, nur als Freunde auszugehen, halten würde.

Die Tage bis zu ihrem Date flogen nur so dahin. Svenja entschied sich am Freitag für ein schlichtes Outfit. Ein weißes Top und ein geblümter wadenlanger Rock, um Markus gar nicht erst auf die Idee zu bringen, dass sie sich auf mehr als Kino einlassen wollte.

Beim Essen unterhielten sie sich über alltägliche Dinge, ihr Studium in Oxford und darüber, dass die Einwohner von Norderoog fast alle älteren Semesters waren. Beide hofften, dass ihr Dorf nicht den Touristikkonzernen zum Opfer fiel.

Der Film, den Markus ausgesucht hatte, war ein Actionfilm mit einer dramatischen Lovestory als Plottwist. Svenja fühlte sich gut unterhalten und von ihren Sorgen abgelenkt.

Wieder auf der Insel fuhr Markus sie nach Hause. Vor

ihrem Haus angekommen, stieg er schnell aus, um ihr die Autotür zu öffnen.

»Möchtest du auf ein Glas Wein mit reinkommen?«, fragte sie ihn.

»Aber nur eins, ich muss noch fahren«, antwortete er erfreut.

Sie holte den Wein und die Gläser aus der Küche, und sie setzten sich auf die Bank vor dem Haus. Es war ein milder Abend und die Sterne funkelten um die Wette. Svenja erzählte ihm von ihren Sorgen über Tante Hansen. »Wir brauchen dringend jemanden, der sie langfristig unterstützen kann.«

»Die aktuelle Pflegesituation ist eine Katastrophe. Und es ist keine Besserung in Sicht. Es wird eher schlimmer. Hier auf der Insel geht es noch, auf dem Festland soll es noch viel dramatischer sein. Aber sag mal, ich gebe ja nicht so viel auf Gerüchte, aber diese Influencerin, die so eine große Nummer sein soll, man erzählt sich, sie hätte keinen festen Wohnsitz, tingelte als digitale Nomadin in der Welt herum«, sagte er.

Svenja lachte auf und unterbrach ihn. »Du kennst Melanie Singlich? Sie liegt bei mir auf Station«, sagte sie.

»Das ganze Krankenhaus hat in den ersten Tagen über sie geredet, muss eine berühmte Influencerin sein. Ja, sogar bis zu mir ist das durchgedrungen«, erwiderte er grinsend. »Aber ich will auf etwas anderes hinaus. Soweit ich weiß, hat sie ein paar Brüche, die sie nicht komplett im Krankenhaus auskurieren kann. Sie wird irgendwo wohnen müssen. Vielleicht kannst du ja zwei Probleme auf einmal lösen«, sprach er weiter.

»Was meinst du?«, fragte Svenja verständnislos.

»Na, überlege mal. Frau Hansen benötigt Unterstützung und die Influencerin eine Bleibe.«

»Du meinst ... Aber die beiden kennen sich nicht«, wand Svenja ein.

»Das sollte kein Problem sein, sie bekanntzumachen. Es ist nur so ein Gedanke«, sagte Markus.

»Eigentlich ist das eine gute Idee. Zumindest bis Melanie wieder gesund ist. Sie bräuchten beide Unterstützung, aber Tante Hansen wäre nicht allein«, überlegte Svenja laut. »Danke, Markus. Das könnte eine Lösung sein.«

Markus erhob sich. »Ich werde mich auf den Weg machen.«

Svenja stand ebenfalls auf und begleitete ihn zu seinem Auto. Noch bevor es komisch oder beklemmend werden konnte, umarmte Markus sie und gab ihr einen freundschaftlichen Kuss auf die Wange. »Danke für den schönen Abend. Ich würde mich freuen, wenn wir ihn wiederholen«, sagte er beim Einsteigen in sein Auto.

»Sehr gern«, antwortete Svenja überrascht. Sie hatte den Abend genossen. Markus war eine angenehme Gesellschaft und ein unterhaltsamer Gesprächspartner. Er war witzig, aber in den richtigen Momenten ernst.

Am nächsten Tag wurde Tante Hansen entlassen. Svenja hatte, zusammen mit Christian, Ben und einer Nachbarin, das Haus von oben bis unten geputzt. Sie hatten überlegt, das Schlafzimmer von Tante Hansen nach unten zu verlegen, wollten diese Entscheidung aber der Nachbarin selbst überlassen. Ben hatte sich nicht abwimmeln lassen. Christian erzählte, er habe sogar darauf bestanden, schließlich kenne er die gute Frau genauso lange wie sie. Svenja ging ihm trotzdem aus dem Weg.

Christian und Ben fuhren für Tante Hansen einkaufen, und sie selbst fuhr mit ihrem Auto zum Krankenhaus, um sie abzuholen.

»Ach Svenja, Kind, ich bin ja so froh, endlich nach Hause

zu können. Wie freue ich mich auf mein Bett und meinen Garten«, wurde Svenja freudig begrüßt.

Sie schnappte sich die Sachen der alten Frau und sie fuhren nach Hause. Dort warteten einige Nachbarn, Herr Larsen, Christian und Ben. Tante Hansen weinte ein bisschen und umarmte alle.

Bis auf Svenja verabschiedeten sich alle, damit es ihr nicht zu viel wurde. Für die nächsten Tage hatten sie einen Plan erstellt, sodass regelmäßig jemand bei ihr vorbeischaute.

»Svenja, Kind, ich bin euch so dankbar. Ich möchte mich jetzt ein wenig ausruhen. Hast du Lust, später einen Spaziergang zum Strand zu machen?«

»Sehr gern. Ich hole dich in zwei Stunden ab, ist das in Ordnung?«

»Ja, das klingt sehr gut. Bis dann, Liebes«, antwortete Tante Hansen und ging in ihr Wohnzimmer, um sich etwas auf die Couch zu legen. Svenja stellte ihr noch ein Glas Wasser hin und ging durch das kleine Gartentor zwischen ihren Grundstücken zurück in ihr Haus.

Sie räumte ein wenig auf, kümmerte sich um die Wäsche und ruckzuck waren zwei Stunden vergangen. Sie ging hinüber zur Nachbarin und wurde schon erwartet. Erfreut sah sie, dass Tante Hansen den Rat ihrer Ärztin befolgte und eine Gehstütze zur Hilfe nahm.

»Wollen wir?«, fragte Svenja.

Statt einer Antwort ging die alte Frau aus der Hintertür und um das Haus herum zur Straße vor. Svenja folgte ihr.

Sie schlenderten langsam und gemütlich den Weg zum Strand hinunter. Svenja war wieder einmal froh, dass es hier kaum Touristen gab.

»Wird es dir nicht zu beschwerlich, durch den Sand zu stapfen?«, fragte Svenja.

»Nein, ich werde sogar meine Schuhe ausziehen und durch das Wasser tanzen. Weißt du, warum ich so lange krank war? Ich habe das Meer vermisst und ich hatte Heimweh.«

Als Ärztin wusste Svenja, dass Heimweh ein schlimmer Gegner während der Genesung sein konnte. Aber im Fall ihrer liebenswerten Nachbarin war das, aus ihrer Sicht, nicht der Fall. Sie stimmte ihr trotzdem zu.

»Das ist gut möglich. Jetzt bist du ja wieder da.«

Sie gingen zum Ufer hinunter und Tante Hansen zog tatsächlich ihre Schuhe aus und tanzte zu einer Musik, die nur sie hören konnte, durch das seichte Wasser am Ufer. Svenja tat es ihr gleich und freute sich über die Lebensfreude ihrer Nachbarin, die zur Familie gehörte.

Sie sammelten ihre Schuhe ein und spazierten langsam im Wasser entlang.

Svenja hörte ein Kinderlachen und eine ihr sehr bekannte Stimme. Sie sah auf und nicht weit vor ihnen spielte Ben mit seiner Tochter Fangen. Beziehungsweise sie mit ihm. Das Mädchen jagte lachend mit einer Wasserspritze hinter ihm her.

»Wollen wir langsam zurückgehen?«, fragte sie Frau Hansen.

»Ja, lass uns umkehren«, antwortete die Nachbarin.

Sie liefen barfuß durch den Sand zurück zum Weg.

»Deine Oma hat sich sehr gewünscht, dass ihr zwei zusammenfindet«, sagte Tante Hansen plötzlich.

Svenja erstarrte und blieb stehen. Fast hätte sie die Schuhe fallen lassen. Sie fing sich schnell und ging weiter neben der alten Frau her. »Du meinst ... denkst du ... Oma wollte ...«, fragte sie, kannte die Antwort aber bereits.

»Natürlich hat deine Oma gewusst, dass du total verknallt in Ben warst. Das war ja nicht zu übersehen. Und Ben in dich. Aber ihr habt es nicht hinbekommen und dann bist du weggegangen«, sagte Tante Hansen lachend, blieb stehen und legte Svenja eine Hand auf den Oberarm.

»Aber er will mich nicht«, antwortete Svenja.

»Wie kommst du darauf?«, fragte die Nachbarin.

»Er hat es mir selbst gesagt. Er will mich nicht. Nicht als Frau, Freundin oder gar als Mutter seiner Tochter«, sagte Svenja und schluckte schwer.

»Papperlapapp. Der will dich schon noch. Der hat nur Angst«, winkte Frau Hansen ab.

Svenja sagte nichts dazu. Sie begleitete Tante Hansen nach Hause, vergewisserte sich, dass sie alles hatte, und ging dann in ihr eigenes Haus.

KAPITEL SIEBZEHN

Wenige Minuten nach ihrer Ankunft auf der Station informierte eine Schwester Svenja darüber, dass Frau Singlich sie dringend sprechen wollte. Es handelte sich jedoch nicht um ein medizinisches Problem. Neugierig, worum es gehen könnte, nahm sich Svenja vor, die Patientin aufzusuchen, sobald sie Zeit hatte.

Da die für heute geplanten Entlassungen bereits abgeschlossen waren, blieb ihr nur noch, sich um die verbleibenden Patienten zu kümmern. Auch geplante Operationen standen heute nicht an. Nachdem sie sich einen Überblick über die aktuellen Patientenakten verschafft hatte, machte sie sich auf den Weg zu Frau Singlich.

»Hallo Frau Singlich, Sie wollten mich sprechen? Wie geht es Ihnen?«, fragte Svenja freundlich, als sie das Zimmer betrat.

»Ja, das wollte ich. Ich hatte Ihnen doch von den seltsamen Posts auf der Social-Media-Seite von Aria Emberwoods erzählt. Stellen Sie sich vor, es gibt einen neuen, kryptischen Kommentar in ähnlicher Form«, berichtete die Patientin aufgeregt.

»Ach, wer weiß, wer sich da einen Scherz erlaubt«, antwortete Svenja, bemüht, ihre eigene Unruhe zu verbergen. Sie wollte der Patientin nicht zeigen, wie sehr sie diese Nachricht tatsächlich beunruhigte.

»Viel wichtiger ist, dass wir Sie Ende der Woche in die häusliche Pflege entlassen können. Haben Sie jemanden, der sich um Sie kümmert? Selbstständig werden Sie mit den noch heilenden Brüchen sicher nicht zurechtkommen«, fuhr Svenja fort.

Melanie schaute sie erschrocken an. »Nein, ich war bisher immer in der Welt unterwegs. Ein paar Wochen hier, ein paar Wochen da ... Meine Eltern sind irgendwo in Asien, sie leisten Entwicklungshilfe. Ich weiß gar nicht, wo ich hinsoll. Meine Freunde sind überall auf der Welt verstreut«, klagte sie.

Svenja dachte an ihr Gespräch mit Markus. Sollte sie sich wirklich in die Leben von Tante Hansen und Frau Singlich einmischen? Was, wenn die beiden sich nicht verstanden? Doch was hatten sie zu verlieren? Beide benötigten Hilfe.

»Ich habe vielleicht eine Idee, muss das aber erst mit jemandem besprechen. Ich würde Sie heute Abend anrufen?«, sagte sie schließlich.

»Ja, sehr gern. Meine Nummer steht in meinen Unterlagen«, antwortete Frau Singlich.

Nach diesem Gespräch verabschiedete sich Svenja und ging in die Cafeteria. Sie holte sich ein Hähnchensteak mit Gemüse und setzte sich zu Markus, der ihr schon beim Reinkommen zugewunken hatte.

»Hallo Markus, ein ruhiger Tag heute. Wie läuft es bei euch auf der Station?«, fragte sie den Kollegen.

»Es geht. Ich stand den ganzen Tag im OP. Ein akuter Blinddarm, ein Wasserski-Unfall mit Kopfverletzung und ein komplizierter Beckenbruch«, berichtete er.

»Oh, darum beneide ich dich nicht«, sagte Svenja mitfühlend.

Mitten in ihr Gespräch platzte Ben, der sein Tablett mit mehr Kraft als nötig auf den Tisch knallte und sich hinsetzte.

»Hallo Svenja. Schon fertig im OP, Markus?«, fragte er, offensichtlich gereizt.

»Hallo Ben«, grüßte Svenja knapp und widmete sich wieder Markus. Sie nahm das Gespräch mit ihm wieder auf, bis er sich nach ein paar Minuten verabschiedete. Svenja stand ebenfalls auf, während Ben bestürzt wirkte, dass die beiden ihn ignoriert hatten.

Zu Hause warf Svenja nur ihre Sachen in den Flur und ging durch den Garten hinüber zu Tante Hansen.

»Wie geht es dir? Brauchst du etwas?«, fragte sie, nachdem sie sich an den Küchentisch gesetzt hatten.

»Ich habe alles, Kind. Christian war in seiner Mittagspause hier und hat mir Mittagessen vorbeigebracht. Der Hähnchengrill steht doch heute auf der Insel, im Touristenviertel«, antwortete Tante Hansen.

»Ach schön, dann hast du ja gegessen. Zum Abendessen komme ich dir ein paar Brote machen«, sagte Svenja.

»Na so weit kommt es noch. Ein Brot kann ich mir schon noch selbst schmieren«, polterte Frau Hansen.

»Ich würde gern etwas mit dir besprechen, Tante Hansen«, kam Svenja schnell zur Sache und ließ den Einwand mit den Broten unkommentiert. Sie musste Tante Hansen ihre Idee so verkaufen, dass sie dachte, sie täte Melanie Singlich einen riesigen Gefallen. Sie durfte auf keinen Fall denken, dass Frau Singlich ihr zur Hand gehen sollte, sobald sie selbst wieder gesund war.

»Ich habe eine Patientin, sie weiß gerade nicht wohin. Sie war immer unterwegs und hat von überall gearbeitet. Und du hast einige freie Zimmer hier. Könntest du dir vorstellen, ein Zimmer zu vermieten?«, fragte sie.

»Eine Fremde soll in mein Haus einziehen? Ich weiß nicht. Wie gut kennst du diese Frau? Und wie alt ist sie«, antwortete die Nachbarin.

»Noch nicht lange, sie ist Mitte zwanzig. Aber sie ist nett und irgendwie mag ich sie. Und sie liebt dieselben Bücher wie ich«, sagte Svenja.

»Dieselben Bücher? Welche Bücher«, wollte Tante Hansen wissen.

»Wieso ist das wichtig? Eine Fantasyreihe«, antwortete Svenja.

Svenja bildete sich ein, dass die Nachbarin für einen kurzen Moment erschrocken war.

»Dann bring das junge Ding halt her«, sagte Tante Hansen.

Svenja stand auf und ging um den Tisch herum, um die Nachbarin zu umarmen.

»Ihr werdet euch bestimmt gut verstehen«, sagte Svenja.

Wieder zurück in ihrem Haus setzte sie sich an ihren Laptop und rief das Social-Media-Profil von Aria Emberwoods auf. Ganz oben war die Traueranzeige des magischen Verlags Berlin fixiert. Mehrere tausend Kommentare hatte dieser Post. Svenja stöhnte auf und hoffte, dass der neue Kommentar nicht dort dazwischen war. Sie scrollte zum letzten Beitrag mit einer dieser komischen Nachrichten, die man für inhaltsloses Geschwafel einer extrovertierten Schriftstellerin halten konnte. Tatsächlich, ein neuer Kommentar und genauso kryptisch, wie die Zahlenreihen aus Omas Ordner. Svenja war sofort klar, dass es eine Zeile des Codes war. Es konnte nur eine sehr kurze Nachricht sein. Sie nahm ihr Handy und rief Christian an.

»Auf Omas Fanpage ist ein neuer Kommentar mit einem Code.«

»Wie kann das sein?«, fragte Christian.

»Möchtest du herkommen und wir entschlüsseln ihn gemeinsam?«, fragte sie den Bruder.

»Ich kann heute nicht, aber du kannst dich gern darum kümmern. Wir sollten uns auch endlich beim Verlag melden, dass wir drei Manuskripte gefunden haben«, sagte er.

»Dem Verlag schreibe ich eine E-Mail und dann entschlüssele ich die Nachricht«, antwortete sie.

Svenja wollte sich zu gern sofort an den Code setzen, aber die E-Mail war wichtiger. Sie setzte sich also direkt an den Laptop und teilte der Verlegerin mit, dass sie drei bisher unveröffentlichte Manuskripte gefunden hatten.

Nachdem sie die E-Mail abgeschickt hatte, tippte sie die Zahlen des Codes in ihr Handy und wollte auf den Dachboden gehen, um sie zu entschlüsseln. Dort befanden sich die tschechischen Übersetzungen, die sie in einem Karton wieder nach oben geschafft hatte.

Svenja war gerade auf dem Weg zur Treppe, als es klingelte. Sie ging zur Tür und öffnete. Ben stand vor ihr.

»Was machst du hier?«, fragte sie überrascht.

»Du hast mich ignoriert«, erwiderte er.

»Wie alt bist du, zwölf? Wenn du auf die Mittagspause in der Cafeteria anspielst, ich habe mich mit Markus unterhalten und du warst so unhöflich dazwischenzuplatzen«, antwortete sie schnippisch.

»Was läuft da zwischen euch?«, wollte Ben wissen.

»Dein Ernst? Auch wenn es dich nichts angeht, wir sind nur Freunde«, antwortete sie.

»Nur Freunde gibt es bei Markus nicht«, knurrte er.

»Nun, es gibt für alles ein erstes Mal. Möchtest du sonst noch etwas wissen? Du kannst gern reinkommen, aber ich habe zu tun. Du kannst aber helfen«, sagte sie.

»Entschuldige. Ich ... mache mir nur Sorgen um dich«, nuschelte er.

Svenja antwortete nicht, sondern ging zur Treppe, um auf den Dachboden zu gehen.

»Was hast du vor?«, rief Ben hinter ihr her, immer noch an der Tür stehend.

»Es gibt einen neuen Kommentar auf Omas Social Media Seite. Mit einem Code. Ich möchte ihn entschlüsseln.«

»Wow. Das ist ... spannend?«

»Ja, das ist es«, sagte Svenja. »Willst du mir helfen?« Sie deutete nach oben zum Dachboden und Ben nickt sofort. Er folgte ihr über die Treppe hinauf

»Du kannst die tschechischen Übersetzungen aus dem Karton dort drüben an der Kommode nehmen und nach Bänden sortiert auf den Boden legen. Die Kapitel habe ich mit Christian schon beim ersten Mal gekennzeichnet, deshalb sind überall Post-it drin. Ich würde vorschlagen, ich sage dir, was du suchen musst, und du sagst mir das Wort an. Dieses gebe ich gleich in die Übersetzungsapp ein. In ein paar Minuten wissen wir mehr«, schlug Svenja vor.

»So machen wir es«, sagte Ben und setzte sich in Bewegung.

Gemeinsam machten sie sich an die Arbeit. Bis auf das Ansagen der Zahlencodes und den dazugehörigen Worten arbeiteten sie schweigend.

»Das war das letzte Wort«, sagte Svenja schließlich und sah auf die Übersetzungsapp ihres Handys.

»Was steht dort?«, fragte Ben und stellte sich neben sie, um ihr über die Schulter sehen zu können.

»Meldet euch, wenn ihr bereit seid«, las sie vor.

»Das ist nicht viel und hilft euch nicht weiter. Warum so geheimnisvoll? Und von wem?«, überlegte Ben.

»Wir wissen es nicht. Ich werde Christian fragen, ob wir etwas antworten wollen«, sagte Svenja. Sie schrieb Christian eine Nachricht, was sie herausgefunden hatte, und ging zur Tür, um wieder nach unten zu gehen.

Ben folgte ihr. In der Küche drehte sie sich zu ihm um. »Warum bist du wirklich gekommen? Doch nicht, weil du dich beim Mittagessen geärgert hast.«

»Nein, nicht deshalb. Ich ... ich vermisse dich«, gab er langsam zu.

»Du hast mich gebeten zu gehen. Du willst mich nicht«, erinnerte sie ihn und zuckte mit den Schultern.

»Ich weiß. Oder auch nicht«, erwiderte er kryptisch und Svenja atmete tief durch. Sie hatte einfach keine Geduld mehr für so solche Spielchen.

»Ben, ich bin gern mit dir zusammen. Aber können wir es für heute gut sein lassen? Ich möchte ins Bett.«

»Ich mache eine Therapie«, platzte er plötzlich heraus.

Svenja sah ihn einen Augenblick forschend an. »Das freut mich für dich. Wirklich.« Ben wirkte nervös und zappelte herum. Dabei tippelte er abwechseln von einem Fuß auf den anderen.

»Darf ich bleiben«, fragte er, schaute sie dabei aber nicht an.

»Warum?«, fragte sie zurück.

»Die Therapie wühlt mich auf. Du. Alles. Ich möchte nicht allein sein«, gestand er, einen Punkt hinter ihr an der Wand fixierend.

Svenja wunderte sich. Sie kannte Ben als jemanden, der offen darüber sprach, was ihn beschäftigte, Probleme sofort aus der Welt schaffte. Sie hatte noch nie erlebt, dass er emotionale Hilfe von Freunden gesucht hatte.

»Oh«, sagte Svenja leise. Sie sah es jetzt auch in seinen Augen. Sich so zu fühlen, war neu für Ben und sie glaubte ihm, dass er nicht allein sein wollte. Sie wusste noch zu genau, wie einsam sie sich gefühlt hatte, als Oma gestorben war. Sicher, sie hatte viele Freunde, aber die Freunde, die sie trösten und auffangen konnten, wohnten in Deutschland. Als sie nach der Beerdigung wieder in Oxford war, um ihr Studium zu beenden, wurde sie ständig zu Partys eingeladen. Dass sie dafür kein Interesse hatte, wurde von ihren Mitmenschen gar nicht wahrgenommen. Und mit Kind konnte Ben auch nicht einfach mit einem Freund einen Trinken gehen. Kinder machten einsam, das hörte sie auch oft von Kolleginnen, die Mutter geworden waren. Alleinerziehenden Elternteilen ging es wahrscheinlich noch schlimmer. Sie hatten keine Partner, mit denen sie reden konnten. Sie verstand sehr gut, wie er sich fühlte. Aber war sie die richtige Person, um ihm über die Auswirkungen der Therapie hinwegzuhelfen? Sie wollte zumindest für ihn da sein.

»Aber nur zum Schlafen«, antwortete sie deshalb leise.

»Natürlich«, sagte er mit einem leichten Lächeln, das sie so noch nicht von ihm kannte.

»Hast du schon gegessen?«, fragte sie.

»Nein, aber ich werde uns etwas kochen, ja?«, bot er an.

»Perfekt, ich muss nämlich noch einen Anruf machen«, sagte sie.

Ben drückte ihr ein Glas und eine Flasche Wasser in die Hand und schob sie aus der Küche ins Wohnzimmer und sie hörte, wie die Schranktüren klapperten.

Svenja scrollte durch ihre Kontakte zu der Nummer von Melanie Singlich, die sie sich im Krankenhaus gespeichert hatte, und rief sie an. »Ich hätte eine Bleibe für Sie. Bei meiner Nachbarin, aber es wäre an eine kleine Bedingung geknüpft und Sie dürfen es ihr niemals sagen«, sagte Svenja.

»Das ist ja wunderbar«, freute sich Frau Singlich. »Welche Bedingung?«

»Frau Hansen benötigt Hilfe, aber sie würde das natürlich nie freiwillig zugeben«, erklärte Svenja.

»Ach das ist kein Problem. Ich freue mich sehr. Ich habe auch eine Bedingung, eher eine Bitte. Könnten Sie bitte Melanie zu mir sagen?«, antwortete Melanie.

»Sehr gern. Sobald Sie entlassen sind, bin ich Svenja. Schließlich sind wir dann Nachbarn«, erwiderte Svenja.

»Ich freue mich darauf«, sagte Melanie.

Svenja wünschte ihr eine gute Nacht und beendete das Gespräch.

Sie horchte in die Küche. Ben schien noch beschäftigt zu sein. Sie lehnte sich auf der Couch zurück und legte die Füße auf den Hocker davor. Es war himmlisch. Sie entspannte sich und schrak auf, als Ben sich neben ihr räusperte.

»Bist du eingeschlafen? Sorry«, sagte er und stellte zwei Teller mit dampfendem Inhalt auf den kleinen Couchtisch und reichte ihr eine Gabel.

»Weggeschlummert. Das riecht sehr gut«, sagte sie und probierte die Nudeln. Dazu hatte Ben eine Pilzrahmsoße gemacht und etwas Hähnchen angebraten, in Stücke geschnitten und in die Soße gegeben. Mit Petersilie hatte er noch dekoriert. Svenja hatte keine Ahnung gehabt, welche Schätze ihr Kühlschrank beherbergte.

»Sehr lecker. Du hast versteckte Talente«, sagte sie, nachdem sie gekostet hatte.

Während sie aßen, plätscherte eine Sendung im Fernseher vor sich hin, die sie beide nicht verfolgten. Sie unterhielten sich stattdessen über Bens Umbau der Schule.

»Ich habe das Skelett aus dem Biosaal aufgehoben. Es steht auf dem Dachboden«, erzählte er ihr und lachte.

»Nicht lustig. Ich werde niemals vergessen, wie du mich damit erschrocken hast«, sagte Svenja, musste aber ebenfalls lachen.

Diesen Schultag würde sie wirklich nie vergessen. Es musste in der fünften oder sechsten Klasse gewesen sein. Ben hatte Klassendienst und war dafür verantwortlich, vor dem Unterricht das Klassenbuch in das Unterrichtszimmer zu bringen. Bei der Gelegenheit dachte er sich, er könnte sich mal wieder einen seiner Scherze erlauben. Als Svenja die Tür zum Biologiekabinett öffnete, fiel das Skelett herab und baumelte vor ihrer Nase. Ben musste es so über dem Türrahmen platziert haben, dass es beim Öffnen der Tür herunterfiel und im Türrahmen hing. Wahrscheinlich war es einer der ältesten Schulstreiche der Welt, aber sie hatte sich damals zu Tode erschrocken.

Nach dem Essen gingen sie gemeinsam in ihr Schlafzimmer im Obergeschoss.

Svenja ging ins Badezimmer und zog sich ein T-Shirt und eine Shorts an, um Ben noch einmal subtil darauf hinzuweisen, dass sich nichts abspielen würde. Er lächelte sie an, als sie ins Schlafzimmer zurückkam und sich auf die freie Bettseite legte. Wenigstens lag er nicht auf ihrer Seite.

Svenja schaltete ihre Nachttischlampe aus, die Ben angeschaltet hatte, als sie im Bad war.

»Möchtest du über die Therapie sprechen?«, fragte sie leise, während sie sich ins Bett legte.

Er schien einen Moment darüber nachzudenken. »Nein. Das beschäftigt mich alles sehr. Noch nicht«, gab er zur Antwort.

»Wo ist deine Tochter heute Abend? Wärst du nicht lieber bei ihr?«, fragte sie weiter, woraufhin Ben seufzte.

»Die Frage ist nicht, wo ich lieber wäre. Sophie wird immer der wichtigste Mensch in meinem Leben sein, sie ist mein Kind. Sie ist bei Valentinas Eltern auf dem Festland. Sie kommen einmal im Monat hergeflogen. Meistens sind sie irgendwo unterwegs«, antwortete er. »Sie lieben Sophie und kümmern sich sehr gern und gut um sie. Unser Verhältnis war nicht gut. Sie wollten nicht, dass Valentina zu mir auf die Insel zog. Und als sie dann auch noch schwanger wurde, hatte ich keine Chance mehr, als guter Schwiegersohn anerkannt zu werden. Aber sie lieben Sophie.«

»Und dein Vater, was ist mit ihm? Hat er Kontakt zu Sophie?«, fragte Svenja.

»Ja, aber da begleitet sie die Nanny. Du kennst unser Verhältnis«, antwortete er.

»Aber jetzt genug davon«, sagte er, rutschte an sie heran und legte einen Arm um sie.

Svenja hielt den Atmen an. Das war zu nah. Viel zu nah. So würde sie nie einschlafen können. Sie roch sein Aftershave, holzig und nach Orangen.

»Ich kann dich denken hören«, sagte Ben.

Svenja lachte und drehte sich auf die Seite, sodass sie mit dem Rücken zu ihm lag.

»Gute Nacht«, sagte Ben und hauchte einen Kuss auf ihr Haar.

»Schlaf gut«, murmelte Svenja.

Nach ein paar Minuten hörte sie Ben gleichmäßig atmen. Männer hatten vermutlich kein Problem damit, einzuschlafen, wenn ihr Herz Überstunden machte. Sie kuschelte sich an ihn und entspannte sich langsam.

KAPITEL ACHTZEHN

Ein lautes Klingeln an der Haustür riss Svenja aus dem Schlaf. Sie blinzelte und stellte fest, dass sie auf Bens Brust lag. Die Decke war verrutscht, und ihr Gesicht befand sich gefährlich nah an der Stelle, wo sich unter Bens Boxershorts eine deutliche Beule abzeichnete. Ein Moment der Versuchung überkam sie. Sollte sie sich dieses Vergnügen wirklich entgehen lassen?

Bevor sie weiter darüber nachdenken konnte, erklang Christians Stimme aus dem Erdgeschoss. »Ich habe mehrfach geklingelt. Ich würde ja hochkommen und nachsehen, ob es dir gutgeht, aber Bens Auto steht draußen. Auch wenn ich euch liebe, müssen wir nicht alles teilen. Also zieht euch etwas an und schwingt eure Hintern in die Küche, ich habe Brötchen mitgebracht.«

»Wenn du nicht aufhörst, erwischt er uns noch beim Sex«, flüsterte Ben und kicherte leise.

Erst jetzt wurde Svenja bewusst, dass ihre Hand sanft über Bens Bauch strich. »Ähm, tut mir leid ...«, stammelte sie, rutschte hastig von ihm herunter und stand auf. Sie schnappte sich Unterwäsche und ein T-Shirt aus der

Kommode neben der Tür und eine Hose vom Stuhl daneben. Damit verschwand sie eilig im Bad.

Hinter sich hörte sie Bens lautes, herzhaftes Lachen, vermutlich wegen ihres überstürzten Abgangs aus dem Bett. Als sie schließlich in die Küche kam, war schon alles fürs Frühstück vorbereitet, und der Duft von frisch gebrühtem Kaffee erfüllte den Raum. Sie umarmte ihren Bruder zur Begrüßung und atmete tief durch.

Ben stand mit einer Tasse Kaffee in der Hand neben der Tür. »Da kann ich ja jetzt auch schnell ins Bad«, sagte er und machte sich mit seinem Kaffee auf den Weg nach oben. Svenja nahm sich eine Tasse Kaffee und setzte sich an den Tisch, wo sie sich auf ihr Handy konzentrierte. Sie überprüfte ihre E-Mails und ihren Dienstplan, tat sehr beschäftigt, um ihren wirbelnden Gedanken zu entkommen.

Nach einigen Minuten räusperte sich Christian. »Könntest du bitte das Telefon weglegen? Vielleicht sollten wir Omas oberste Tischregel wieder einführen, keine Handys am Esstisch.«

»Hmmmm, gleich«, murmelte Svenja, ließ das Handy aber nicht aus den Augen.

»Gibt es etwas, das ich wissen sollte?«, fragte Christian und warf einen Blick in die Richtung, in die Ben verschwunden war.

»Er hat nur hier übernachtet«, erklärte Svenja. »Die Therapie nimmt ihn sehr mit, und er wollte nicht allein sein.« Sie schnitt sich ein Brötchen auf und versuchte, ihre Nervosität zu verbergen.

Svenja berichtete Christian von der neuen Nachricht, die sie mit Ben übersetzt hatte. »Was denkst du, wer sie schreibt?«, fragte sie.

Christian zuckte nur mit den Schultern.

Sie aßen schweigend.

»Vor ein paar Wochen hat er sich noch total gegen eine Therapie gewehrt«, sagte Christian nach einer Weile.

»Man darf ja wohl seine Meinung ändern«, brummte Ben, der in diesem Moment wieder in die Küche kam und sich ebenfalls an den Tisch setzte.

»Entschuldige, ich dachte, er weiß davon«, sagte Svenja entschuldigend.

»Schon gut. Er liegt mir schon ewig damit in den Ohren«, antwortete Ben und zuckte mit den Schultern.

»Es wird dir helfen, abzuschließen«, sagte Christian einfühlsam.

Ben wechselte abrupt das Thema. »Was werdet ihr mit der Nachricht machen?«

Svenja sah zu Christian und zögerte. »Eigentlich gar nichts. Wir wissen nicht, wer sie schreibt. Es hatte sicher Gründe, warum Oma sie verschlüsselt hat.«

»Aber es könnte auch wichtig sein«, wandte Ben ein.

»Ich muss noch über etwas anderes mit euch sprechen«, lenkte Svenja das Gespräch in eine neue Richtung und sah die beiden Männer ernst an. »Es geht um Tante Hansen. Sie kann nicht weiterhin allein wohnen, und wir haben nicht die Zeit, uns ausreichend um sie zu kümmern. Ein paar Wochen geht das, aber es ist keine dauerhafte Lösung. Ein Pflegedienst klappt nicht, es gibt keine freien Kapazitäten.«

Sie machte eine kurze Pause, bevor sie fortfuhr: »Deshalb habe ich mir überlegt, dass meine Patientin Melanie Singlich nebenan einzieht und Tante Hansen unter die Arme greift, wenn sie wieder gesund ist. Zumindest bis sie wieder remote arbeiten kann. Bis dahin haben wir hoffentlich einen Pflegedienst gefunden.«

Ben nickte zustimmend. »Das klingt nach einer guten Idee. Vertraust du dieser Melanie?«, fragte Christian skeptisch.

»Eigentlich war es Markus‘ Idee«, gab Svenja zu.

»Ja, er ist manchmal ganz brauchbar«, bemerkte Ben trocken.

»Gut, Melanie wird zeitnah entlassen, ist aber noch nicht

vollständig genesen. Ihre Brüche heilen noch. Ein paar Wochen werden wir die beiden unterstützen müssen«, erklärte Svenja weiter.

»Das bekommen wir hin«, sagte Ben, und Christian nickte zustimmend.

»Ich muss leider los«, sagte Ben und stand auf. Er klopfte Christian freundschaftlich auf die Schulter und gab Svenja einen flüchtigen Kuss auf die Wange.

Auch Christian musste zur Werkstatt, also verabschiedete er sich kurz darauf. Svenja räumte das Frühstück weg und setzte sich mit ihrem Laptop auf die Terrasse. Der Verlag hatte bereits geantwortet und zeigte großes Interesse an den drei Manuskripten. Sie wollten sich in den nächsten Tagen mit weiteren Details bei ihr melden. Svenja beantwortete noch ein paar private E-Mails, bevor sie den Laptop zur Seite legte.

Es war an der Zeit, nach Tante Hansen zu sehen. Svenja klopfte an die Hintertür und trat ein. »Tante Hansen, ich bin es«, rief sie von der Tür aus.

»Kind, schrei doch nicht so, ich habe es doch nicht mit den Ohren. Und auch nicht mit den Augen«, entgegnete Tante Hansen grinsend und mit einem Zwinkern, als Svenja die Küche betrat. Sie saß am Tisch und las in einer Zeitschrift.

Natürlich hatte die Nachbarin Bens Auto vor der Tür stehen sehen. Sicherlich würde bald die ganze Siedlung wissen, dass Ben bei ihr übernachtet hatte. Svenja entschied sich, das Thema zu ignorieren. »Hast du schon gefrühstückt?«, wollte sie stattdessen wissen.

»Ja, schon mit den ersten Vögeln. Und zum Mittag habe ich noch Hühnchen von gestern. Aber falls du einkaufen fährst, könntest du mir etwas Obst und eine Gurke mitbringen, bitte?«

»Heute wahrscheinlich nicht mehr, aber morgen kann ich dir die Sachen gern mitbringen. Denk bitte an deine Medikamente«, erinnerte Svenja sie. »Ich mache mich jetzt fertig für den Dienst«, verabschiedete sie sich schließlich.

Auf dem Rückweg zu ihrem Haus sah Svenja Herr Larsen im Garten arbeiten. »Moin Herr Larsen, ich wünsche Ihnen einen schönen Tag«, rief sie ihm über den Zaun zu.

»Moin Svenja, das wünsche ich dir auch. Nicht zu viele kranke Leute«, erwiderte der alte Mann freundlich.

Svenja machte sich fertig für die Arbeit und schwang sich auf ihr Fahrrad. In der Klinik angekommen, blieb ihr kaum Zeit, sich umzuziehen. Eine Touristengruppe hatte sich auf dem Festland an einem Imbissstand den Magen verdorben, bis hin zu leichten Vergiftungserscheinungen. Da alle Patienten verschiedene Gerichte bestellt hatten, musste es an der Zubereitungsart oder dem Öl in der Fritteuse gelegen haben. Die Kollegin hatte bereits das Gesundheitsamt informiert, um den Imbissstand überprüfen zu lassen.

Im Moment blieb ihnen nichts anderes übrig, als den Patienten etwas gegen die Übelkeit und kreislaufstärkende Medikamente zu verabreichen. Die vierzig Betroffenen wurden auf alle Stationen verteilt, und die Zimmer durften nur mit Schutzkleidung betreten werden, zumindest bis klar war, woran sie erkrankt waren. Eine Isolierstation besaß das Inselkrankenhaus leider nicht, was sich in solchen Situationen als problematisch erweisen konnte.

Nach ein paar Stunden ging es den ersten Patienten schon besser, und auch das Gesundheitsamt konnte Entwarnung geben. Es waren keine Salmonellen oder andere Erreger nachweisbar. Zum Glück gab es inzwischen einen von deutschen Wissenschaftlern entwickelten Test, der nur wenige Stunden und nicht mehrere Tage benötigte. Alle hatten sich gründlich den Magen verdorben, aber in spätestens zwei bis drei Tagen würde es ihnen besser gehen.

Als Svenja am frühen Abend eine Pause machte und auf ihr Handy schaute, entdeckte sie zwei Nachrichten und einen verpassten Anruf. Der Anruf war vom Verlag aus Berlin, die

Nachrichten von Ben und Christian. Sie war neugierig, wie das Lektorat der Manuskripte ablaufen würde, da ihre Oma ja nicht mehr entscheiden konnte, ob sie Änderungen wollte. Weder sie noch Christian hatten Erfahrung im Schreiben.

Christian fragte, ob sie nicht doch auf den Kommentar antworten sollten. *»Was denkst du? Wollen wir nicht lieber antworten? Ich bin schon sehr neugierig, was es damit auf sich hat. Schließlich könnte es auch ein guter Grund und nichts Gefährliches sein, was Oma zu diesen Nachrichten veranlasst hat. Jemand Bösem hätte sie wohl kaum etwas über uns mitgeteilt.«*

Svenja dachte darüber nach. Wenn es nicht gefährlich war, warum dann diese Geheimnistuerei? Warum diese wirklich komplizierte Verschlüsselung der Nachrichten? Doch wenn sie Antworten wollten, hatten sie vermutlich keine andere Wahl.

Sie gab Christian recht und rief ihn an. »Was denkst du, was wir schreiben sollen?«, fragte sie ihn.

»Ich weiß nicht. Vielleicht, dass Oma tot ist und wer die Person ist«, schlug Christian vor.

»Omas Tod war in allen Nachrichten. Wenn jemand die Möglichkeit hatte, mit Oma auf diesem Weg zu kommunizieren, dann hat die Person davon gehört«, wandte Svenja ein.

»Ja, da hast du recht«, gab Christian zu. »Vielleicht schreiben wir nur: ‚Oma tot. Wer bist du?‘«, schlug er vor.

»Ja, okay. Wollen wir es gemeinsam machen?«, fragte sie.

»Okay, ich komme nach deinem Dienst vorbei«, antwortete er.

Svenja beendete das Gespräch und sah nach, was Ben ihr geschrieben hatte. Er fragte, ob sie sich mit ihm und Sophie zu einem Picknick am Strand treffen wollte.

»Hältst du das für eine gute Idee?«, antwortete sie ihm, während ihr Herz schneller schlug.

»Es ist ein Vorschlag der Therapeutin. Ich will das mit uns, wenn du es noch willst«, schrieb er.

Ben trug sein Herz immer offen auf der Zunge. Er konnte

wunderbar seine Gefühle offenbaren und darüber sprechen, was ihm wichtig war. Svenja dagegen fiel es schwerer, über ihre Gefühle zu reden. Sie machte vieles lieber mit sich selbst aus. War sie bereit, seine Tochter kennenzulernen? Er würde besser wissen, was gut für seine Tochter war. Sie sagte dem Picknick für den nächsten Nachmittag zu.

»Wir holen dich ab und gehen zusammen zum Strand«, schrieb Ben.

»Ich freue mich«, antwortete sie und nahm ihre Tasche. Sie wollte nur noch schnell bei Frau Singlich vorbeischauen.

»Wie geht es Ihnen?«, fragte Svenja die junge Frau, als sie ihr Zimmer betrat.

»Ich werde morgen entlassen. Ich bin so froh, dass ich bei Ihrer Nachbarin unterkommen kann. Darauf freue ich mich. Und vielleicht fange ich auch langsam wieder an, zu arbeiten«, antwortete Melanie Singlich.

»Ich habe morgen Frühdienst, aber ich kümmere mich darum, dass Sie jemand abholt und zu Frau Hansen fährt«, versprach Svenja. »Brauchen Sie noch etwas?«, fragte sie, schon auf dem Weg zur Tür.

»Nein, danke. Aber es wäre schön, wenn ich in den nächsten Tagen selbst einkaufen könnte«, antwortete Melanie.

»Ja, gern. Lass uns aufs Festland fahren«, bot Svenja an und ging zum Du über.

»Oh ja, das wäre lieb«, freute sich Melanie. »Ich habe nicht viele Sachen dabei. Eigentlich wollte ich nur einen Auftrag abdrehen und zurück aufs Festland. Jetzt bleibe ich hier. Ich könnte ein paar Klamotten gebrauchen. Ein paar meiner Sachen schicken mir Freunde, mit denen ich immer zusammen unterwegs war. Es ist noch total surreal, dass ich jetzt sesshaft werde. Zumindest vorläufig.«

Svenja schmunzelte. »Wer weiß, vielleicht bleibst du ja auch auf der Insel. Sie hat so eine Magie. Wer einmal hier war, kommt wieder oder bleibt sogar«, antwortete sie.

Als Svenja nach Hause zurückkehrte, saß Christian bereits auf der Bank vor dem Haus und wartete auf sie.

»Du hättest reingehen können«, begrüßte sie ihn und schloss die Tür auf. Früher hatten sie nie abgeschlossen, aber gelegentlich verirrten sich Touristen auf der Suche nach einem abgelegenen Strand hierher. Da der Weg zum Strand genau hinter Herrn Larsens Haus lag und es von Weitem so aussah, als wäre alles zugewachsen, war der Zugang gut versteckt. Doch wenn sie nicht da war, schloss sie lieber ab.

»Ach, ich genieße meinen Feierabend gern hier draußen«, erwiderte Christian und folgte ihr ins Haus.

Svenja hing ihre Tasche an die Garderobe und holte ihnen zwei Gläser Wasser, die sie mit auf den Dachboden nahmen. Schnell hatten sie die Nachricht *»Oma tot. Wer bist du?«* in den Büchern zusammengesucht und saßen nun in der Küche an Svenjas Laptop.

»Was schreiben wir als verschlüsselten Text?«, fragte Christian.

»Ich würde bei den Blumen, Briefen und so weiter bleiben, wie in den anderen Botschaften«, antwortete Svenja.

Gemeinsam verfassten sie den Kommentar und schickten ihn ab.

»Jetzt heißt es warten«, sagte Christian. »Ich mache mich dann mal auf den Weg. Entschuldige den kurzen Besuch.«

»Kein Problem, ich bin auch müde«, gähnte Svenja. »Aber ich habe noch eine Bitte: Könntest du Frau Singlich, Melanie, morgen im Krankenhaus abholen und zu Tante Hansen bringen?«

»Ja, das kriege ich hin. Eine Stunde kommt mein Mitarbeiter auch ohne mich zurecht«, antwortete Christian.

Sie begleitete ihn zur Tür und ging dann ins Bett, um weiter in Omas Manuskript zu lesen. Etwa eine halbe Stunde später signalisierte ihr Handy den Eingang einer Nachricht. Sie war von Ben. *»Ich denke an dich und freue mich auf unser Picknick«*, schrieb er.

»*Ich mich auch*«, antwortete sie lächelnd.

Kurz darauf rief er sie per Videochat an. Sie nahm den Anruf an.

»Was machst du gerade?«, fragte er.

»Ich lese in Omas Manuskript. Hatten wir dir erzählt, dass wir noch drei unveröffentlichte Bücher gefunden haben?«, antwortete sie.

»Ja, Christian hat es erwähnt«, sagte Ben. »Du siehst müde aus. Es war aber auch ein anstrengender Tag heute, mit vierzig Patienten auf einmal. Aber wenigstens war es nichts Ernstes.«

»Ja, aber das Krankenhaus braucht einen besseren Plan für solche Fälle. Was, wenn eine Fähre verunglückt oder ein Kreuzfahrtschiff, das an der Insel vorbeifährt? Dann haben wir auf einen Schlag mehrere hundert Patienten. So schnell ist vom Festland niemand hier, und das Krankenhaus dort hat nur einen Hubschrauber. Auf Norderoog gibt es nur kleine, private Propellermaschinen«, gab sie zu bedenken.

»Da hast du recht«, stimmte Ben zu. »Dafür muss eine Lösung gefunden werden. Wann zieht deine Patientin bei Tante Hansen ein?«

Svenja lächelte. »Schon morgen. Christian holt sie ab, ich habe Frühdienst.«

»Dann solltest du jetzt schlafen«, sagte Ben sanft, hauchte einen Kuss auf sein Display und beendete den Anruf.

Svenja legte das Handy und ihr Tablet auf den Nachtschrank, schaltete das Licht aus und kuschelte sich zufrieden in die Kissen. Sie hatte wieder Hoffnung, dass doch noch alles gut werden würde. Zwischen ihr und Ben, mit Tante Hansen und Melanie, und auch in Bezug auf die rätselhaften Botschaften.

KAPITEL NEUNZEHN

Nach einem überraschend ruhigen Dienst im Krankenhaus lehnte Svenja ihr Fahrrad an die Garage und ging gleich hinüber zu Tante Hansen. Sie war gespannt, wie sich die Nachbarin und deren neue Mitbewohnerin Melanie verstanden. Zu ihrer Freude fand sie die beiden Frauen draußen auf der Terrasse, wo sie sich Kirschkuchen schmecken ließen.

»Ihr lasst es euch ja richtig gutgehen«, begrüßte Svenja sie fröhlich und setzte sich auf einen freien Stuhl.

»Ich hole dir einen Teller und einen Kaffee«, bot Tante Hansen sofort an.

»Sehr gern«, antwortete Svenja lächelnd.

Melanie wollte sich erheben, um zu helfen, aber Tante Hansen winkte ab. »Bleib sitzen, Kind. Du sollst dich erholen und nicht meine Hausarbeit machen«, sagte sie liebevoll, aber bestimmt.

Svenja schmunzelte. Sie war froh, dass Tante Hansen nicht wusste, dass Melanie zu ihrer Unterstützung hier wohnte.

»Ich helfe gern«, meinte Melanie, »aber ich passe lieber

auf den Kuchen auf. Ärzte haben meistens keine richtige Mittagspause, und Svenja hat bestimmt einen Bärenhunger.«

Lachend blickte sie zu Svenja, die bereits ein Stück Kuchen in der Hand hatte und genüsslich die Streusel abpulte. Nach einem schnellen Kaffee verabschiedete sich Svenja, um sich für das Picknick mit Ben und seiner Tochter umzuziehen. Während sie ihren Bikini anzog und ein buntes Sommerkleid darüber zog, überlegte sie, ob sie für Sophie etwas hätte besorgen sollen. Sie hatte keine Erfahrung mit Kindern, wusste aber, dass man ihnen immer eine kleine Aufmerksamkeit mitbrachte. Vielleicht würde sie Sophie nach dem Picknick zu einem Eis einladen, alle Kinder mochten Eis. Damit würde sie sicher bei dem Mädchen punkten.

Mitten in ihre Überlegungen hinein klingelte es stürmisch an der Tür. Svenja schnappte sich ein Handtuch und eilte die Treppe hinunter. Dabei hörte sie, wie Ben mahnend zu Sophie sagte: »Nur einmal kurz auf die Klingel drücken. Dann wartet man, bis jemand kommt.«

»Aber Papa, so kommt sie doch viel schneller, weil sie will, dass es aufhört«, antwortete Sophie mit einem unschuldigen Stimmchen, als wäre ihre Aussage völlig logisch.

Svenja öffnete lachend die Tür. »Wo sie recht hat ...«, sagte sie, hockte sich vor Sophie und reichte ihr die Hand. »Hallo, ich bin Svenja.«

»Sie ist wirklich sehr hübsch«, stellte Sophie fest, während sie Ben ansah. Dieser wurde ein wenig verlegen und legte einen Arm um seine Tochter, um ihr einen Kuss auf die Stirn zu geben.

»Können wir jetzt endlich zum Strand gehen? Ich durfte keinen einzigen Muffin naschen. Frau Krüger hat sie den ganzen Tag bewacht«, bettelte Sophie.

»Du warst bis vor zwei Stunden im Kindergarten und hast gar nichts von den Muffins gewusst«, entgegnete Ben schmunzelnd.

»Papa, weißt du, wie lange das ist? In dieser Zeit kann man vor Muffinhunger sterben«, antwortete Sophie mit einem dramatischen Augenrollen.

Svenja lachte leise. »Dann lasst uns losgehen, damit der Muffinhunger nicht ernsthaften Schaden anrichtet«, sagte sie und öffnete das Gartentor.

Als sie das Grundstück verließen, sah Svenja, dass Melanie und Tante Hansen neugierig vom Nachbargrundstück herüberschauten. Die beiden Frauen saßen noch immer auf der Terrasse und wirkten sehr zufrieden. Svenja winkte ihnen lächelnd zu, und Ben sowie Sophie taten es ihr gleich.

Sophie hüpfte an Bens Hand den Weg zum Strand entlang, sie war zauberhaft in ihren kurzen roten Hosen und dem T-Shirt mit einem Zeichentrickmotiv. Ihre blonden Locken wippten bei jedem Schritt auf und ab. Am Strand angekommen, suchten sie sich ein Plätzchen nahe am Ufer und breiteten die Picknickdecke aus, die Ben mitgebracht hatte.

»Darf ich eine Sandburg bauen?«, fragte Sophie aufgeregt.

»Ja, aber geh nicht weiter als bis zu den Knöcheln ins Wasser«, mahnte Ben. »Und wolltest du nicht Muffins essen, damit du nicht weiter an Muffinhunger leidest?«

»Das stimmt. Das mache ich zuerst«, erwiderte Sophie und begann, die Klappe des Picknickkorbs zu öffnen.

»Was machen wir beim Essen?«, ermahnte Ben sie sanft und zeigte auf die Decke.

»Jaaaaahaaaa«, grinste Sophie ihn an und setzte sich.

Ben nahm eine Wasserflasche aus dem Korb und reichte sie ihr, nachdem er den Verschluss leicht aufgedreht hatte. Als Sophie fertig war, ließ sie sich rücklings auf die Decke fallen, hielt sich den Bauch und seufzte theatralisch: »Ich werde nicht an Muffinhunger sterben.«

Mit einem zufriedenen Lächeln schnappte sie sich dann eine kleine Schaufel und einen Eimer aus dem Picknickkorb und marschierte los, um im seichten Wasser zu buddeln.

Svenja ließ den Blick über den Strand schweifen und genoss die Abgeschiedenheit dieses kleinen Paradieses, das die Einheimischen bisher so erfolgreich geheim gehalten hatten. Mit ausgestreckten Beinen und den Händen hinter sich abgestützt, saß sie da und genoss einfach, während Ben, der im Schneidersitz neben ihr saß, den Picknickkorb auspackte. Er legte weiteren Kuchen, Obstsalat, Sandwiches und Knabberzeug bereit. Svenja war froh, dass sie es bei einem Stück Kuchen belassen hatte, als sie bei Melanie und Tante Hansen gewesen war.

Ben legte seine Hand sanft auf ihre. »Fühlst du dich unwohl? Du bist so still«, fragte er leise und sah sie prüfend von der Seite an.

»Nein, ganz und gar nicht. Im Gegenteil, ich genieße es, mit euch hier zu sein. Sophie ist bezaubernd«, antwortete sie mit einem warmen Lächeln.

Ben folgte ihrem Blick zu Sophie, die vertieft in ihre Sandburg war, dann beugte er sich vor und gab Svenja einen zarten Kuss. In diesem Moment fühlte sie sich so verbunden mit ihm, dass ihr Herz vor Freude hüpfte.

»Papa, hilfst du mir?«, rief Sophie plötzlich.

Ben lachte leise und löste seinen Blick widerwillig von Svenjas Lippen. »Natürlich, meine Prinzessin«, rief er zurück.

»Darf ich auch mithelfen?«, fragte Svenja.

Sophie runzelte die Stirn und musterte Svenja skeptisch. »Kannst du denn Sandburgen bauen? Mein Onkel Christian ist der Beste im Sandburgenbauen, aber er muss arbeiten. Papa ist darin nicht so gut«, erklärte sie ernst.

»Na ja, ich bin mit dem weltbesten Sandburgbauer, deinem Onkel Christian, verwandt. Ich kann mindestens genauso gut Sandburgen bauen wie er. Er ist mein Bruder«, antwortete Svenja lachend. »Eigentlich bin ich sogar besser, aber das will er nie zugeben.«

Sophie strahlte. »Onkel Christian hat eine Schwester, wie cool!«, sagte sie begeistert.

Svenja nahm sich einen Löffel und ein Messer aus dem Picknickbesteck und setzte sich zu Sophie in den Sand. »Was willst du mit dem Besteck machen?«, fragte das Mädchen neugierig.

»Das zeige ich dir gleich«, versprach Svenja und begann, eine Sandburg zu bauen.

Tatsächlich war sie wirklich gut darin. Als Kinder hatten Christian und sie oft Sandburgen gebaut und den Profis bei einem jährlich stattfindenden Wettbewerb im Sandfigurenbauen zugeschaut. Leider fand der Wettbewerb seit einigen Jahren nicht mehr statt, aber Svenja fand, es war wie Fahrradfahren, manche Dinge verlernte man einfach nicht.

»Wie soll deine Sandburg aussehen? Mit einem großen Burghof und vielen Türmchen? Einer Burgmauer?«, fragte Svenja.

»Wie das Zuhause eines großen Drachen«, antwortete Sophie, ohne zu zögern.

»Nicht wie das Zuhause einer Prinzessin?«, fragte Svenja schmunzelnd.

»Wieso? Der Drache entführt eine Prinzessin, und sie wohnt dann bei ihm. Vorher verlieben sie sich«, erklärte Sophie mit einem Stirnrunzeln.

»Ist doch logisch«, mischte sich Ben ein und grinste.

Svenja zeigte Sophie, wie sie mit dem Besteck die Burgzinnen und eine Zugbrücke in den Sand schneiden konnte. Der Sand war nicht perfekt, um damit zu bauen, da er zu schnell zerfiel, aber für Sophies Bedürfnisse war er ausreichend. Nach ungefähr einer Stunde war die Burg fertig.

»Ich glaube dir, dass Onkel Christian dein Bruder ist. Du bist gut im Sandburgenbauen«, verkündete Sophie stolz und lächelte Svenja an. »Möchtest du mit mir baden gehen? Papa schmeißt mich immer ins Wasser und wir spritzen uns nass.«

Svenja warf Ben einen Blick zu, der sich wieder auf die Decke gelegt hatte und entspannt die Augen geschlossen hielt. Es berührte sie tief, dass er ihr so viel Vertrauen entgegenbrachte und sie allein mit seiner Tochter spielen ließ.

»Das mache ich gern«, sagte sie lächelnd. »Weißt du, wie wir deinen Papa dazu überreden können, mitzukommen? Wir machen deinen Eimer zur Hälfte voll mit Wasser und kippen es über seinen Rücken. Dann ist er schon abgekühlt und wird uns ganz schnell ins Wasser folgen.«

Sophie kicherte verschwörerisch. »Er wird bestimmt ein bisschen böse sein, aber das klingt lustig.«

»Wir müssen danach ganz schnell weglaufen«, flüsterte Svenja.

Sophie füllte ihren Eimer mit Wasser und gemeinsam schlichen sie sich leise an Ben heran, um ihn zu überrumpeln. Svenja führte das Mädchen in einem Bogen zu ihrem Platz, damit Ben nicht durch ihren Schatten geweckt wurde. Als sie nahe genug waren, nickte Svenja Sophie zu. Das Mädchen kicherte, und Svenja war sich sicher, dass Ben sie längst bemerkt hatte.

Sophie hob den Eimer an und kippte das Wasser über Ben. Blitzschnell sprang er auf, schnappte sich seine Tochter und rannte mit ihr ins Meer. »Habe ich dich erwischt. Dafür wirst du büßen!«, rief er lachend.

Sophie kreischte vor Vergnügen, während Ben sie ins Wasser trug und eine wilde Wasserschlacht begann. Svenja lief hinterher, doch bevor sie das Wasser erreichte, war Ben schon bei ihr und warf sie über seine Schulter.

»Ja, Papa, ja! Es war ihre Idee!«, rief Sophie lachend.

Svenja kreischte, als Ben sie ins kalte Wasser zog. Das Wasser auf ihrer von der Sonne gewärmten Haut war eiskalt, und sie schnappte nach Luft. Doch die Freude, mit Ben und Sophie zusammen zu sein, wärmte ihr Herz sofort wieder auf.

Später, als sie sich hungrig über die Picknickvorräte hermachten, erzählte Sophie von ihren Freunden im Kindergarten, und sie spielten »Ich sehe was, was du nicht siehst«. Sophie sah immer wieder irgendwelche Meerestiere, die sie unmöglich gesehen haben konnte, aber sie schwor, sie wären vorhin noch dagewesen.

»Es wird langsam Zeit für uns«, sagte Ben irgendwann sanft.

»Ich möchte noch hierbleiben«, murrte Sophie.

»Was hältst du davon, das leckere Picknick mit einem Eis zu beenden? Ich habe bestimmt welches im Froster«, schlug Svenja mit einem Blick auf Ben vor und hoffte, damit nicht zu weit zu gehen. Doch Ben grinste nur.

»Oh ja! Papa darf ich bei Svenja ein Eis essen?«, fragte Sophie aufgeregt.

»Wenn ich nein sage, habe ich zwei Frauen gegen mich. Ich habe nicht nachgedacht, euch zwei zusammenzubringen«, erwiderte er lachend. »Also los, lasst uns zusammenpacken und Eis essen gehen.«

Sophie lief wieder an Bens Hand zwischen ihnen. Sie waren nur wenige Schritte gegangen, als sich eine kleine, warme Hand in Svenjas Hand schob. Ihr Herz setzte einen Schlag aus vor Rührung, als das Mädchen ihr mit dieser Geste zeigte, dass sie sie mochte. Viel zu schnell erreichten sie Svenjas Haus.

Ben und Sophie setzten sich auf die Bank vor dem Haus, während Svenja hineinlief, um das Eis zu holen. Sie griff drei bunte Eis am Stiel aus dem Gefrierschrank und kehrte zu den beiden zurück.

»Oh, diese Sorte mag ich besonders gern«, sagte Sophie erfreut.

»Ich auch. Das knistert so schön«, antwortete Svenja lächelnd.

Sie saßen alle drei auf der Bank und genossen ihr Eis. Nach einer Weile ging Sophie ins Haus, um auf die Toilette zu gehen, danach machte sich Ben mit seiner Tochter auf den Heimweg.

Svenja blieb mit einem warmen, vollen Herzen zurück. Sie fühlte sich so erfüllt, so zufrieden. Nach nur einem Nachmittag konnte niemand sagen, ob sie eine Familie werden würden. Aber sie hatte keine Zweifel mehr daran, dass sie, Sophie und Ben das Potenzial hatten, eine glückliche Familie zu werden.

Sie ging duschen und legte sich ins Bett, um weiter in Omas Manuskript zu lesen. Nach der Frühschicht ging sie immer früh schlafen. Gerade wollte sie nach ihrem Tablet greifen, als ihr Handy den Eingang einer Nachricht signalisierte. Sie war von Ben.

»Danke. Ich glaube, ich liebe dich«, stand da, und ihr Herz machte einen Sprung.

»Weil ich Sandburgen bauen kann?«, antwortete sie scherzhaft mit einem Zwinkersmiley.

»Auch deshalb. Sei froh, dass ich hier nicht wegkann, sonst würde ich dir zeigen, wie sehr«, schrieb Ben zurück.

Svenja überlegte kurz, dann tippte sie mit zitternden Fingern: *»Ich kann hier weg.«*

Mit Herzklopfen starrte sie auf das Display ihres Telefons und sah, wie Ben tippte. Es dauerte eine oder zwei Minuten, bis seine Antwort erschien: *»Gib Gas.«*

Svenja zog sich in Windeseile an, warf frische Unterwäsche und ein paar Kosmetikartikel in ihre Handtasche und fuhr mit dem Auto los. Es dauerte nicht lange, bis sie das alte Schulgebäude erreichte, in dem Ben lebte. Wieder einmal war sie beeindruckt, was er aus dem alten Haus gemacht hatte. Sie klingelte am schmiedeeisernen Tor, das sich automatisch öffnete und hinter ihr schloss, als sie hindurchgefahren war. Ben erwartete sie schon an der Hintertür, die in die Küche führte.

Ihr Herz schlug schneller, als sie auf ihn zuging. Der Abend versprach, ebenso schön zu werden wie der Tag, und Svenja fühlte, dass sie auf dem richtigen Weg waren. In jeder Hinsicht.

KAPITEL ZWANZIG

Ein sanftes Flüstern weckte Svenja. Sie hörte, wie Sophie und Ben leise miteinander tuschelten. »Papa, warum schläft Svenja hier? Hatte sie einen Alptraum?« Die Frage des kleinen Mädchens brachte Svenja zum Schmunzeln, doch sie hielt die Augen geschlossen, gespannt auf Bens Antwort.

»Ich schlafe einfach viel besser, wenn Svenja bei mir ist«, antwortete Ben sanft.

Sophie ließ das jedoch nicht unkommentiert. »Woher weißt du das? Hat sie schon mal hier geschlafen?« Ihr scharfer Verstand kombinierte sofort, dass Svenja und Ben nicht zum ersten Mal die Nacht zusammen verbracht hatten.

Ben wich der Frage geschickt aus. »Lass uns den Kaffee auf den Nachttisch stellen und Svenja fragen, ob sie frühstücken möchte.«

»Paaaapppaaaaa«, Sophie ließ nicht locker. »Ist sie deine Freundin?«

Svenja hatte Mühe, ihr Grinsen zu unterdrücken und ihre vorgetäuschte Schläfrigkeit aufrechtzuerhalten.

»Ich habe jetzt Hunger und wecke Svenja«, wich Ben den Fragen weiter aus und streichelte ihr sanft über die Schulter.

Mit einem breiten Lächeln öffnete Svenja schließlich die Augen. »Wer hatte die Idee, mir Kaffee zu bringen?«, fragte sie, den Blick auf Sophie gerichtet.

»Das war Papa. Aber ich bin mitgekommen. Kommst du frühstücken? Es gibt Pancakes, und ich liebe Pancakes«, sprudelte es fröhlich aus Sophie heraus.

Svenja war froh, dass sie sich von Ben ein T-Shirt zum Schlafen geliehen hatte und nicht nackt in seinem Bett lag. Die Erinnerung an die vergangene Nacht ließ ihr Herz schneller schlagen. Als sie gestern Abend bei ihm angekommen war, hatte Ben ihre Hand genommen, und sie waren direkt ins Schlafzimmer gegangen. Dort hatten sie sich geliebt, zärtlich und voller Hingabe. Die Nacht war einfach wundervoll gewesen, und sie spürte noch immer die tiefe Verbindung zwischen ihnen.

»Dann will ich mich mal beeilen«, sagte Svenja mit einem liebevollen Blick auf Sophie. Sie nahm den Kaffee und verschwand im Bad, um sich frisch zu machen. Nachdem sie geduscht und sich angezogen hatte, ging sie mit ihrer leeren Kaffeetasse in die Küche. Dort wurde sie bereits von Frau Krüger erwartet und mit einem freundlichen Lächeln begrüßt.

»Na, dir schmeckt es ja schon«, sagte Svenja lächelnd zu Sophie, die an der Kücheninsel saß und bereits mit ihrem Frühstück begonnen hatte. Von Ben war jedoch nichts zu sehen.

Frau Krüger goss ihr Kaffee nach, und Svenja bediente sich an den Pancakes. Sophie hörte auf zu essen und schaute Svenja neugierig an.

»So lecker. Ich möchte nur noch Pancakes essen. Aber Papa und Frau Krüger sagen, davon bekomme ich Bauchkneifen. Aber das glaube ich nicht«, erklärte das Mädchen überzeugt.

Svenja lächelte liebevoll. »Meinst du nicht, es wäre langweilig, immer dasselbe zu essen?«, fragte sie.

»Pancakes würden mir nie langweilig werden«, antwortete Sophie entschlossen und griff nach einem Apfelspalt.

Während Svenja ihren Pancake mit Mandelmus bestrich, lauschte sie Sophies freudigen Erzählungen über den bevorstehenden Besuch im Tierheim der Insel. »Ob es dort auch Hundebabys gibt? Ich wünsche es mir so, so, so, so sehr!«, sagte Sophie mit leuchtenden Augen.

Svenja musste schmunzeln. Die Begeisterung des Mädchens erinnerte sie an die Zeit, als sie und Christian ihre Oma angebettelt hatten, einen Hund zu bekommen. Aber Oma war stets hart geblieben. Svenja war gelegentlich mit den Hunden der Nachbarn Gassi gegangen, doch ein eigenes Tier hatte sie nie gehabt. Sie hatte sich immer einen Hund gewünscht, aber es war nie die richtige Zeit dafür gewesen.

»Hörst du mir zu?«, fragte Sophie und riss Svenja aus ihren Gedanken.

»Ja, sicher. Hunde sind toll. Ich liebe Hunde«, antwortete sie gerade, als Ben die Küche betrat.

»Setz ihr bloß keinen Floh ins Ohr«, sagte er lachend. »Wenn es nach Sophie ginge, hätten wir einen ganzen Zoo. Heute ein Hund, morgen ein Kaninchen und nächste Woche ein Pferd.«

»Papa, das stimmt nicht. Ich möchte nur einen kleinen Hund«, schmollte Sophie und sah ihren Vater an.

»Wer soll sich um den Hund kümmern?«, begann Ben das typische Gespräch, das wohl so oder ähnlich in vielen Familien geführt wurde.

Svenja grinste und sagte: »Ich würde Sophie unterstützen, mit dem Hund Gassi zu gehen und ihn zu kämmen.«

Ben schaute sie überrascht an. »Du solltest auf meiner Seite sein und mich unterstützen.«

»Sophie gehört zu dir, also unterstütze ich Sophie, und damit auch dich«, entgegnete Svenja mit einem schelmischen Lächeln.

»So ist das also«, sagte Ben lachend. »Komm, meine kleine

Hundeflüsterin, sonst kommst du zu spät in den Kindergarten, und sie gehen ohne dich los.«

»Oh nein!«, kreischte Sophie und sprang auf.

»Ich mache mich auch auf den Weg. Ich möchte vor dem Dienst noch ein paar Dinge erledigen«, erklärte Svenja, während sie ihre Tasche holte.

Gemeinsam gingen sie durch die Hintertür hinaus, wo Ben und Sophie bereits auf sie warteten. »Möchtest du mir später erzählen, wie es im Tierheim war?«, fragte Svenja Sophie.

»Jaaaa! Papa darf ich Svenja heute mit Video anrufen?«, fragte das Mädchen voller Vorfreude.

»Ja, sicher, aber jetzt müssen wir los«, antwortete Ben und gab Svenja einen sanften Kuss, bevor er Sophie anschnallte, die inzwischen auf ihren Kindersitz geklettert war. »Ich melde mich später«, sagte er mit einem warmen Blick zu Svenja, während er um das Auto herumging, um einzusteigen. Svenja sah ihm einen Moment lang nach und spürte die Wärme, die in seinen Augen gelegen hatte.

Sie ging zügig zu ihrem eigenen Auto und fuhr nach Hause. Dort besuchte sie zuerst Tante Hansen und Melanie, stellte aber fest, dass die beiden Frauen bestens miteinander auskamen. Sie ergänzten sich perfekt: Was die eine nicht konnte, schaffte die andere. Melanie hatte noch Schwierigkeiten, sich mit ihrer Verletzung die Haare zu kämmen, wobei ihr Tante Hansen half. Andererseits konnte Tante Hansen nicht lange stehen, was Melanie leichter fiel, sodass sie das Kochen übernahm. Dank ihrer vielen Auslandsaufenthalte kannte Melanie viele exotische Gerichte, die Tante Hansen begeisterten. Der Altersunterschied zwischen den beiden Frauen stellte bisher kein Problem dar. Svenja war erleichtert und hatte kein schlechtes Gewissen, dass sie Tante Hansen eingeredet hatte, Melanie bräuchte Unterstützung, obwohl es tatsächlich andersherum war. So hatte sie zwei Probleme gleichzeitig gelöst und beiden geholfen.

Zuhause machte sich Svenja einen Kaffee und setzte sich mit ihrem Laptop auf die Bank vor dem Haus. Einen Tisch davorzustellen war eine gute Idee gewesen, es arbeitete sich viel besser. Melissa, Omas Verlegerin, hatte per E-Mail angefragt, ob sie nächste Woche Mittwoch am Nachmittag vorbeikommen könnte, um über die drei noch unveröffentlichten Manuskripte zu sprechen.

Svenja schrieb Christian eine Nachricht: *»Omas Verlegerin fragt, ob sie nächsten Mittwochnachmittag vorbeikommen kann, um über Omas letzte drei Bücher zu sprechen.«*

»Ja, das richte ich mir ein«, antwortete Christian umgehend.

Svenja antwortete Melissa und loggte sich in ihren Social-Media-Account ein. Sie war neugierig, ob es eine Antwort auf ihre verschlüsselte Nachricht gab. Es gab zwar ein paar Kommentare, aber keiner war für sie von Interesse.

Nach einer Weile machte sie sich fertig für das Krankenhaus und fuhr zum Dienst. Im Fahrstuhl traf sie auf Markus.

»Zu dir wollte ich gerade«, sagte ihr Kollege. Svenja spürte mittlerweile deutlich, dass er mehr als nur ein Kollege für sie war. Zwischen ihnen war eine Freundschaft entstanden. Sie schätzte ihn sehr.

»Hier bin ich«, erwiderte sie lächelnd und sah ihn aufmunternd an.

»Meine Nichte steht total auf diese Influencerin, die auf deiner Station war. Ich wollte sie um ein Autogramm bitten, aber sie wurde bereits entlassen. Ben sagt, du weißt, wie ich an ein Autogramm komme. Bitte hilf mir, der beste Onkel der Welt zu sein.«

Svenja lachte. »Dabei helfe ich dir gern. Wie heißt deine Nichte? Ich organisiere das Autogramm. Wie alt ist sie?«

»Sie ist zwölf«, antwortete Markus.

»Wohnt sie hier auf Norderoog?«, fragte Svenja.

»Ja, in einem der neueren Häuser am Hafen. Mein Schwager hatte sich erst in Norderoog und dann in meine Schwester verliebt«, erklärte Markus.

Svenja überlegte, ob sie Melanie fragen sollte, ob Markus' Nichte sie treffen dürfe. Das wäre wirklich der Höhepunkt für das Mädchen und würde Markus zu ihrem Helden machen.

»Ich kümmere mich drum. Bis wann brauchst du das Autogramm?«, fragte sie.

»Bis Sonntag«, antwortete er.

»Ok, ich melde mich.«

Svenja verließ den Aufzug auf ihrer Station und nahm sich vor, gleich morgen früh mit Melanie wegen des Autogramms zu sprechen. Sie hatten sowieso geplant, zum Shoppen aufs Festland zu fahren.

KAPITEL EINUNDZWANZIG

Das Klingeln ihres Handys riss Svenja aus dem Schlaf. Es musste noch mitten in der Nacht sein, denn kein Lichtschein drang durch die zugezogenen Vorhänge. Sie tastete nach dem Handy auf dem Nachttisch und nahm den Anruf entgegen, ohne nachzusehen, wer sie um diese unchristliche Uhrzeit kontaktierte.

»Ja, bitte, was ist los?«, fragte sie mit verschlafener Stimme.

»Svenja, hier ist Schwester Ina. Wir brauchen dich dringend im Krankenhaus. Bootsunfall, zehn Verletzte, eine Person wird noch vermisst.«

Svenja war mit einem Schlag wach. »Ich komme sofort«, antwortete sie, sprang aus dem Bett und zog sich in Windeseile an. Ein Blick auf die Uhr verriet ihr, dass es gerade erst drei Uhr morgens war. Mit dem Auto würde sie schneller im Krankenhaus sein als mit dem Fahrrad.

Im Krankenhaus angekommen, ließ sie sich umgehend über die Situation informieren. Eine Gruppe Teenager hatte eine Party auf einem Boot gefeiert. Alle waren betrunken und hatten an Bord geschlafen, ohne zu bemerken, wie sie abgetrieben wurden, bis sie mit einem anderen Boot kollidierten.

Ohne Positionslichter trieben sie auf dem Meer, sodass das andere Boot sie erst zu spät bemerkte. Ein Pärchen, das an Deck geschlafen hatte, wurde bei dem Aufprall heftig herumgeschleudert und erlitt schwere Kopfverletzungen, Schnittwunden und Knochenbrüche. Andere Teenager hatten Glück im Unglück und kamen mit leichten Verletzungen davon, während ein Junge noch vermisst wurde. Niemand wusste, ob er vor dem Unfall von Bord gegangen war oder ins Meer geschleudert wurde.

Während Svenja sich über die Verletzten informierte, trafen auch die besorgten Eltern der teilweise noch minderjährigen Teenager im Krankenhaus ein. Sie verstand, dass sie dringend Informationen über den Zustand ihrer Kinder wollten, doch zuerst mussten die Verletzungen behandelt und die Prioritäten für die Operationen festgelegt werden. Im Stationszimmer traf sich Svenja mit ihren Kollegen, darunter auch Ben, um die Aufgaben zu verteilen. Da es ihre Station war, übernahm sie die Koordination. Es war ein anstrengender Morgen, aber gegen acht Uhr waren alle Teenager behandelt, einige operiert und zwei von ihnen bereits wieder entlassen. Der vermisste Junge wurde noch immer gesucht.

Svenja saß gerade über einer Krankenakte, als Ben in ihr Büro kam. Er lächelte, als sie aufsah. »Du bist ja noch hier«, bemerkte sie müde.

»Wollen wir gemeinsam nach Hause fahren, zu dir?«, fragte er sanft.

»Wer ist bei Sophie?«, wollte Svenja wissen.

»Ihre Nanny. Sie schläft meistens im Haus, außer an ihren freien Tagen«, antwortete er ruhig.

»Ich bin gleich fertig, dann können wir los«, sagte sie und schob den Stuhl zurück. Erschöpft streckte sie sich und gähnte. »Was für eine Nacht. Wir brauchen dringend mehr Personal. Zum Glück habe ich keinen Frühdienst heute.«

Ben legte einen Arm um sie und drückte ihr einen schnellen Kuss auf die Lippen. »Hier?«, fragte sie überrascht.

»Warum nicht? Irgendwann werden sie sowieso tuscheln. Sollen sie doch heute damit anfangen«, sagte er mit einem verschmitzten Lächeln und küsste sie diesmal intensiver.

»Ich muss mein Auto mitnehmen, ich brauche es heute Nachmittag«, erinnerte sie ihn, während sie sich von ihm löste.

Svenja fuhr hinter Ben her und war erleichtert, als sie endlich in ihrer Garage parkte. Die Müdigkeit zog an ihren Muskeln, und sie spürte, wie erschöpft sie wirklich war.

Im Haus nahm sie eine Flasche Wasser aus dem Kühlschrank und ging mit Ben nach oben in ihr Schlafzimmer. »Das war ein langer Tag«, seufzte sie, während sie sich auszog und sich auf ihr Bett setzte. »Eigentlich habe ich in einem Inselkrankenhaus angefangen, weil man da keine Zwanzig-Stunden-Dienste machen muss. Das erinnert mich zu sehr an meine Assistenzzeit in Berlin. Ständige Doppelschichten oder Vierundzwanzig-Stunden-Bereitschaftsdienste, die einem das Leben aussaugen. Immer die Angst im Nacken, Fehler wegen Übermüdung zu machen.«

»Das gab es in Oxford gar nicht. Dort arbeitete jeder nach Dienstplan, und auch die Bereitschaftsdienste gingen nicht über die Belastungsgrenzen hinaus«, antwortete Svenja, während sie sich zu ihm unter die Decke kuschelte.

»Ja, englische Ärzte haben es da besser. Kein Wunder, dass viele nach dem Studium ins Ausland gehen«, sagte Ben nachdenklich. Svenja war bereits halb eingeschlafen und murmelte nur ein leises »Hmm«.

»Ich bin leider noch ganz wach«, flüsterte Ben und küsste sie zärtlich auf den Mund, was Svenjas Lebensgeister wieder weckte.

Mit einem Grinsen erwiderte sie den Kuss. »Na dann, Mr. Völlig wach, zeig mal, wie wach du wirklich bist.«

Ben ließ seinen Mund zu ihren Brüsten wandern, und Svenja stöhnte auf, als er begann, an ihrer Brustwarze zu saugen.

»Kommst du am Sonntag zum Kindergeburtstag, Sophie wird fünf«, fragte er sie. Svenja stöhnte auf. »Müssen wir wirklich jetzt darüber reden?«, fragte sie atemlos.

Ben lachte leise, während er an der anderen Brust weitermachte und gleichzeitig ihre Beine auseinanderschob. Svenja schlang ihre Beine um ihn, und mit einem langsamen Stoß füllte er sie aus.

Svenja wurde von leisen Stimmen geweckt. Ben saß neben ihr im Bett und führte einen Videocall mit Sophie. »Hast du sie gefragt, ob sie kommt?«, hörte sie Sophie fragen.

»Ja, ich habe sie gefragt, und ich denke, sie kommt«, antwortete Ben geduldig.

»Bringt sie mir ein Geschenk mit?«, fragte Sophie.

»Ich frage sie. Bis später mein Liebling und viel Spaß im Kindergarten«, verabschiedete sich Ben.

Svenja schloss die Augen wieder und tat so, als würde sie noch schlafen.

»Weißt du, dass man schwer bestraft werden kann, wenn man Gespräche von Vätern mit ihrer Tochter belauscht?«, sagte Ben in gespieltem Ernst.

Svenja musste lachen und öffnete die Augen. »Wie denn? Kommt die Muffinpolizei?«

»Wären wir bei mir, würde ich dich jetzt über meine Schulter werfen und in den Pool schubsen«, drohte Ben lachend.

»Wie herrisch«, neckte Svenja ihn und stand auf, um ins Bad zu gehen. Ben folgte ihr, und sie nutzten die Gelegenheit, um gemeinsam zu duschen. Konnte ein Tag besser beginnen? Sie genoss es, mit ihm aufzuwachen und ihre morgendlichen Plänkeleien. Könnte es immer so sein? Ben machte nicht den Eindruck, als würde er sie wieder zurückstoßen wollen.

Während sie sich abtrockneten, fragte Svenja vorsichtig: »Gehst du noch zur Therapie?«

»Ja«, antwortete Ben ehrlich. »Meine Ängste sind immer noch da. Aber ...« Er hielt inne, schlang sich das Handtuch um die Hüften und trat näher an sie heran. »Ich liebe dich. Ich will das mit uns wirklich, wenn du mich und Sophie willst«, sagte er leise und schaute ihr tief in die Augen.

Svenjas Herz schlug bis zum Hals, und sie spürte, wie ihre Gefühle sie überwältigten.

»Okay, atme«, neckte Ben sie mit einem schelmischen Grinsen. »Ich verstehe ja, dass es dich umhaut, wenn der coolste Typ der Insel dir sagt, dass er mit dir gehen will.«

»Du bist ein Arsch. Es war gerade sehr romantisch«, sagte sie und boxte ihm leicht gegen die Schulter. »Ich möchte gern mit Sophie zusammen sein. Bei dir bin ich mir nicht so sicher«, fügte sie frech hinzu und ging nackt zurück ins Schlafzimmer, wobei sie aufreizend mit ihrem Po wackelte und ihn über die Schulter grinsend ansah.

Ben rannte ihr hinterher, packte sie am Arm, als sie gerade Unterwäsche aus der Kommode nehmen wollte, und drehte sie zu sich herum, um sie leidenschaftlich zu küssen. »Sag das nochmal«, knurrte er leise gegen ihre Lippen.

»Ich mag Sophie und bin gern mit ihr zusammen«, wiederholte sie, wohl wissend, dass er eine andere Antwort hören wollte. Dann entzog sie sich ihm, denn sie hatte noch viel vor an diesem Tag.

»Ich muss leider los. Ich will mit Melanie aufs Festland, sie möchte ein paar Dinge besorgen.«

»Magst du vielleicht Sophie ein kleines Geschenk mitbringen?«, fragte er.

»Was wünscht sie sich denn? Oder darf ich etwas aussuchen, was ich ihr schenke?«, fragte Svenja möglichst ernst. Sie hatte bereits eine Idee, aber Ben durfte davon nichts ahnen.

»Sie freut sich über alles, was mit ihren Lieblingsserien zu tun hat. Aber sie mag auch andere Dinge«, antwortete er.

»Du gibst mir also freie Hand bei dem Geschenk?«, fragte sie erneut.

»Solange es etwas für eine Fünfjährige ist, ja«, sagte Ben und grinste.

Gemeinsam tranken sie noch einen Kaffee auf der Bank vor dem Haus, bevor Svenja rüber zu Tante Hansen und Melanie ging. Ben fuhr ins Krankenhaus, er hatte Spätdienst.

KAPITEL ZWEIUNDZWANZIG

Melanie und Svenja verbrachten einen wundervollen Nachmittag auf dem Festland. Svenja hatte erst Bedenken, da Melanies Verletzungen noch nicht ausgeheilt waren, aber sie steckte den Tag gut weg. Zuerst schlenderten sie durch das große Einkaufszentrum, wo Melanie sich ein paar Kleidungsstücke kaufte sowie Handtücher und Bettwäsche. Obwohl sie Tante Hansens Gastfreundschaft sehr schätzte, wollte sie doch lieber ihre eigenen Dinge benutzen, hatte sie Svenja während der Überfahrt mit der Fähre erzählt. Svenja bemerkte, dass Melanie mittlerweile so vertraut mit Tante Hansen war, dass sie sie ebenfalls »Tante« nannte. Diese Vertrautheit freute Svenja sehr, denn sie zeigte, wie gut sich die beiden Frauen miteinander arrangierten. Was die Zukunft bringen würde, falls Melanie irgendwann einen Partner fand, oder wieder auf Reisen ging, würde sich zeigen. Svenja nahm sich vor, sich nicht mehr so viel den Kopf darüber zu zerbrechen. Fürs Erste schien alles perfekt.

Beim Essen in einem kleinen, abseits des Touristenstroms gelegenen Lokal erzählte Melanie von ihren Reisen. Sie sprach darüber, wie sehr sie es liebte, die Welt zu erkunden und überall arbeiten zu können. Aber sie sehnte sich auch nach einem sicheren Hafen, einem Rückzugsort, an den sie nach ihren Abenteuern zurückkehren konnte.

»Kann ich dich etwas fragen?«, begann Melanie zögerlich, während Svenja an ihrem alkoholfreien Wein nippte.

»Natürlich, frag nur«, ermutigte sie Svenja.

»Bietet euer Krankenhaus eigentlich auch Ausbildungsplätze an?«, fragte Melanie.

»Ja, sowohl im medizinischen als auch im nichtmedizinischen Bereich. Woran hast du gedacht?«, wollte Svenja wissen.

»Ich bin mir noch nicht sicher. Ewig werde ich als Influencerin wohl kein Geld verdienen können. Und wenn ich nicht mehr ständig reise, werden meine Beiträge wahrscheinlich auf Produktwerbung beschränkt sein, was mir ehrlich gesagt nie wirklich Spaß gemacht hat. Es war eher das Reisen, das Teilen von tollen Restaurants und geheimen Ausflugszielen, das mich begeistert hat. Natürlich ist es nett, für ein bisschen Shampoo in die Kamera halten gutes Geld zu verdienen, aber ich möchte langfristig eine sichere Einkommensquelle haben«, erklärte Melanie nachdenklich.

»Bekommst du denn noch Bafög? Ein Ausbildungsgehalt ist nicht gerade üppig, und ein Studium mit mehreren Nebenjobs zu finanzieren, wird schwierig«, gab Svenja zu bedenken.

»Meine Eltern unterstützen mich finanziell. Sie sind zwar der Meinung, dass elterliche Erreichbarkeit oder Anwesenheit überbewertet wird, aber finanziell waren sie immer für mich da«, erklärte Melanie, die von Svenja inzwischen liebevoll »Mel« genannt wurde.

»Das ist natürlich praktisch. Vielleicht könntest du ein Praktikum machen, um herauszufinden, ob dir der gewählte Bereich wirklich liegt«, schlug Svenja vor.

»Das ist eine gute Idee. Ich würde gerne etwas machen,

bei dem mir meine Social-Media-Kenntnisse zugutekommen«, meinte Mel.

»Das Krankenhaus hat einen Pressesprecher, aber so viel Presse gibt es hier nicht. Vielleicht stellst du dich einfach mal bei der Klinikleitung vor und erkundigst dich nach Möglichkeiten. Oder du schaust dich im Tourismusbereich um, da gibt es bestimmt Bedarf für deine Social-Media-Expertise«, riet Svenja. »Übrigens, ich hätte auch eine Frage an dich.«

»Schieß los«, sagte Melanie neugierig.

»Es ist völlig in Ordnung, wenn du keine Lust darauf hast«, begann Svenja vorsichtig. »Die zwölfjährige Nichte meines Kollegen Markus ist ein riesiger Fan von dir und hat bald Geburtstag. Er hat mich gebeten, ihm ein Autogramm von dir zu besorgen. Aber ich dachte mir, ob du vielleicht Lust hast, die beiden zu treffen? Am besten morgen, denn Samstag muss ich das Geschenk für Sophie, Bens Tochter, besorgen, und Sonntag bin ich zur Geburtstagsparty eingeladen.«

Melanie lächelte. »Ich habe ja nicht viel zu tun. Klar, ich treffe sie gern morgen. Wir könnten zusammen ein Eis essen gehen. Zwölfjährige standen zwar nicht auf meiner Liste, als ich mir vornahm, ein paar Einheimische kennenzulernen, aber bei jemandem muss ich ja anfangen«, sagte sie lachend.

Svenja schrieb Markus schnell eine Nachricht: *»Überraschung für deine Nichte. Morgen um 15 Uhr am Eisstand am Hafen?«*

Sie bezahlten das Essen und ließen sich noch durch ein paar verwinkelte Gassen treiben, wo sie süße kleine Läden mit Dekoartikeln und ein paar Boutiquen entdeckten.

Als Svenja zu Hause ankam und das Auto entlud, stellte sie überrascht fest, dass sie trotz ihrer Vorsätze doch so einiges eingekauft hatte. In den Dekogeschäften konnte sie einfach nicht widerstehen. Sie hatte eine wunderschöne kobaltblaue Obstschale erstanden, die sie an eine ähnliche Schale erinnerte, die ihre Oma einst besaß. Außerdem fand sie eine elegante Wasserkaraffe, die sich auch gut als Blumenvase eignete.

In einer Boutique hatte sie sich ein sündhaft teures Unterwäscheset gegönnt, das sie plante, für Ben zu tragen. Sie freute sich darauf, während sie es vorsichtig auspackte. Ein weißes Kleid mit weitem Rückenausschnitt und hohem Beinschlitz hatte sie sich ebenfalls gekauft. Wann sie es tragen würde, wusste sie noch nicht, aber sie hatte sich sofort in das Kleid verliebt und die passenden Schuhe und Strümpfe gleich mitgenommen.

Inzwischen war es spät geworden. Svenja ging ins Bett und schaute auf ihrem Tablet nach Neuigkeiten auf Omas Social-Media-Seite, aber es gab keine neuen Einträge. Ihr Handy signalisierte eine eingehende Nachricht. Sie war von Markus. *»Morgen um 15 Uhr passt gut. Ich freue mich riesig. Danke! Wenn es ist, was ich denke, bin ich für immer der coolste Onkel der Welt.«*

Svenja schmunzelte. Sie half gern. *»Bis morgen. Du bezahlst.«*

Während sie überlegte, Ben anzurufen, zeigte ihr Handy plötzlich einen eingehenden Videoanruf an. Schmunzelnd nahm sie ihn an. »Ich habe gerade daran gedacht, dich anzurufen«, begrüßte sie Ben.

»Ich habe dich vermisst. Ohne dich ins Bett zu gehen, ist einfach blöd«, sagte er.

»Du wirst es überleben. Eine Nacht getrennt schlafen wird uns guttun«, sagte sie grinsend.

Ben seufzte theatralisch. »Warum musst du immer recht haben und so vernünftig sein?«

»Weil ich morgen Frühdienst habe und schon längst schlafen sollte«, antwortete sie. »Also, gib mir einen Cyberkuss und wünsche mir eine gute Nacht.«

»Mir steht der Sinn nach etwas anderem«, sagte Ben mit einem verschmitzten Grinsen.

»Gute Nacht, du Lustmolch«, neckte ihn Svenja und beendete den Anruf.

Am nächsten Morgen im Krankenhaus erfuhr Svenja, dass der vermisste Junge vom Bootsunfall nur noch tot geborgen werden konnte. Es tat ihr unendlich leid, und obwohl ihr als Ärztin der Umgang mit dem Tod vertraut war, fiel es ihr oft schwer, solche Schicksale zu verarbeiten. Insgeheim war sie erleichtert, dass sie die Nachricht nicht den Eltern überbringen musste. Sie bewunderte Ben, der als Kinderarzt sicherlich auch manchmal mit solchen Fällen konfrontiert wurde, auch wenn es auf der Insel zum Glück selten vorkam.

Der Rest ihrer Schicht verlief ruhig. Als sie Feierabend hatte, fuhr sie mit dem Auto vom Krankenhaus los und wollte Melanie, die die Insel erkundet hatte, auf dem Weg zum Hafen abholen. Melanie schickte ihr gerade ihren Standort, die Strandpromenade. Svenja lächelte und machte sich auf den Weg.

Am Abend saß Svenja auf der Bank vor dem Haus und ließ den Nachmittag Revue passieren. Wie erwartet, hatte Markus' Nichte sich riesig gefreut, Melanie persönlich zu treffen. Nach gefühlten zweihundert Fotos mit den Beiden, musste auch Markus mit aufs Bild. Die Insel war zwar klein, und der Eisstand am Hafen war nicht so gut besucht wie die Strandpromenade, aber es blieb nicht aus, dass andere Teenager bemerkten, wer da Selfies schoss. Mel ließ alles freundlich und professionell über sich ergehen. Svenja war beeindruckt von ihrer Geduld und ihrer herzlichen Art, doch sie verstand auch die Sehnsucht nach einem ruhigeren, beständigeren Leben.

Plötzlich hörte Svenja das Gartentor quietschen und wurde aus ihren Gedanken gerissen. Sie schaute auf und sah Ben, Sophie und die Nanny auf sich zukommen. Sophie riss sich von Bens Hand los und stürmte auf Svenja zu.

»Svenja, Svenja, im Tierheim gibt es Hundebabys! Die sind so winzig, dass sie auf meine Hand passen. Mit riesigen Schlappohren. Die sind so süß! Ich bin für immer verliebt«, sprudelte es aus dem Mädchen heraus.

»Dann hat sich der Ausflug gestern wirklich gelohnt«, sagte Svenja lächelnd.

»Kannst du Papa sagen, dass Hunde wichtig für Kinder sind?«, fragte Sophie hoffnungsvoll.

Ben lachte laut. »So nicht, meine Kleine«, sagte er und wirbelte sie herum.

Svenja liebte es, wenn Ben herzhaft lachte. Sie konnte die Liebe zu Sophie in seinen Augen sehen, und auch die Zuneigung zu ihr selbst, als er das Mädchen wieder absetzte und Svenja einen flüchtigen Kuss auf die Lippen hauchte.

»Hallo, ich bin Valentina, Sophies Nanny«, stellte sich die junge Frau vor.

Jetzt, wo Svenja wusste, dass Ben nichts mit Valentina hatte, fand sie die Nanny sympathisch und begrüßte sie herzlich. »Ich freue mich, dass ihr mich besucht«, sagte Svenja.

»Ich muss dir unbedingt etwas geben«, flüsterte Sophie und sah Ben auffordernd an.

»Ach ja«, murmelte Ben und kramte in dem Kinderrucksack, den er auf dem Rücken getragen hatte, bis er einen buntbemalten Umschlag hervorholte.

Sophie riss ihm das Kuvert aus der Hand und überreichte es Svenja. »Damit du meine Party nicht vergisst. Ich habe dir Geschenke gemalt, damit du nicht so lange einkaufen musst«, erklärte sie mit unschuldiger Miene.

Svenja zog das Blatt Papier aus dem Umschlag und lachte laut auf, als sie die Zeichnungen sah. »Da sind nur Hunde auf dem Blatt. Sehr schöne Hunde allerdings«, sagte sie zu Sophie und sah das Mädchen fragend an.

»Du hast gesagt, du magst Hunde. Ich mag Hunde auch. Wenn du mir einen Hund schenkst, können wir ihn zusammen mögen. Er muss natürlich in meinem Bett schlafen. In Papas schläfst du ja schon«, erklärte Sophie ernsthaft, woraufhin Ben laut keuchte und Valentina vor Lachen kaum auf der Bank sitzen bleiben konnte.

»Und was, wenn dein Papa böse auf mich wird, wenn ich dir einen Hund kaufe?«, fragte Svenja mit einem Schmunzeln.

»Dann wohnt der Hund bei dir, und ich ziehe bei dir ein. Valentina auch, sie mag Hunde auch sehr«, antwortete Sophie so selbstverständlich, als sei es die einzig logische Schlussfolgerung.

Svenja sah zu Ben, der verzweifelt die Hände vor das Gesicht schlug, bevor er aufstand. »Svenja hat bestimmt ein schönes Geschenk für dich. Vielleicht hat sie auch schon etwas besorgt. Keinen Hund, aber bestimmt etwas sehr Schönes. Wir müssen jetzt los, es ist Zeit fürs Bett«, sagte er entschlossen.

»Bestimmt nicht. Sie wünscht sich einen Hund«, beharrte Sophie und drückte Svenja zum Abschied fest.

Valentina stand ebenfalls auf, nahm Sophie an die Hand, winkte zum Abschied und ging mit dem Kind zum Tor.

Ben setzte sich wieder zu Svenja auf die Bank. »Kann ich später vorbeikommen?«, fragte er und drückte ihre Hand.

»Willst du über den Hund reden?«, fragte Svenja schmunzelnd zurück.

»Bloß nicht. Das Thema ist allgegenwärtig. Ich hoffe nur, sie ist nicht zu enttäuscht, wenn sie keinen Hund zum Geburtstag bekommt«, antwortete er seufzend.

»Ich freue mich auch auf dich. Soll ich uns etwas kochen?«, bot Svenja an.

Ben winkte ab. »Ich esse gleich mit Sophie zu Abend. Wenn sie schläft, komme ich vorbei. So gegen zwanzig Uhr.

Wir könnten es uns hier draußen gemütlich machen«, schlug er vor.

»Gern«, sagte sie und stand mit ihm zusammen auf. Sie begleitete ihn zum Gartentor und winkten den Dreien hinterher, bevor sie ins Haus ging.

Spontan beschloss sie, dass es Zeit für einen richtigen Pärchenabend war. Sie duschte, zog das neue Unterwäscheset an und darüber ein schlichtes Kleid mit Spaghettiträgern. Während sie draußen den Tisch mit Wasser, Wein, Obst und Snacks deckte, tanzte sie zu der Musik aus ihrem Handy. Plötzlich bemerkte sie Ben, der lässig an der Garage lehnte.

»Wie lange stehst du da schon?«, fragte sie lachend.

»Nicht lange, nur ein oder zwei Songs. Ich genieße es, dich so fröhlich zu sehen«, antwortete er, kam auf sie zu und zog sie in eine Umarmung, der ein inniger Kuss folgte.

Svenja legte ihre Hände in seinen Nacken und ließ seine Zunge ihren Mund erkunden, als sie plötzlich Tante Hansens Stimme hörte.

»Habt ihr feuchte Wände, oder warum macht ihr das nicht drinnen?«, rief die ältere Dame schelmisch.

Svenja löste sich von Ben und senkte beschämt den Kopf, während Ben in schallendes Gelächter ausbrach.

»Entschuldige, Tante Hansen, wir geloben Besserung und küssen uns künftig nur noch im Schlafzimmer«, rief er zurück.

»Sieht sehr nett aus, was da auf eurem Tisch steht. Wenn ihr eh nur rumknutscht, kann eine alte Frau bestimmt ein Gläschen Wein abbekommen?«, fragte Tante Hansen und kam durch das Gartentor auf das Nachbargrundstück. »Komm, Melanie, heute gibt es Wein und Snacks bei Svenja«, rief sie hinter sich.

Hinter ihr kam Melanie mit einem entschuldigenden Lächeln. »Wir gehen gleich wieder«, sagte sie leise zu Svenja.

»Ach was, bleibt ruhig«, sagte Ben und ging ins Haus, um noch mehr Gläser zu holen.

»Wein also?«, fragte Svenja Tante Hansen mit einem Augenzwinkern.

»Du bist hier nicht meine Ärztin, Mädchen. Ich werde jetzt ein Gläschen Wein trinken«, stellte die Nachbarin resolut klar.

Ben kehrte mit den Gläsern zurück und goss für alle Wein ein. Das Glas von Tante Hansen goss er jedoch nur halb voll. Die Seniorin kommentierte es nicht weiter.

»Ihr zwei also. Wann wolltet ihr mir davon erzählen? Ihr denkt doch nicht etwa, ich merke nicht, dass du dich nachts heimlich ins Haus schleichst«, sagte sie zu Ben, mit einem amüsierten Funkeln in den Augen.

Svenja und Ben schauten sich an wie zwei Teenager, die beim Rauchen erwischt wurden.

»Wurde auch Zeit. Hildchen, Gott habe sie selig, wusste immer, dass ihr füreinander bestimmt seid. ‚Traudel', hat sie immer gesagt, ‚der Ben und die Svenja, die zwei gehören zusammen'«, erzählte Tante Hansen weiter, während Svenja und Ben synchron schluckten.

Ben wischte Svenja eine Träne aus dem Gesicht und sie lächelte ihn liebevoll an.

»Weißt du noch etwas von Oma? Etwas, das sonst niemand weiß?«, wagte Svenja vorsichtig, zu fragen.

»Lass einer alten Frau ihre Geheimnisse«, antwortete Tante Hansen ausweichend.

Svenja und Ben tauschten einen vielsagenden Blick. Svenja überlegte, ob Tante Hansen wirklich nichts wusste oder ob sie einfach nichts preisgeben wollte. Sie war sich nicht sicher, wie sie subtil nachhaken sollte, ohne zu viel zu verraten.

»So, genug jetzt. Lasst uns anstoßen. Auf Hildchen. Ich vermisse dich, liebste Freundin und beste Nachbarin«, sagte die Nachbarin schließlich und hob ihr Glas.

»Und beste Oma der Welt«, ergänzte Svenja und hob ebenfalls ihr Glas.

»Und allerbeste Ersatzoma der Welt«, sagte Ben, stand auf und stieß mit den anderen an.

»Auf eure Oma«, sagte Melanie und sie prosteten sich alle zu.

Die Stimmung war bald wieder ausgelassen, und Melanie wandte sich mit einer Frage an Svenja. »Ich hoffe, du lachst nicht über mich, aber im Krankenhaus hatte ich viel Zeit zum Lesen und habe endlich die beiden letzten Bände der Reihe ‚Die Erben der verborgenen Reiche' von Aria Emberwoods gelesen. Ich wollte mich mit anderen Lesern austauschen und habe auf ihrer Social-Media-Seite nachgesehen. Da sind immer noch komische Nachrichten und Kommentare, die überhaupt keinen Sinn ergeben und keinen Bezug zu den Büchern haben.«

Svenja bemühte sich, ihr Erschrecken zu verbergen. »Wir können uns das ja die Tage mal zusammen anschauen. Aber ich bin nicht oft auf Social Media, also weiß ich nicht, wie viel ich dazu sagen kann.«

»Na ja, zumindest können wir über die Bücher sprechen«, sagte Melanie und lächelte.

Die beiden Frauen verabschiedeten sich bald darauf. Tante Hansen ging es zwar viel besser, aber sie wurde schnell müde, was Svenja nicht weiter beunruhigte, es war einfach eine Alterserscheinung.

Svenja und Ben saßen noch eine Weile aneinandergekuschelt auf der Bank, als Ben ihr das Weinglas aus der Hand nahm und es auf den Tisch stellte. »Lass uns weitermachen, wo wir unterbrochen wurden«, flüsterte er, und Svenja drehte sich ihm zu. Er umfasste ihren Hinterkopf und hauchte ihr zärtliche Küsse hinter das Ohr, den Hals hinunter und bis auf ihr Schlüsselbein. Dabei schob er einen Träger ihres Kleides von ihrer Schulter, um den Ansatz ihrer Brüste zu küssen.

»Lass uns reingehen«, stöhnte Svenja leise.

Ben nahm ihre Hand, und während sie sich weiter küssten, stolperten sie die Treppe hinauf ins Schlafzimmer. Kaum angekommen, zog Ben Svenja an sich und schob die Träger ihres Kleides über ihre Schultern, und es glitt zu Boden.

»Svenja … du machst mich wahnsinnig«, stöhnte er.

»Wieso?«, fragte sie mit einem frechen Grinsen und setzte sich auf das Bett.

Ben kniete sich vor sie. »Diese hübsche Wäsche … aber ich muss sie dir jetzt leider ausziehen«, murmelte er zwischen zwei Küssen.

»Wehe, du machst sie kaputt«, flüsterte Svenja.

Ben hob ihre Brüste aus den Körbchen und begann, an ihren Nippeln zu saugen, während er sanft mit seinen Fingern über ihre Haut strich. Svenja schloss die Augen und ließ sich ganz in das Gefühl fallen, das er in ihr auslöste. Sie zog ihn noch näher zu sich heran, ihre Atmung wurde schwerer.

»Du machst mich verrückt«, murmelte sie, während er den anderen Nippel zwischen seinen Fingern zwirbelte, bevor er ihn sanft in den Mund nahm. Seine Berührungen ließen sie erzittern, und sie spürte, wie eine Welle der Lust durch ihren Körper zog.

Ben ließ von ihrer Brust ab und begann, ihren Körper weiter zu erkunden. Seine Lippen wanderten über ihren Bauch, während seine Hände sich ihren Hüften näherten. Mit einem geschickten Griff hakte er seine Finger in den Rand ihres Slips und zog ihn langsam nach unten. Svenja hob leicht die Hüften, um ihm zu helfen, und seufzte leise, als sie spürte, wie seine Lippen ihren Oberschenkel entlangwanderten, bis er schließlich mit sanften Küssen die empfindlichste Stelle ihres Körpers erreichte.

»Ben …«, flüsterte sie atemlos, als er zwei Finger in sie gleiten ließ und sie gleichzeitig mit seiner Zunge verwöhnte. Sie spürte, wie ihre Sinne überwältigt wurden, jede Berührung verstärkte das Verlangen nach mehr. Ihre Finger gruben sich in sein Haar, als sie sich ihm vollständig hingab, sein Name wurde zu einem leisen Stöhnen auf ihren Lippen.

Mit jedem Moment, den er sie so liebkoste, spürte sie,

wie sie immer näher an den Rand der Ekstase gedrängt wurde. Schließlich ließ ein intensiver Schauer sie erbeben, und mit einem leisen, aber unüberhörbaren Schrei erlebte sie einen Höhepunkt, der ihren ganzen Körper erzittern ließ.

Ben ließ sie kurz nachklingen, bevor er sich wieder zu ihr hochzog und sie zärtlich auf die Lippen küsste. »Du bist so wunderschön, wenn du so hingebungsvoll bist«, murmelte er an ihrem Mund.

Svenja sah ihm tief in die Augen. »Und du bringst mich um den Verstand«, flüsterte sie und zog ihn zu sich. Sie umschlang seine Hüften mit ihren Beinen und drückte sich enger an ihn. Ihre Haut glühte noch immer vor Verlangen, und sie konnte es kaum erwarten, ihn noch näher bei sich zu spüren.

Ben ließ sich keine Sekunde bitten. Mit einem langsamen, tiefen Stoß drang er in sie ein, und Svenja stöhnte, als sie fühlte, wie er sie ganz ausfüllte. Sie schlang ihre Arme um seinen Nacken, während sie sich im Rhythmus ihrer Bewegungen vereinten.

Jeder Stoß von ihm brachte sie näher an den Rand eines weiteren Höhepunkts, und Svenja verlor sich in dem Gefühl, eins mit ihm zu sein. Ihre Körper bewegten sich synchron, als wären sie perfekt aufeinander abgestimmt, und das Gefühl der Nähe und Intimität ließ Svenja jeglichen Gedanken an die Welt um sich herum vergessen.

»Ich liebe dich«, flüsterte Ben beim nächsten Eindringen, und Svenja spürte, wie diese Worte tief in ihr Herz sanken. Sie antwortete nicht mit Worten, sondern mit einem leidenschaftlichen Kuss, der all ihre Gefühle ausdrückte.

Sie spürte, wie er sich in ihr verspannte, und mit einem letzten tiefen Stoß fand er schließlich seine Erlösung. Svenja folgte ihm wenige Sekunden später, als eine zweite Welle der Ekstase durch ihren Körper jagte und sie gemeinsam in einem intensiven Moment der Einheit verharrten.

Nach einigen Augenblicken ließ Ben sich neben sie

sinken, und sie kuschelte sich in seine Arme. »Das war unglaublich«, flüsterte sie und spürte, wie ihre Augenlider schwer wurden.

»Das war es«, stimmte er zu und drückte einen Kuss auf ihre Stirn. »Schlaf jetzt, Liebling. Ich bleibe bei dir.«

Svenja lächelte zufrieden, als sie spürte, wie sich ihre Erschöpfung endgültig durchsetzte. In Bens Armen, geborgen und geliebt, schlief sie schließlich ein, mit dem Gefühl, dass alles in ihrem Leben endlich an seinem richtigen Platz war.

KAPITEL DREIUNDZWANZIG

Nach einer wunderbaren Nacht genoss Svenja das gemeinsame Frühstück mit Ben. Während sie die Wärme seiner Gegenwart spürte, sprach sie das Thema an, das ihr auf dem Herzen lag. »Sag mal, warum wäre es so schlimm, wenn Sophie einen Hund hätte?«, fragte sie vorsichtig.

Ben erstarrte, seine Augen verrieten, wie erschrocken er war, als er leise antwortete: »Der Hund stirbt irgendwann.«

Svenja sah ihn verständnisvoll an. »Ein Hund kann auch fünfzehn Jahre alt werden, je nach Rasse. Und ich würde es schön finden, ein Tier von Beginn seines Lebens bis ins hohe Alter zu begleiten«, erwiderte sie sanft. Sie war entschlossen, Sophie diesen Wunsch zu erfüllen, doch nicht ohne Bens Einverständnis.

Ben wiederholte nur leise: »Und er stirbt irgendwann.«

Svenja nahm einen tiefen Atemzug, bereit, die Schwere seiner Worte zu hinterfragen. »Darf ich dich etwas fragen, ohne dass du sauer wirst?«, bat sie.

Ben antwortete mit einem kaum wahrnehmbaren Grunzen, das Svenja als Erlaubnis deutete. Sie traute sich und sprach das aus, was zwischen ihnen stand: »Die Sache mit dem Tod des Hundes, wo kommt das her? Ist es deine Angst als Vater, dass Sophie darunter leiden wird, nachdem sie wunderbare Jahre mit einem Wesen verbracht hat, das sie innig liebte und von dem sie zurückgeliebt wurde? Oder steckt da dein eigenes Trauma dahinter, deine Vergangenheit? Versteh mich bitte nicht falsch, es ist deine Tochter, und ich will mich nicht in deine Erziehung einmischen. Aber du hast ein großes Grundstück, und es ist fast immer jemand da. Notfalls wäre ich da, oder Melanie oder Markus. So viele Hundesitter wirst du niemals brauchen. Und Sophie hat recht, Haustiere sind gut für Kinder. Ich möchte dich nur bitten, darüber nachzudenken.«

Ben sah sie die ganze Zeit an, ohne eine Regung zu zeigen, was Svenja irritierte. Normalerweise konnte sie jede seiner Emotionen sofort lesen, doch diesmal war es anders. Sie saßen schweigend am Tisch, bis Ben sich räusperte. »Ich mache mal los.« Er stand auf, gab Svenja einen leichten Kuss auf den Mund und ging.

Sie räumte das Frühstück ab, doch ihre Gedanken kreisten weiter um Ben und seine Reaktion. Später am Tag machte sie sich auf den Weg zum Festland, um ein Geschenk für Sophie zu besorgen. Am Hafen parkte sie gerade ihr Auto, als eine Nachricht von Ben auf ihrem Handy einging: *»In zehn Minuten vor dem Tierheim.«*

Svenja war unsicher, was das bedeuten sollte, aber sie zögerte nicht. Sie fuhr sofort los und parkte neben Bens Auto vor dem Tierheim. Als sie ausstieg, verließ Ben ebenfalls sein Auto. Er trat auf sie zu, nahm ihre Hände in seine und legte seine Stirn auf ihre.

»Danke«, flüsterte er mit einem tiefen Seufzer. »Danke, dass du mich davon abgehalten hast, meine Verlustangst auf mein Kind zu übertragen. Und danke, dass du bist, wie du bist. Und mich wachgerüttelt hast.«

Svenja umarmte ihn fest. »Was ist passiert?«, fragte sie leise.

Ben holte tief Luft und schaute ihr in die Augen. »Ich habe meine Therapeutin angerufen. Zum Glück ging sie ran. Es hat auch Vorteile, wenn man selbst Arzt ist. Ich habe ihr erzählt, was du gesagt hast. Sie meinte, du bist eine schlaue Frau und ich soll darüber nachdenken, welche Gründe wirklich gegen einen Hund sprechen, außer, dass er irgendwann sterben wird. Sie ist meine Vorbehalte mit mir zusammen durchgegangen. Es gibt keine.«

Svenja lächelte sanft. »Aha. Und was machen wir jetzt hier?«, fragte sie neugierig.

»Wir kaufen einen Hund«, sagte Ben, ein schwaches Lächeln auf den Lippen. »Aber wenn das Tier mir ins Bett pinkelt, wohnt es bei dir«, fügte er mit einem neckischen Grinsen hinzu.

Gemeinsam gingen sie zum Eingang des Tierheims und klingelten. Kurz darauf hörten sie Schritte, und eine Frau mittleren Alters öffnete ihnen die Tür.

»Ben! Wie schön, dich zu sehen. Möchtest du zu Lilly?«, fragte sie freundlich.

»Lilly aus eurer Klasse?«, fragte Svenja.

»Ich wusste gar nicht, dass Lilly hier arbeitet, Frau Zweig. Schön, sie zu sehen. Ich möchte einen Hund kaufen. Meine Tochter war mit dem Kindergarten hier und schwärmt seitdem von den süßen kleinen Welpen, die noch auf ihre Hand passen«, erklärte Ben.

»Na dann kommt mal rein«, sagte Frau Zweig und trat zur Seite, um sie hereinzulassen.

»Hallo Frau Zweig«, grüßte Svenja höflich.

»Svenja! Ich habe gehört, dass du zurück bist. Seid ihr zusammen?«, fragte Frau Zweig völlig indiskret, während sie einen Blick auf Ben warf.

»Sind wir«, antwortete Ben und nahm sofort Svenjas Hand in seine. Sie wusste, dass es keine besitzergreifende Geste war, sondern dass er ihren Beistand brauchte, um die richtige Entscheidung zu treffen. War es wirklich die richtige

Entscheidung? Sophie würde auch ohne Hund eine glückliche Kindheit haben, aber mit einem Hund könnte sie noch glücklicher sein, dachte Svenja.

»Na dann kommt mal mit. Deine Tochter meint sicher die Dackelwelpen. Sie sind knapp zwölf Wochen alt und bereit, ein Zuhause zu finden. Eigentlich geben wir keine Hunde einfach so raus, aber ich kenne euch ja schon ewig und Ben wohnt in der Nachbarschaft. Es ist toll, was du aus der Schule gemacht hast«, sagte Frau Zweig zu Ben. »Auch, wenn es für die Kinder anstrengend ist, immer aufs Festland zur Schule zu müssen«, fügte sie hinzu.

»Vielleicht setzt sich Homeschooling oder Fernunterricht zumindest auf unseren Inseln durch«, erwiderte Svenja.

Frau Zweig öffnete einen Raum im hinteren Bereich des Hauses.

»So, hier sind die kleinen Racker«, sagte sie und deutete auf ein Knäul kleiner Hunde. Es sind vier Jungs und zwei Mädchen. Das Mädchen mit dem pinken Halsband und der Junge mit dem grünen Halsband sind noch zu haben. Sogar die Mutter ist schon vermittelt, sobald die Welpen ausgezogen sind«, erklärte Frau Zweig.

Ben sah sich die Welpen an und war sichtlich überfordert. »Ein Mädchen oder einen Jungen?«, fragte er hilflos und sah Svenja an.

Svenja lächelte liebevoll. »Meinst du nicht, dass der Junge ohne seine Schwester ziemlich einsam wäre? Erinnerst du dich an unsere Kindheit? Christian und du brauchtet immer mich, wenn es darum ging, Oma von etwas zu überzeugen«, sagte sie mit einem verschmitzten Lächeln.

»Nicht dein Ernst. Keine zwei Hunde«, protestierte Ben und hob abwehrend die Hände.

Frau Zweig nickte zustimmend. »Na so ganz Unrecht hat sie nicht. Ihr wart immer zu dritt unterwegs, als Kinder. Ein Junge braucht seine Schwester.«

Ben seufzte tief und sah Svenja fragend an. »Ok, wenn das

so ist«, sagte er und gab sich geschlagen. Svenja konnte ihre Freude nicht verbergen und umarmte ihn stürmisch, bevor sie ihn auf die Wange küsste.

Sie besprachen mit Frau Zweig, dass sie die Welpen am nächsten Nachmittag abholen würden. So lange musste sich Sophie gedulden, da das Tierheim sonntags nur nachmittags geöffnet hatte.

Als sie wieder vor dem Tor standen, fragte Ben, immer noch etwas ungläubig: »Habe ich gerade wirklich meine Zustimmung gegeben, zwei Hunde zu kaufen?«

Svenja lachte leise. »Ja, das hast du. Es tut mir leid, wenn du dich überrumpelt fühlst. Wir könnten bestimmt mit Frau Zweig reden und nur einen Welpen nehmen, aber dann wäre der andere Welpe ganz allein, ohne seine Geschwister. Und die Mama zieht ja auch bald aus.«

Ben lächelte erschöpft, aber liebevoll. »Du bist sehr hilfreich«, sagte er grinsend und zog sie für einen Kuss an sich. »Versprich mir, dass du mich unterstützt. Ich hatte noch nie einen Hund.«

Svenja schaute ihn tief in die Augen. »Ich freue mich so sehr, dass du mit deiner Therapeutin gesprochen hast und Sophies sehnlichster Wunsch in Erfüllung geht. Und ich gelobe feierlich, die beste Hundesitterin der Welt zu sein, selbst wenn gar keine Hundesitterin gebraucht wird.«

Ben lächelte erleichtert. »Ich sehe schon, Sophie wird ihre Welpen mit vielen Menschen teilen müssen. Sag mal, hast du noch Zeit? Die Hunde brauchen Körbchen, Näpfe, Halsbänder, Leinen ... Ich weiß gar nicht, was so ein Tier alles braucht.«

»Dann lass uns aufs Festland fahren und in einen Laden für Heimtierbedarf gehen«, schlug Svenja vor. »Schaffen wir mein Auto nach Hause?«

»Ja, dann los.«

Keine Stunde später waren sie auf dem Festland im

Einkaufszentrum, wo sie schnell einen großen Laden für Tierbedarf fanden.

Svenja und Ben kauften Körbchen, zwei Leinen, Näpfe und Kotbeutel.

Sie entschieden, alle anderen Sachen gemeinsam mit Sophie zu besorgen.

Auf der Heimfahrt, während sie an der Reling der Fähre standen und die untergehende Sonne bewunderten, fragte Svenja: »Was bekommt Sophie morgen früh zum Geburtstag? Sagst du ihr, dass am Nachmittag eine Überraschung auf sie wartet?«

Ben lächelte in sich hinein. »Das kann ich ihr nicht sagen. Dann werden die Stunden bis zur Überraschung die Hölle. Alle fünf Minuten wird sie mich fragen, wann es die Überraschung endlich gibt. Ich habe ein paar andere Geschenke, die sie sich gewünscht hat. Sie rechnet nicht wirklich mit einem Hund. Sie wird ausflippen. Ich freue mich schon sehr auf ihre Reaktion.«

»Wie wollen wir es morgen machen? Treffen wir uns um zwei Uhr vor dem Tierheim?«, schlug Svenja vor.

»Ich hole dich ab. Wenn du mir kleine Monster ins Haus holst, bleibst du hoffentlich über Nacht, um mich zu unterstützen. Wer soll Sophie erklären, dass sie nicht ins Bett dürfen?«, entgegnete Ben schmunzelnd.

Svenja lachte. »Warum dürfen sie nicht ins Bett? Wenn nachts die Monster kommen, muss Sophie sie doch beschützen.«

Ben setzte Svenja zu Hause ab. Er hatte Sophie versprochen, mit ihr und Frau Krüger Blumengestecke für die Party vorzubereiten.

Am nächsten Tag würde Sophie einen Geburtstag erleben, den sie nie vergessen würde. Und Svenja war dankbar, dass sie Teil dieses Moments sein durfte, in dem sich alles richtig und vollkommen anfühlte.

Die letzten Sonnenstrahlen waren hinter dunklen Wolken verschwunden. Svenja saß auf der Bank vor dem Haus und hing ihren Gedanken nach. Sie dachte über den heutigen Tag nach, wie Ben über seine Angst hinweg versucht hatte, objektiv zu sein. Und es ihm gelungen war.

Sie klappte ihren Laptop auf, um noch etwas zu arbeiten. Die Stille der Dämmerung umgab sie, während sie sich durch die Patientenakten arbeitete. Arztbriefe, die an weiterbehandelnde Kollegen geschickt wurden, schrieb sie lieber im Homeoffice. Doch ihre Gedanken drifteten immer wieder ab, zurück zu dem ungelösten Rätsel ihrer Oma, das immer noch in ihrem Kopf schwelte. Wie sollte sie dieses Geheimnis lüften? Sie seufzte tief und rieb sich die Schläfen, als könnte sie dadurch die Last ihrer Gedanken lindern.

Gerade als sie den letzten Arztbrief speicherte, hielt ein dunkles Auto vor dem Tor. Ein großer, schlanker Mann stieg aus. Sein Gesicht war scharf geschnitten, mit einem markanten Kinn und müden Falten um die Augen. Svenja stand auf und ging zum Gartentürchen. Im ersten Moment dachte sie, ein Tourist hätte sich verfahren, doch der Mann sah nicht aus wie jemand, der sich verfahren hatte. Er wirkte eher wie eine Figur aus einer dieser geheimnisvollen True Crime Serien, die sie manchmal nachts schaute, wenn sie nicht schlafen konnte. Nach Nachtschichten war es leider oft der Fall, dass sie die ersten Nächte, die sie keinen Dienst hatte, Schlafschwierigkeiten hatte.

Der Mann blieb stehen und starrte sie an, als wäre er überrascht, sie zu sehen. »Kann ich Ihnen helfen?«, fragte sie, bemüht, ihre Unsicherheit zu verbergen.

Der Mann lächelte schwach, doch das Lächeln erreichte seine Augen nicht. »Svenja ...«, sagte er leise, seine Stimme klang rau, als hätte er sie lange nicht benutzt. »Du siehst aus wie deine Mutter.«

Diese Worte trafen Svenja völlig unerwartet. »Wer sind Sie?«, fragte sie, ihre Stimme verriet eine Mischung aus Vorsicht und Neugierde.

»Es tut mir leid, dass ich einfach so auftauche«, sagte der Mann und senkte den Blick, als würde er das Gewicht seiner Worte spüren. »Ich habe keinen anderen Weg gesehen, um mit dir und Christian zu sprechen.«

Svenja spürte, wie ihr Herz schneller schlug. Dieser Fremde kannte ihre Mutter? »Ich bin dein Vater«, sagte er schließlich.

Die Welt schien für einen Moment stillzustehen. Svenja spürte, wie ihr Atem stockte, und sie musste sich am Gartentürchen festhalten, um nicht das Gleichgewicht zu verlieren. Ihr Vater? Das war unmöglich.

»Das ist nicht möglich ...«, flüsterte sie, ihre Stimme kaum hörbar. »Mein Vater ... mein Vater ist ...«

»Tot?« Beendete der Mann sanft ihren Satz und nickte langsam. »Das glaubte ich auch lange Zeit, Svenja. Aber ich lebe. Und ich bin hier, weil ich glaube, dass die Zeit gekommen ist, euch alles zu erklären.«

»Sie können nicht mein Vater sein. Unmöglich. Sie sind ein Betrüger. Verschwinden Sie, oder ich rufe die Polizei«, sagte Svenja abwehrend und ging ein paar Schritte zurück.

»Svenja ... Bitte lass mich erklären«, sagte der Fremde.

Svenja schloss für einen Moment die Augen, versuchte, tief durchzuatmen, um die Welle von Emotionen zu bewältigen, die in ihr aufstieg. »Wie kann das sein? Warum haben Sie uns nie kontaktiert? Warum jetzt?« Ihre Stimme zitterte, als die Fragen aus ihr herausbrachen.

»Es ist eine lange Geschichte«, sagte er und trat einen Schritt näher an das Gartentor. »Eine Geschichte, die ich dir und Christian erklären muss. Darf ich reinkommen?«

Svenja zögerte, fühlte jedoch, dass sie Antworten brauchte. Antworten, die sie ihr Leben lang gesucht hatte. »Setzen Sie sich auf die Bank«, sagte sie schließlich und zeigte auf die Bank vor dem Haus. Sie ging hinein, um ihren Laptop in die Küche zu bringen und eine Flasche Wasser sowie zwei Gläser zu holen, bevor sie sich ihm gegenüber auf einen Stuhl setzte. Sie musterte den Mann, während er sich umsah, als ob er versuchte, Erinnerungen wachzurufen.

»Ich habe euch nie im Stich gelassen«, begann er mit verschränkten Händen und einer ernsten Miene. »Zumindest nicht freiwillig. Ich musste euch verlassen, um euch zu schützen.«

»Schützen?«, wiederholte Svenja ungläubig. »Wovor?«

»Könntest du Christian anrufen? Er sollte die Wahrheit ebenfalls erfahren«, bat der Mann.

»Natürlich.« Svenja fragte sich, warum sie nicht selbst daran gedacht hatte. Sie war völlig verwirrt.

Svenja zögerte kurz, griff dann nach ihrem Handy und scrollte zu Christians Kontakt. Als sie die Nummer wählte, spürte sie, wie ihre Hände leicht zitterten.

»Hallo, Svenja«, begrüßte sie Christian.

»Christian, kannst du herkommen? Es ist wichtig«, sagte sie.

»Ist alles in Ordnung? Geht es dir gut? Was ist passiert? Du klingst so komisch«, antwortete Christian, plötzlich besorgt.

»Es geht mir gut. Komm bitte her, so schnell du kannst. Jetzt«, wiederholte Svenja eindringlich.

»Ja, gut. Ich komme sofort, gib mir zehn Minuten«, sagte Christian, bevor er auflegte.

Svenja legte das Handy zur Seite und sah den Mann an. »Er kommt gleich.«

»Wie heißen Sie?«, fragte Svenja dann, unfähig, sich vorzustellen, in diesem Fremden ihren Vater zu sehen.

»Jo. Jonathan Christian Parker«, antwortete er.

Svenja keuchte auf, die Worte trafen sie wie ein Schlag in die Magengrube. »Und Sie kannten meine Mutter?«, fragte sie mit stockender Stimme.

»Ich habe eure Mutter geliebt. Ihr Tod hat mich tief getroffen. Wir haben alles versucht, herauszufinden, ob es wirklich ein Unfall war, oder ob ihr in Gefahr seid«, erklärte Jo.

»Wir? Und war es ein Unfall?«, fragte Svenja, ihre Stimme kaum mehr als ein Flüstern. »Warum jetzt? Warum heute?«

»Die Nachrichten auf der Social-Media-Seite eurer Oma«, antwortete Jo ruhig.

Mit einem lauten Quietschen bremste Christian vor dem Zaun. Er stürzte aus dem Auto und stand Sekunden später neben Svenja. »Was ist los? Du klangst so komisch am Telefon«, fragte er atemlos.

»Ich habe doch gesagt, dass es mir gut geht«, erwiderte Svenja, bevor sie zögernd hinzufügte: »Christian, der Mann behauptet, unser Vater zu sein. Und er weiß von Omas geheimen Nachrichten.«

Christian blickte schockiert zwischen Svenja und dem Fremden hin und her. Jo stand auf und reichte Christian die Hand. »Mein Name ist Jo. Jonathan Christian Parker«, stellte er sich vor.

Christian schüttelte ihm zögernd die Hand und setzte sich dann auf einen freien Stuhl. Er nahm einen großen Schluck Wasser aus Svenjas Glas und schloss die Augen, um die Worte zu verdauen.

»Wir hätten dich gebraucht, als Mama starb. Als Oma starb. Du bist gekommen, um zu reden. Also rede. Wir hören zu«, sagte Christian schließlich mit einer Mischung aus Wut und Schmerz in der Stimme.

Jo nickte und begann zu sprechen, seine Stimme war ruhig und gefasst, als ob er über alltägliche Dinge sprach. »Ich war Teil eines Geheimdienstes, der in den USA operierte. Meine Missionen brachten mich oft in gefährliche Situationen. Es gab Feinde, die alles getan hätten, um mich zu erreichen. Um an Informationen zu kommen. Und um an euch heranzukommen.«

Svenja spürte, wie sich ihre Kehle zuschnürte. »Und warum hast du uns dann nicht beschützt? Warum bist du gegangen?«, fragte sie, ebenfalls zum du übergehend, ihre Stimme bebend vor aufgestauter Emotionen.

»Weil ich dachte, das wäre der einzige Weg, um euch wirklich zu schützen«, sagte Jo ernst. »Ich ging, als du gerade geboren warst Svenja. Es waren gefährliche Zeiten. Ständig gerieten wir während unserer Einsätze in Konflikte. Es war eine Entscheidung, die ich getroffen habe, um sicherzustellen, dass ihr beide, du und Christian, ein normales Leben führen könnt. Ich war in ständiger Gefahr, und die einzige Möglichkeit, diese Gefahr von euch fernzuhalten, war, euch glauben zu lassen, dass ich tot bin. Niemand durfte erfahren, dass ich Kinder habe«

Svenja spürte, wie eine Mischung aus Wut und Verzweiflung in ihr aufstieg. »Warum jetzt? Warum kommst du erst jetzt zurück?«, fragte sie mit bebender Stimme.

»Weil ich vor einigen Jahren in den Ruhestand getreten bin«, erklärte Jo. »Die Bedrohung, die uns verfolgt hat, ist nicht mehr existent. Ich habe alles getan, um meine Spur zu verwischen und sicherzustellen, dass niemand euch jemals finden würde. Aber ich habe auch zu lange gewartet. Ich weiß das.«

Svenja schüttelte den Kopf, unfähig, die Flut an Emotionen zu ordnen. »Und was jetzt? Was erwartest du von uns?«, fragte sie mit bebender Stimme.

»Ich erwarte nichts«, sagte Jo sanft. »Ich hoffe nur, dass ihr mir zuhört. Und vielleicht ... vielleicht gibt es eine Chance, dass wir eine Beziehung aufbauen können. Ich möchte nicht länger der Schatten sein, der euer Leben verfolgt.«

Christian atmete schwer, während er die Neuigkeit verarbeitete. Nach einem Moment der Stille sah er den Mann an, der ihnen fremd und doch irgendwie vertraut war. »Wir waren noch Kinder, als Mama starb. Wo warst du? Welcher Vater lässt seine Kinder allein durch diese Hölle gehen?«, fragte er, Wut und Schmerz vermischten sich in seiner Stimme.

»Ich konnte nicht kommen und für euch da sein«, antwortete Jo, seine Worte klangen voller Reue. »Mein Job ließ das nicht zu. Ich will versuchen, es wiedergutzumachen. Wenn ihr mir eine Chance gebt.«

»Es hätte andere Jobs gegeben«, flüsterte Christian.

Svenja, die bisher nur zugehört hatte, fand schließlich ihre Stimme wieder. »Ich habe so viele Fragen. Was hatte Oma damit zu tun? Wusste Mama Bescheid?«, fragte sie, ihren Blick fest auf Jo gerichtet.

»Eure Mutter hatte ich verlassen, um sie und euch zu schützen«, erklärte Jo leise. »Nur eure Oma wusste die ganze Wahrheit. Sie hasste mich dafür, dass ich euch und eure Mutter verlassen hatte, aber sie verstand, dass es notwendig war. Sie war es auch, die irgendwann die verschlüsselten Nachrichten auf ihrer Social-Media-Seite hinterließ, um mich zu erreichen. Es hat gedauert, bis ich dahintergekommen bin, die tschechischen Ausgaben zu nehmen. Als eure Mutter starb, benachrichtigte sie mich über einen alten Kontakt. Ich war so leichtsinnig, Hilde anzurufen. Ich wollte zu euch kommen, aber sie hielt mich davon ab. Es war zu gefährlich. Ich habe lange im Nahen Osten operiert«

Sie redeten noch bis in die Nacht hinein. Jo beantwortete geduldig ihre Fragen und betonte immer wieder, wie leid ihm alles tat. Svenja war überwältigt von den Informationen und wusste nicht, wie sie damit umgehen sollte. Christian schien es nicht anders zu ergehen. Plötzlich hatten sie einen Vater, lebendig, jemand, dessen Namen sie nicht einmal kannten.

»Können wir uns in den nächsten Tagen treffen und weiterreden?«, fragte Jo schließlich. »Ich werde mir ein Hotel suchen und ein paar Tage bleiben.«

»Du kannst im Gästezimmer übernachten«, bot Svenja an. »Es ist zu spät, um jetzt noch eine Unterkunft zu finden, und die Fähren fahren erst wieder am Morgen.«

»Das wäre sehr nett. Danke«, sagte Jo, sichtbar erleichtert. »Ich werde mich ruhig verhalten. Du wirst mich kaum bemerken.«

Svenja nickte und drehte sich dann zu Christian. »Ich bringe dich zum Tor«, sagte sie leise. Sie wollte allein mit ihm sprechen.

Als sie draußen vor dem Tor standen, lehnte Christian sich gegen sein Auto und sah Svenja besorgt an. »Bist du sicher, dass du ihn hier übernachten lassen willst? Wir kennen ihn nicht.«

Svenja zuckte mit den Schultern. »Wer sonst könnte von Omas Nachrichten gewusst haben?«

Christian seufzte und nickte schließlich. »Stimmt. Aber ich lasse dich nicht allein mit ihm. Ich bleibe hier.«

Svenja lächelte leicht. »Okay, dann nimmst du das Sofa.«

Im Haus zeigte Svenja Jo das Gästezimmer und nahm unauffällig ihre Handtasche und den Laptop mit in ihr Schlafzimmer. Als sie endlich im Bett lag, fand sie keine Ruhe. Die Ereignisse des Abends wirbelten in ihrem Kopf umher. Schließlich stand sie auf und ging hinunter ins Wohnzimmer, wo Christian noch wach war.

»Kannst du auch nicht schlafen?«, fragte sie, obwohl die Antwort offensichtlich war.

Christian schüttelte den Kopf. »Nein. Ich kann nicht glauben, was er erzählt hat. Aber es klingt nicht erfunden. Warum sollte er so etwas tun?«

Svenja setzte sich neben ihn und starrte ins Dunkle. »Ich werde morgen mit Tante Hansen sprechen. Sie war komisch, als ich sie neulich fragte, ob sie etwas über Oma wüsste, was sonst niemand weiß. Vielleicht kann sie uns helfen.«

Christian nickte langsam. »Und was machen wir mit ihm, während wir morgen auf dem Kindergeburtstag sind?«

Svenja zuckte mit den Schultern. »Ich weiß nicht. Lass uns das spontan entscheiden.« Dann grinste sie plötzlich.

»Übrigens, ich werde Sophie das beste Geschenk überhaupt mitbringen.«

Christian hob eine Augenbraue. »Das glaube ich nicht. Denn das beste Geschenk wäre ein Hund. Und das würde Ben nie zulassen.«

Svenja lächelte verschmitzt. »Und genau den bekommt sie. Nicht nur einen, sondern zwei Hunde«, sagte sie und erzählte ihm, wie sie und Ben im Tierheim gewesen waren und dass sie am nächsten Tag zwei Welpen abholen würden.

Christian lachte leise und schüttelte den Kopf. »Du bist unglaublich, Svenja. Ich hoffe, Ben wird es verkraften.«

Svenja lehnte sich zurück und lächelte. »Er wird es schaffen. Für Sophie tut er alles.«

KAPITEL VIERUNDZWANZIG

Svenja fühlte sich, als wäre sie gerade erst eingeschlafen, als das Klingeln ihres Telefons sie unsanft weckte. Ohne die Augen zu öffnen, tastete sie nach dem Handy und nahm den Anruf entgegen.

»Guten Morgen. Bisher habe ich mich immer als ziemlich gutaussehend gefunden. Aber wenn du mich nicht einmal mehr anschaust ...«, begrüßte Ben sie mit einem sanften Lächeln in der Stimme.

Svenja stöhnte innerlich und stellte auf Video um. Sie musste wirklich dringend verschiedene Klingeltöne für verschiedene Anrufer einrichten. »Guten Morgen, Ben«, sagte sie gähnend, während sie sich aufsetzte und versuchte, die Müdigkeit aus ihren Augen zu reiben.

»Du siehst müde aus«, antwortete er besorgt. »Ich bin schon seit acht Uhr wach. Ich habe bereits eine Schmetterlingsfarm eingerichtet und mit Kinderknete gebastelt. Was ist deine Ausrede?«

Svenja seufzte und spürte, wie die Schwere der letzten Nacht wieder auf sie zukam. »Mein Vater«, sagte sie knapp.

Ben gab ein überraschtes Stöhnen von sich. »Dein Vater?

Wie meinst du das?«, fragte er vorsichtig. Er wusste, wie sehr Svenja sich immer nach einem Vater gesehnt hatte.

»Er ist da. Er stand gestern Abend hier vor dem Haus«, erklärte sie, noch immer überrascht von der Realität dieser Worte.

»Das ist ... ich weiß nicht. Ist es gut?«, fragte Ben unsicher.

»Das wird sich zeigen«, antwortete Svenja nachdenklich. »Kann ich dir alles später erzählen? Ich muss mal nach ihm sehen.«

»Du hast ihn bei dir übernachten lassen? Einen Fremden?«, fragte Ben ungläubig.

»Christian ist auch hier. Er hat auf dem Sofa geschlafen, unser ... äh ... im Gästezimmer«, beruhigte sie ihn.

»Gut. Wir sehen uns um zwei Uhr am Tierheim. Sophie ahnt nichts davon«, sagte Ben und fügte hinzu: »Ich freue mich auf dich. Und auf Sophies Gesicht. Und die Hunde.«

»Ich mich auch«, antwortete Svenja lächelnd. »Bis später.«

Nachdem das Gespräch beendet war, ging sie ins Bad, um sich für den Tag fertigzumachen. Wenig später, als sie in die Küche kam, saßen Christian und Jo bereits am Tisch und tranken Kaffee. Es war ein seltsames Gefühl, Jo dort sitzen zu sehen, als ob er schon immer Teil ihres Lebens gewesen wäre, und doch war da diese Distanz, diese Unsicherheit. Sie konnte ihn noch nicht als ihren Vater bezeichnen, nicht einmal in Gedanken. Zu groß war die Verwirrung, die sein plötzliches Auftauchen in ihr ausgelöst hatte.

»Guten Morgen«, grüßte sie und machte sich einen Kaffee, bevor sie sich zu den Männern an den Tisch setzte.

»Wir haben viel zu besprechen, aber Svenja und ich müssen heute zu einem Kindergeburtstag«, erklärte Christian.

»Das ist in Ordnung. Ich werde mir die Insel ansehen. Ich bin gespannt, was sich alles verändert hat. Zum Friedhof möchte ich auch, ich war noch nie am Grab eurer Mutter«, antwortete Jo. Die letzten Worte sprach er sehr leise, fast flüsternd.

Svenja nickte und warf Christian einen nachdenklichen Blick zu. »Ich habe eine Idee. Hast du noch Kontakt zu Lilly? Sie arbeitet mit ihrer Mutter im Tierheim«, fragte sie Christian.

»Ja, wir haben uns ein paarmal zwanglos auf ein Bier getroffen«, antwortete Christian. Er schaute Svenja neugierig an, worauf Svenja hinauswollte. »Warum fragst du?«

»Kannst du sie anrufen und fragen, ob wir die Welpen früher abholen können? Wir könnten Ben und Sophie überraschen. Sophie ist sicher schon ganz aufgeregt wegen ihrer Party, und Ben hat bestimmt Bedenken, ob mit den Welpen alles klappt«, schlug Svenja vor.

»Klar, kein Problem«, antwortete Christian und zog sein Handy aus der Hosentasche. Nach einem kurzen Gespräch lächelte er Svenja an. »Wir können kommen.«

Svenja fühlte ein Kribbeln der Vorfreude. Sie wandte sich an Jo. »Ich werde heute Nacht nicht da sein. Würde es dir etwas ausmachen, woanders zu übernachten?« Es war ihr unangenehm, dies zu fragen, aber sie musste.

»Das ist kein Problem«, antwortete Jo verständnisvoll. »Ich finde sicher ein Hotel für die Nacht. Ich wünsche euch einen schönen Kindergeburtstag. Kann ich morgen wieder vorbeikommen?«

»Ich muss die Werkstatt aufschließen«, antwortete Christian.

»Und ich habe Spätdienst im Krankenhaus und bin erst nach zehn Uhr abends zu Hause«, fügte Svenja hinzu. »Aber wir finden bestimmt Zeit. Gibst du uns deine Nummer, damit wir uns melden können?« Sie reichte ihm ihr Handy.

Jo tippte seine Nummer ein und rief sich selbst an, um auch ihre Nummer zu speichern. Das Gleiche tat er mit Christians Handy.

Als sie später zum Auto gingen, bemerkte Svenja, dass Tante Hansen in ihrem Garten stand und herüberstarrte. Sie winkte, aber Tante Hansen wirkte abwesend, fast erschrocken, als sie Jo sah. Ein merkwürdiges Gefühl beschlich Svenja. Vielleicht wusste Tante Hansen mehr, als sie bislang preisgegeben hatte.

Im Tierheim füllten Christian und Svenja die notwendigen Formulare aus. Da Ben nicht dabei war, adoptierten Christian und Svenja jeweils einen der Welpen. Nachdem sie bezahlt hatten, nahmen sie die kleinen Wesen und das Zubehör, das sie bereits im Auto verstaut hatten, und fuhren zu Ben. Christian folgte in seinem eigenen Auto, da Svenja geplant hatte, bei Ben zu übernachten.

Sie hielten vor dem Tor der Schule und Christian stieg aus, um den Code einzugeben, damit sich das Tor öffnete.

Svenja und Christian gingen mit den Welpen auf dem Arm zur Hintertür, wo ihnen Ben bereits entgegenkam. Sein überraschter Blick verwandelte sich schnell in ungläubige Freude, als er die beiden Welpen sah.

»Ihr seid früh ... Oh mein Gott. Ihr habt sie schon abgeholt ...«, begann Ben, doch seine Worte wurden von Sophie unterbrochen, die plötzlich um die Ecke gerannt kam.

»Onkel Christian! Svenja! Ihr seid da! Habt ihr mir ... Sind die echt? Hundebabys? Ohhhh, Papa, guck mal, Hundebabys!«, flüsterte Sophie fast ehrfürchtig, als sie die kleinen Hunde sah.

Christian und Svenja hockten sich hin, damit Sophie die Welpen streicheln konnte. »Ist einer für mich?«, fragte das Mädchen, ihre Augen voller Hoffnung.

»Beide sind für dich, sie sind Geschwister«, erklärte Svenja sanft.

»Sie wollen zusammenbleiben«, fügte Christian hinzu.

»Papa, darf ich sie wirklich behalten?«, fragte Sophie mit strahlenden Augen.

»Ja, mein Schatz. Wir behalten sie«, antwortete Ben liebevoll und hockte sich neben seine Tochter, um sie in den Arm zu nehmen.

»Darf ich einen halten?«, fragte Sophie, ihre Stimme vor Aufregung zitternd.

»Ich denke, wir sollten zuerst zum Auto gehen und ihnen Geschirr und Leine anlegen, damit sie nicht weglaufen. Und ein Körbchen haben wir auch mitgebracht«, schlug Svenja vor.

Sophie stürmte begeistert zum Auto, und Svenja und Christian folgten ihr mit den Welpen. Sie legten den Hunden ihre kleinen Geschirre an und leinten sie an, bevor sie mit ihnen in den Garten zurückkehrten. Dort ließ Sophie die Welpen auf der Wiese spielen, während sie überglücklich zusah.

Der Tag wurde zu einem wunderbaren Erlebnis, und Svenja liebte es, in die glücklichen Augen des Kindes zu blicken. Alle Gäste der Geburtstagsparty waren gegangen, und Svenja saß nun in der Lounge am Pool, die Abendluft war angenehm kühl. Ben brachte Sophie ins Bett, die vor Erschöpfung nach dem vielen Spielen mit den Hunden auf einer Decke neben den Tieren eingeschlafen war. Die Welpen lagen nun in einem Hundebett zu Svenjas Füßen und schliefen tief und fest. Sie musste lächeln, als sie sah, wie die kleinen Pfötchen im Schlaf zuckten und einer der beiden ein leises Fiepen von sich gab.

Ben kam leise zu ihr, zog sie an den Händen hoch und hielt sie in einer warmen Umarmung. »Ich liebe dich«, flüsterte er, während er sie fest an sich drückte.

Svenja lehnte sich gegen ihn und genoss die Nähe. »Ich bin froh, dass es geklappt hat. Sophie ist so glücklich, und das macht mich auch glücklich.«

Ben löste sich ein wenig von ihr und sah ihr in die Augen.

»Möchtest du mir von deinem Vater erzählen?«, fragte er sanft.

Svenja nickte. In wenigen Worten versuchte sie Ben alles zu erklären. Ein paar Mal legte er ihr die Hand auf die Schulter und sagte: »Langsam.«

Sie holte tief Luft und erzählte weiter, was sie wusste, einschließlich des Moments, als sie sah, wie Tante Hansen Jo erkannt hatte. Es war wohltuend, ihm alles zu erzählen, das klärte vielen in ihrem Innersten. »Ich denke, sie wird ihn wirklich erkannt haben«, überlegte Svenja laut. »Wenn alle dachten, er sei tot, ist es verständlich, dass sie überrascht war. Auch wenn viel Zeit vergangen ist ...«

»Ja, das macht Sinn«, stimmte Ben zu. »Sonst hätte sie euch spätestens nach Omas Tod davon erzählt.«

»Du hast wahrscheinlich recht«, sagte Svenja, während sie sich enger an ihn schmiegte, froh darüber, dass sie Ben an ihrer Seite hatte.

EPILOG

Ein Jahr später.

»Papa, Papa! Lexi hat das Leckerli von Willi gefressen!«, rief Sophie aufgeregt und rannte hinter den beiden Dackeln her, die voller Energie durch den Garten tollten. Zum Glück wusste Sophie nicht, dass die Leckerlis eigentlich nur Trockenfutter waren und von der täglichen Futterration abgezogen wurden, sonst hätten die beiden Dackelmonster ihrem Spitznamen »Wursthund« bald alle Ehre gemacht.

Ben hatte sein Grundstück in den letzten Monaten umfassend umgebaut, um es hundesicher zu machen. Der Pool war nun von einem stabilen Zaun umgeben, und die elektrisch verschließbare Plane, die er bereits nach Sophies Geburt hatte installieren lassen, bot zusätzliche Sicherheit. Im Garten hatte er für Sophie ein großes Spielhaus errichten lassen, in dem sich natürlich auch ein kuscheliges Hundebett befand. Die beiden Dackel zogen sich tagsüber gerne dorthin zurück, um ein Nickerchen zu machen. Nachts schliefen sie jedoch in Sophies Bett. Ben hatte es irgendwann aufgegeben, die beiden von Sophies Bett in ihr Körbchen zurückzubringen.

Ben stand mit Svenja an der Hintertür und beobachtete das fröhliche Treiben im Garten. Er legte den Arm um sie und drückte sie liebevoll an sich. »Ich liebe dich«, sagte er sanft und küsste sie auf die Stirn.

In diesem Moment hörten sie, wie ein Auto vorfuhr. Ben hatte auch an der Vorderseite des Grundstücks einen weiteren Zaun errichten lassen, um sicherzustellen, dass die Welpen nicht weglaufen konnten und Besucher gefahrlos parken konnten.

Svenja bemerkte Jo, der auf den Hof fuhr, und lächelte. Sie ging ihm entgegen und begrüßte ihn herzlich: »Hi, Jo.« Christian und sie hatten sich nach langen Gesprächen und gemeinsamen Stunden entschieden, ihn bei seinem Vornamen zu nennen, und Jo hatte dem zugestimmt. Sie hatten viele emotionale Momente geteilt. Sie hatten geredet, gestritten und geweint. Svenja war inzwischen froh, ihn nun in ihrem Leben zu haben. Obwohl sie irgendwie verstand, warum er sie damals verlassen hatte, war es dennoch schwer zu akzeptieren. Ben hatte ihr geraten, die Zeit, die sie jetzt mit Jo hatten, zu nutzen, und Svenja wusste, dass er recht hatte. Sie war inzwischen zu Ben gezogen und hatte Jo ihr Haus zur Verfügung gestellt. Es gehörte immer noch ihr, aber Jo durfte mietfrei dort wohnen, solange er sich um das Haus kümmerte.

Tante Hansen hatte von nichts gewusst. Aber sie hatte Jo tatsächlich wiedererkannt und im ersten Moment gedacht, sie hätte einen Geist gesehen.

»Opa Jo! Opa Jo!«, rief Sophie freudig und rannte auf ihn zu.

»Hallo, meine Prinzessin! Wie geht es dir?«, begrüßte Jo seine Enkelin herzlich, als sie sich in seine Arme warf. Die beiden hatten eine ganz besondere Beziehung zueinander aufgebaut. Auch mit Ben verstand sich Jo gut. Die Manuskripte von Svenjas Großmutter hatten sie erfolgreich an den Magischen Verlag Berlin gegeben, und der erste der drei unveröffentlichten Bände sollte noch in diesem Jahr erscheinen. Svenja war glücklich, aber es gab eine Sache, die sie noch mit sich herumtrug und unbedingt mit Ben besprechen musste.

»Können wir ins Schlafzimmer gehen?«, fragte sie Ben plötzlich.

»Jetzt? Sophie ist wach, Jo ist zu Besuch, und weder Frau Krüger noch Valentina sind da«, erwiderte er überrascht.

»Nicht dafür«, lachte Svenja und gab ihm einen Kuss auf den Mund. »Ich möchte dir etwas zeigen.«

Neugierig ließ Ben sich von Svenja ins Schlafzimmer führen.

»Ich muss dir etwas sagen.« Sie nahm seine Hände und schob ihn sanft zum Bett, wo er sich setzte. Dann gab sie ihm einen innigen Kuss, entzog sich ihm jedoch schnell wieder und holte eine kleine weiße Schachtel aus der Kommode an der Tür. Mit einem nervösen Blick reichte sie Ben zögernd die Schachtel. Er sah sie fragend an, zog die grüne Schleife auf und öffnete den Deckel. Regungslos starrte er auf den kleinen Schnuller darin, auf den die Worte »Papas Liebling« gedruckt waren.

Mit Tränen in den Augen stand Ben auf.

»Bitte sag etwas, Ben«, flüsterte Svenja, ihre Stimme bebte.

Ben trat langsam auf sie zu, zog sie in seine Arme und hielt sie fest. »Ich liebe dich«, flüsterte er in ihr Haar. »Ich habe dich immer geliebt. Und jetzt ... wir bekommen ein Baby.« Seine Stimme war voller Rührung, während er die Worte aussprach.

Svenja fühlte, wie die Spannung von ihr abfiel, und sie schmiegte sich noch enger an ihn. »Ich liebe dich auch«, flüsterte sie zurück, ihre Hände in seinem Nacken verschränkt, als wollten sie nie wieder loslassen.

In diesem Moment war alles perfekt. Ihre Liebe, ihre Familie. Alles fügte sich endlich zusammen, genau so, wie es sein sollte.

ENDE

ÜBER DIE AUTORIN

Melissa Summer liebt das Meer und Bücher die am Meer spielen. Immer wieder spukte ihr eine Geschichte im Kopf herum, die sie jetzt endlich geschrieben hat.

LIEBESGLÜCK AN DER OSTSEE!

Liebevoll widmet sich **Lena** Johanson der Restaurierung des **alten Fischkutters „Nordstern"**. Als Tom, wie der sprichwörtliche Retter in der Not, in ihr Leben platzt, begegnet sie ihm mit Skepsis.

Sie hat genug um die Ohren und keine Zeit, sich um die Probleme eines verkannten **Künstlers** zu kümmern. Doch der **gutaussehende Kerl bringt frischen Wind in ihr Leben** und sie selbst ziemlich durcheinander – das kann sie nicht leugnen.

Mit dem Umzug in ein kleines Häuschen am Meer hofft Tom von Hausward, Ruhe zu finden, um über seine Zukunft nachzudenken und **sich seiner Liebe, der Malerei**, widmen zu können. Auf seinen Streifzügen durch Ahrensholm kreuzt immer wieder Lena seinen Weg. **Sie zeigt ihm die Geheimnisse des Meeres und dessen Schönheit.** Und irgendwann gilt seine Liebe nicht mehr nur der Kunst.

Lena und Tom müssen herausfinden, was Heimat wirklich bedeutet. Kann Tom seinen Platz in Ahrensholm finden und Lena dabei helfen, ihren Traum von der „Nordstern" zu verwirklichen?

Eine herzerwärmende Geschichte über Neubeginn, Liebe und das Finden eines Zuhauses an den unerwartetsten Orten.

Als E-Book und Taschenbuch

Printed in Poland
by Amazon Fulfillment
Poland Sp. z o.o., Wrocław

48531606R00127